Ayu Utami

Larung

Bibliographische Information der Deutschen Nationalbibliothek:
Die Deutsche Nationalbibliothek verzeichnet diese Publikation in der Deutschen Nationalbibliographie; detaillierte bibliographische Daten sind im Internet abrufbar: http://dnb.d-nb.de.

Die Veröffentlichung dieses Buchs wurde ermöglicht mit freundlicher Unterstützung durch das Übersetzungsförderungsprogramm des Ministeriums für Bildung und Kultur der Republik Indonesien.

Umschlag: Agentur Marina Siegemund, Berlin
Umschlagfoto: © Fotolia: ZoomTeam
Satz: Katrin Kassel, Berlin
Druck: Clausen & Bosse, Leck

E-Mail: info@horlemann-verlag.de
Internet: www.horlemann.info

ISBN: 978-3-89502-393-4

Ayu Utami

Larung

Aus dem Indonesischen von Peter Sternagel

HORLEMANN

DAS JAHR 1985

Morgens 5 Uhr 12
Wer bestimmt die Todesstunde eines Menschen?

Auf den Schienen in der Morgendämmerung immer der Geruch von Unterwegssein. Die Straßenlaternen, von nachts übrig geblieben, beleuchten die fahlen Mauern und den Straßenrand. Gelbes Licht, das allmählich im ersten Schimmer des herannahenden Morgens verblasst. Und jeden Morgen um fünf Uhr geschieht das Gleiche: Wenn auf dem Meer ganz im Osten bereits der erste warme Hauch der Sonne zu ahnen ist, lange bevor die Atmosphäre klare Farben wiedergibt, hält die Bencé jäh in ihrem Flug inne und verschwindet in einer Nische, die kein Sonnenstrahl trifft. Hörst du, da ist der zarte Widerhall einer Triole, ganz hoch und weit weg – dann hat ihn das Dunkel hinter dem Haus und den Bäumen verschlungen. Es gibt Geschöpfe wie die Fledermäuse, die die Helligkeit scheuen. Eine durstige Krähe jedoch zieht ihre Kreise, auch wenn der junge Tag bald alles, was unter ihr liegt, mit seinen unerbittlichen Strahlen bloßlegen wird. Die Menschen glauben, ihr Erscheinen sei ein schlechtes Vorzeichen. Wenn

ihr Krächzen, schrill und nahebei zu hören ist, wissen wir, sie riecht den Tod hier in der Nähe, in deiner Nähe und in meiner. Daher verschwindet sie auch nicht im Dunklen, weil sie weiß, die Sonne kann den Tod nicht vertreiben. Der hellste Tag kann den Tod nicht besiegen. Und das ist es, was jeden Morgen in aller Frühe geschieht und wovon die Menschen nichts ahnen:
Wenn die Krähe auf dem First eines Hauses niedergeht und einer der Bewohner schon am frühen Morgen mit blau angelaufener Brust stirbt, dann ist dem Tod ein Kampf der Nachtgeister vorangegangen, und die Seele hat den Körper verlassen, um daran teilzunehmen, doch sie ist in jenem Kampf unterlegen und kann nicht mehr in ihren Körper zurückkehren. So bleibt jener leblos liegen, wenn der Kampf endet, und der siegreiche Geist schwebt noch vor Morgengrauen davon. Der Unterlegene findet den Tod, bevor die Nacht weicht. Glücklich derjenige, der während des Kampfes die Strahlen der Geister wahrnehmen kann, die unter dem Himmel ihr Unwesen treiben, denn er kann sich, wenn er wieder zu sich kommt, flehend auf den kalten Boden werfen und die Verse von Gottes Thron sprechen, um die unsichtbaren Mächte davon abzuhalten, ihn in die Finsternis zu zerren. Es gibt Wesen, ähnlich den Fledermäusen, die in der Finsternis leben und das Licht scheuen.
Doch der frühe Morgen ist die Zeit, in der die ersten Sonnenstrahlen erscheinen und die Nacht nach Westen zieht. In der Luft liegt der Geruch der Abreise und der Geruch der Ankunft, und man riecht den Rauch der ersten Loko-

motiven: die Morgendämmerung ist die Zeit des unaufhörlichen Kommens und Gehens.

Mein Zug hielt im Bahnhof von Tulungagung. Ich war gekommen, um meine Großmutter zu töten.
Aber es war, als würde der Wind den Zug bremsen.
Das rhythmische Geräusch der Räder, die über die Gleise ratterten, verlangsamte sich. Ich wurde wach. Das Geräusch kannte ich seit meiner Kindheit: sieben Schläge, wobei der vierte der heftigste war, wenn die Räder genau unter meinem Sitz auf die Gleisverbindungen trafen. Das Schwanken des Waggons, das meine Schultern in eine wiegende Bewegung versetzte, abwechselnd nach rechts und nach links, und das auch das Glas auf dem Klapptisch und den Löffel auf dem Aluminiumuntersatz erzittern ließ, der Druck auf der Blase, der üble Geschmack im Mund, weil man ihn so lange nicht aufgemacht hatte. Erfahrungen, die sich auf jeder Reise wiederholen.
Durchs Fenster drang der Widerschein der Lichter der kleinen Station, die Kristalle in der Scheibe leuchteten in irisierenden Ringen. Ich erinnerte mich nicht mehr, wann ich hier zum letzten Mal gewesen war. Offenbar hatte die Bezirksverwaltung erst vor kurzem angeordnet, dass alles neu in weiß und blau gestrichen werden sollte. Der Terpentingeruch von Wänden und Pfeilern schien noch über die Leute hinzuziehen, die verschlafen auf den Bänken mit Fuji-Film-Reklame hockten. Einige standen auf, als sie meinen Zug einfahren sahen, darunter eine ältere Frau, die plötzlich vor mir stand und anscheinend meinen Platz

einnehmen wollte, denn der Matarmaja fuhr nach Blitar weiter. Unterwegs trifft man Leute, denen man nie wieder begegnet.
Die Frau lief jedoch hinter mir her und rief, Mas, Mas, als ich schon fast an der Tür war, um auszusteigen mit meiner Tasche, meinem einzigen Gepäckstück. Ich drehte mich zu ihr um, und als ich ihre Stimme vernahm und ihre Figur betrachtete, fand ich sie viel jünger, als sie mir anfangs erschienen war.
»Du hast dein Adressbuch liegen gelassen«, rief sie und streckte mir meine Agenda entgegen. Merkwürdigerweise war ihre Hand viel älter als ihr Gesicht.
Ich verwünschte meine Nachlässigkeit. Aber hier ging es nicht nur um Adressen.
Als sie sich etwas zu ihrer Hand herunterbeugte, die das Buch hielt, konnte ich ihr Ohr sehen. Oh, diese Höhlung! Jedes Ohr ist wie ein Labyrinth aus kleinen Härchen. Das Ohr ist der Teil des Körpers, der niemals altert. Ein Knorpel, der immer fest bleibt, bis er eines Tages vergeht. Sieh dir doch nur dieses Gewinde an, das Ohrläppchen, das übelriechende Gemisch von Schmutz und Schmalz, dann dieses schwarze Loch, in dem die Schmiere sitzt, die das empfindliche Trommelfell schützt, die aber einen unangenehmen Geruch verströmt, der selbst Insekten fernhält. Die Öffnung der Vagina lässt mich an weiches Gewebe denken, wo sich im Dunklen das erste Leben krümmt, wo der saure Duft auf das basische Sperma wartet, warm und feucht, aber das Ohrloch erinnert mich an den Tod: ein endloses Ende.

Frau, deine Ohrläppchen sind so spitz wie die des Teufels.
»Ach je, haben Sie vielen Dank.«
»Ja, ja ... Du willst deine Großmutter besuchen?«
Da schrillte die Pfeife herüber, in mehreren dissonanten Tönen, und die Frau war verschwunden. Wie konnte sie wissen, was ich vorhatte, fragte ich mich. Ich war hier, um meine Großmutter zu töten. Von draußen kam ein Windstoß herein, als wollte er mich vor dem Ausgang aufhalten.
Als der Zug anfuhr, sah ich die Frau noch im Wagen stehen. Die Kupplung quietschte und die lange Kette von Waggons setzte sich mit einem bedrohlichen Geräusch in Bewegung, erst schwer und langsam, dann immer schneller und schneller. Der Zug fuhr in Richtung Osten, so als wollte er den Morgen einholen. Aus den Lautsprechern auf dem Bahnsteig kamen Routinedurchsagen. Ein Bahnhof ist ein mechanisches Uhrwerk, das immer nach demselben Muster funktioniert: Eisenplatten, Stangen und Hebel, die Zahnräder, Räder und kleine Glocken antreiben.

Ich bin eigentlich nicht abergläubisch. Aber ich fragte mich doch, wer wohl die alte Frau in dem Waggon war, die mir nachgelaufen war und mir mein Adressbuch zurückgegeben hatte. Vielleicht war es ja Vorsehung gewesen, – vielleicht hatte eine geheime Kraft mich dazu gebracht, es liegen zu lassen – das Adressbuch, ohne das ich mein Vorhaben, meine Großmutter umzubringen, nicht hätte ausführen können. Die alte Frau konnte ich als Zeichen sehen, dass ich meinen Plan zu Ende bringen sollte.

An der Bahnhofstür tauchten Becakfahrer auf, verschwitzt und mit ölverschmierten Gesichtern, die sich gegenseitig die Fahrgäste abzujagen versuchten. Hinter ihnen Marktfrauen, die Orangen anboten, und Bahnhofspersonal, das sich um nichts kümmerte.

»Hallo, Mas Becak«, redete ich einen von ihnen, der noch verschlafen wirkte, an, »bringt mich zur Pension Wigati im Jalan Agus Salim. Aber erst sagt mir eins: Habt Ihr schon mal ein Gespenst gesehen?«

»Sicher.«

Während er gemächlich in die Pedale trat, erzählte er. Einmal noch vor Morgengrauen sei ein junger Mann aus dem Zug ausgestiegen. Es war der letzte Passagier, bevor der nächste Zug kam. Er wollte zum Gang Lor gebracht werden, vielleicht eine Zigarettenlänge vom Bahnhof entfernt. Der Mann habe ganz normal ausgesehen, aber dort angekommen, sei er im Haus verschwunden und nicht wieder aufgetaucht. Er, der Becakfahrer, habe gewartet und sei dabei eingeschlafen, bis ihn schließlich der Gebetsruf geweckt habe. Da habe er die Frau angesprochen, die in der Frühe aus dem Haus getreten sei, um zu fegen und das trockene Laub zu verbrennen. »Ihr Sohn hat mich noch nicht bezahlt.« Da sei die Frau in Tränen ausgebrochen und habe ihm erzählt, ihr Sohn sei sieben Tage zuvor vom Zug überfahren worden und so verstümmelt gewesen, dass sie ihn kaum hätten begraben können, weil der Totengräber sich anfangs geweigert habe, für diesen Leichnam ein Loch von zwei Metern auszuheben. Dann habe die Frau aufgehört zu weinen und gesagt, an diesem Morgen sei er glücklicherweise nach Hause gekommen.

»Hat er denn nicht gestunken?«

»Wer?«

»Na, der Sohn dieser Frau.«

»Nein, überhaupt nicht.«

»Merkwürdig, Gespenster riechen doch normalerweise, die einen nach Fisch, die anderen nach Blüten. Wahrscheinlich habt Ihr an dem Morgen Schnupfen gehabt. Hat Euch denn die Frau die Fahrt bezahlt?«

»Ja, sie hat mir siebenmal den Preis für hin und zurück bezahlt.«

»Na, da habt Ihr Pech gehabt. Wenn der Junge vierzig Tage vorher ums Leben gekommen wäre, dann hättet Ihr vierzig Mal die Fahrt bekommen. Allerdings verlassen im Allgemeinen die Seelen von Toten nach vierzig Tagen die Erde und kommen entweder in den Himmel oder fahren zur Hölle. Genaues weiß man nicht. Jedenfalls wäre er wohl nach vierzig Tagen nicht wieder heimgekommen.

Aber Ihr habt ja kräftige Waden, so schön und kräftig, wie die der Betonskulpturen, die die Bildhauer des sozialistischen Realismus in Jakarta geschaffen haben. Ist Euer Bauch auch so kräftig?«

»Ich habe keine Ahnung«, entgegnete er. »Ich besitze keinen Spiegel.«

»Aber Ihr habt eine Frau?«

»Meine Frau ist schon lange gestorben.«

»Ist sie gestorben, bevor sie etwas über Euren Bauch gesagt hat? Und die Huren an den Bahngleisen, was haben die denn über Euren Bauch gesagt?«
Da lachte er. »Damals war auch eine dabei, die vom Zug erfasst wurde.«
»Das tut mir leid. Wie ist das Leben doch voller Geschichten über den Tod.«
»Was habt Ihr denn vor«, fragte er, um abzulenken
»Ich möchte meine Großmutter töten.«
»Warum das denn?«
»Eigentlich habe ich keinen Grund. Sie ist mir zu geschwätzig. Und außerdem ist es Zeit für sie zu sterben.«
Danach verstummte unser Gespräch.

* * *

Das ist meine Großmutter: Sie ist steinalt. So als wäre sie schon kein Mensch mehr, weder Frau noch Mann, sie ist sozusagen ein gewesener Mensch. Ein Zombie oder eine Mumie vielleicht. Wenn du ihre Hand ansiehst, wie sie sie ausstreckt, morgens gegen zehn Uhr über die Teesträucher streckt, um sie zu wärmen, dann denkst du an ein Reptil, dessen Haut nicht faltig ist, sondern hart und sehnig wie ein Stück Holz, voller heller und dunkler Pigmentflecken und Warzen. Es ist, als hätte sie schon das Bewusstsein verloren und ihre Glieder bewegten sich automatisch, ohne zu wissen, wozu sie gerade dienten: zum Atmen, Schwitzen, Pissen oder Scheißen. Ich glaube, einzig ihr Kopf ist noch am Leben. Doch sieh dir nur das Gesicht an, die Augenlider lassen nur einen schmalen Spalt für die Pupillen frei, um die Außenwelt zu betrachten; umgekehrt erscheinen der Außenwelt ihre Augen wie zwei schwarze Murmeln, von einer dünnen matten Schicht – dem grauen Star – überzogen, ähnlich dem nächtlichen Himmel, der vom Dunst getrübt ist. Und wenn ich ihr die Augenlider hochziehe, um ihr Pyrenoxin einzuträufeln, dann sind die Augäpfel voller aufgeplatzter kleiner Äderchen. Schwer vorstellbar, dass sie einmal weiß gewesen sind. Ich pflege sie. Jeden Morgen geht das so: Ich setze ihren schmächtigen Körper in den Rollstuhl und fahre sie in die Badekammer, wo ich sie mit heißem Wasser und Naturseife wasche. Zwei- oder dreimal in der Woche helfe ich ihr auf das Klosett und säubere sie hinterher von dem übriggebliebenen Dreck, denn ihr Stuhlgang ist natürlich infolge ihrer schlechten Verdauung nicht sehr flott. Und in der Feuchtigkeit hält sich der Gestank lange. Ihr Kot ist nicht fest. Er ist weder braun noch schwarz, stinkt aber. Ich trockne sie mit einem Handtuch ab, trage sie wieder ins Bett und pudere ihr wie einem Baby die aufgesprungene Haut. Ich salbe ihr die Geschwüre an der Ferse und am Steißbein ein, auch eine eitrige Wunde am Ende der rechten Rippe, die hervorsteht wie ein Horn, das nicht herausgekommen ist. Die wunden Stellen hat sie vom jahrelangen Liegen in gleicher Position. Großmutter, hast du nicht gänzlich das Gefühl für Schmerzen verloren? So liegt sie Tag für Tag vor mir, bis es Zeit wird, sie von neun bis zehn für ein Stündchen in die Sonne zu setzen: nackt, nichts als Haut und Knochen. Ein Häuf-

chen Elend auf der Matratze. Ihre eingeschrumpften Brüste hängen lang herunter, die Brustwarzen steif, kein Tropfen Flüssigkeit mehr darin, dort, wo mein Vater einmal gesäugt wurde, ist alles schlaff und flach. Weißes Schamhaar auf dunkelbraunen Schamlippen.
Bevor ich sie anziehe, kämme ich ihr die wenigen übrig gebliebenen langen Haarsträhnen. Ich betrachte auf ihrem Rücken die Vertiefungen an der Wirbelsäule, die sich deutlich abzeichnen wie bei einem alten Luftschlauch, der schon Millionen von Staubpartikeln eingesogen hat. Ihr Rückgrat ist nach rechts gebogen. Dein Knochengerüst enthält kaum noch Kalk, dein Körper krümmt sich, als wolltest du den Geruch der Erde einatmen, und niemand vermag dich wieder aufzurichten. Ein Knochenhaufen, der darauf wartet dahinzuscheiden.
Jedes Mal wenn ich mit ihrem vom Verfall gezeichneten Körper zu tun habe, ihre spröde Haut berühre, ihr Geschlecht, das Feuchtigkeit ausscheidet, dann werden meine Finger, ja ich selbst so weich wie zwei Nacktschnecken, die – weder Männchen noch Weibchen – mit dunkelbraunem Leib, schleimüberzogen, sich geil zu einem Knäuel zusammenkrümmen, eben noch flach auf der Erde gekrochen sind, zwei Weichtiere mit feinsten Fühlern, bevor sie sich nun in langsamer und ekelerregender Vereinigung winden. Seht doch, wie sonderbar die Intimität zwischen einem Paar Hermaphroditen, da kann einem ja übel werden. Aber seht auch die Schönheit, die aus dem Ekel geboren wird. Ist das Leben etwa kein Fluch?

Und während ich morgens die Zeitung lese, redet sie in einem fort auf mich ein, überlaut, aber mit einer trockenen, schnarrenden Stimme. Aus ihrem Mund kommt ein scharfer Geruch wie von überreifen Salak-Früchten, so als hätte sie etwas in sich, das in Fäulnis übergegangen ist. Ihre Enzyme und ihr Speichel sind nicht mehr frisch. Nur die Ohren sind nicht gealtert.
»Larung«, ruft sie dann, nachdem sie mich lange angesehen hat, »Larung, mein tapferer Junge.« Ihre Augen werden ganz schwarz. Ich muss an einen Affen denken. »Mein tapferer Junge, genau wie dein Vater, genau wie dein Großvater.« Ich bin der einzige, der meine Großmutter versorgen darf. Sie wird sofort böse, wenn sich eine Hausangestellte, eine Krankenschwester oder selbst meine Mutter, ihre Schwiegertochter, um sie kümmert. Vielleicht gelten in ihren Augen nur die männlichen Nachkommen etwas. Oder sie hat nur für Männer etwas übrig. Was bin ich wohl für sie? Enkel, Sohn oder Ehemann?
Jedes Mal wenn ich ihr dann in die Augen sehe, komme ich mir vor wie eine Affenmutter, die ihr Junges säugt. Sie sieht mich an wie ein Affenbaby, das gerade nach der Mutterbrust greift und daran saugt, während seine Ohren auf meinen Herzschlag horchen, der ihm Ruhe und Geborgenheit gibt. Also gut, ich bin die kluge Mutter, die weiß, wie Umarmung und Herzschlag im Einklang sind und die mit ihrem Fell deine zarte Gestalt schützt.
Aber der Körper meiner Großmutter birgt ein Geheimnis. Da ist eine Kraft, um vieles mächtiger als ihr Gewicht.

Wer in der Lage ist, eine Aura wahrzunehmen, kann den schwarzen Schein sehen, der sie umgibt. Weder rötliche, noch weiße oder blaue, sondern schwarze Strahlen. Die Energie von etwas Totem, wie das schwarze Loch in der Milchstraße, wo ein gewaltiger Stern, der einmal geleuchtet hat, erloschen ist und einen dunklen Ort hinterlassen hat, an dem die Schwerkraft weiter wirkt. Allmählich ist mir klar geworden, dass sie schon lange tot ist. Nur eine geheime Kraft hält ihre Organe noch am Leben.

Die Menschen können die geheimnisvolle Strahlung selbst in der Armseligkeit erkennen, die sie umgibt. Ich sage das, weil ihre Gestalt und ihr Geruch bereits dermaßen mitleiderregend sind, dass niemand sie noch verabscheuen könnte. Meine Großmutter ist eine Qual für jeden, der sie sieht, aber man würde sich schämen, wenn man sich von ihr abwendete oder sich in ihrer Nähe die Nase zuhielte. Wer meine Großmutter sieht, kann nicht weglaufen, sondern muss das Unsagbare aushalten: den geistigen Schock erleben, dass hier die Natur keine Zukunft mehr hat.

Sie ist ein Wesen, aus dessen zitterndem Mund Schmutz und Gemeinheit dringen. Ihre Gemeinheit besteht aus Worten. Ihre Worte verletzen, aber du kannst sie deswegen nicht verabscheuen. Du kannst dich nur selbst quälen, um das überwältigende Verlangen, sie umzubringen, zu unterdrücken. Einmal stach sich meine Mutter mit der Gabel ins Handgelenk, nachdem meine Großmutter wieder einen ihrer Flüche ausgestoßen hatte. Ein andermal stach sie sich sogar die Gabel in den Hals. Die Großmutter schaute dabei ungerührt zu, wie ein Spiegel, der

die böse Tat meiner Mutter nur widerspiegelte. Denn meine Mutter hätte ihr selbst das nur zu gern angetan.
Ich kann nicht vergessen, wie sie eines Tages mit einem Haufen Kissen im Rücken auf der Matratze lag. Da kam eine neue Krankenschwester herein, trat ans Bett und stellte sich vor. Es war wohl die hundertfünfzigste. Einhundertneunundvierzig Schwestern waren in den vergangenen sieben Jahren schon gekommen und waren voller Angst und Abscheu wieder weggelaufen. Ich konnte sehen, was für die Großmutter nicht sichtbar war, den Rücken der jungen Frau, den weißen Kittel, die feinen Haare in ihrem Nacken, die schlanken Beine, die Narbe von irgendeiner Verbrennung – vielleicht von einem Auspuff – die Schuhsohlen. Ihr Gesicht konnte ich nicht sehen. Aber ich konnte das Gesicht meiner Großmutter sehen, die vor ihr lehnte, die finsteren Augen mit den verklebten Lidern, den trüben Blick. Der Abstand zu ihr machte sie so winzig, dass man glauben konnte, sie wäre nicht von dieser Welt, während ihre Ohren riesig groß erschienen. Allerdings fallen mir Ohren immer auf, selbst wenn sie klein und niedlich sind. Sie hielt die Hände auf dem Schoß gefaltet, die Adern traten deutlich hervor. Ihr Rücken war vom Alter so tief gebeugt, dass man dachte, der Kopf käme aus den Rippen. Sie blickte auf das Mädchen wie auf einen Affen.
Ihr Mund sah aus wie eine Qualle, die sich langsam in den Wellen öffnet und schließt, voller Gift. Da spie sie böse Worte aus, die aus ihrem tiefsten Inneren kamen, aus ihrem Herzen, schon abgestorben, von Zirrhose be-

fallen, wie eine trübe Flüssigkeit voller halbverdauter Speisebrocken und stinkender Gasblasen, mit der sie die weiße Kittelschürze der Schwester bespritzte, so dass diese einen halben Meter zurücksprang und fast hingefallen wäre. Sie wagte nicht, sich mit den Händen die Ohren zuzuhalten, wollte vielmehr voller Furcht und Ekel weglaufen, aber der Lichtschein der Lampe ließ die Hände der Großmutter als schwarzen Schatten erscheinen, der sie auf die Stelle bannte, wo sie gerade stand. Das Mädchen trat von einem Bein aufs andere und zitterte, als ob sie ihr Wasser nicht halten könnte. Die Hitze, die vom Körper meiner kranken, aber übermächtigen Großmutter ausging, muss ihr vorgekommen sein wie der Hauch der Hölle. Als sich dann die Wut über die Beleidigung schließlich gelegt hatte, blieb auf dem Fußboden nur der saure und klebrige Speichel zurück, wie Flecken von einem Koitus.

Allmählich wurde mir klar, sie war schon seit langem tot. Einmal hörte ich nebenbei jemanden im Hintergarten Lontar-Geschichten vorlesen, ein vager Schatten auf dem Schirm, eine flackernde Öllampe. Irgendeine alte Geschichte über Ni Rangda, eine blutsaugende Hexe, eine Witwe aus Jirah mit tief herabhängenden Brüsten, schwarz und weiß gestreift, die Tote wieder zum Leben erweckte, solange sie noch warm waren, und vom Friedhof in die Einsamkeit brachte, nicht um sie dort zu fressen, sondern um sie zu Schmuck zu verarbeiten. Leichen, die schon stanken, wurden den Hunden oder Aasgeiern überlassen.

Die anderen wurden aufgereiht und die Toten heulten, wenn die Reihe an sie kam, sich für ein Schmuckstück zerschneiden zu lassen. Ihre Tränen rannen auf den Boden, wurden dort aber sofort von Jirahs ausgetrockneter Erde aufgesogen. Dann kam Ni Rangda aus ihrer Hütte, eine Gürtelschnalle aus Lunge angelegt, das Gedärm als Kette um den Hals geschlungen, Ohrringe aus Gallenblasen, Knöpfe aus Augenäpfeln. Ihre Schüler hatten die Organe vom Blut gereinigt, so wie meine Mutter bei einem Huhn die Eingeweide auswusch, so dass man die violetten Lungenbläschen sehen konnte, den Darm, gelb vom Fett, die verschlungenen Schleifen der Gedärme, die aussahen wie eine Brosche, die hellgrüne Galle, Augen wie marinierte Eier. So war sie geschmückt inmitten von Opfergaben. Aber meine Großmutter sagte zu mir (war es wirklich die Großmutter oder war es Ni Rangda, die zu mir sprach?): »Sei still, mein Junge! Verabscheue das Böse nicht! Das eine Böse bewahrt uns vor dem anderen Bösen, der eine Tod rettet uns vor dem anderen Tod, der eines Tages kommen wird. Meine bösen Kräfte vertreiben diejenigen, die uns Unglück bringen wollen.«

Damals war ich noch sehr klein. Mein Vater lebte noch. Die Großmutter sah schon damals alt aus.

Drei Monate später hörte ich das Krächzen von Krähen, die über unserem Dach kreisten. Und beim Morgengrauen standen schon die Nachbarn auf unserem Hof. Sie klopften an die Tür und holten meinen Vater aus dem Haus, ohne Fackeln, nur beim Licht einer schwachen Taschenlampe. Ich sah, wie sie ihn immer weiter wegtrugen und er in der Dunkelheit immer kleiner wurde. Aber in meiner Vorstellung wurde er immer größer, bis er sich schließlich auflöste, ganz wie Moleküle eines Stoffes, wenn sie zu Gas werden. Da zog mich die Großmutter von der Seite meiner weinenden Mutter weg. Sie machte alle Fenster zu und sagte: »Vergiss ihn! Diese Leute, die deinen Vater wegschleppen, werden ihn umbringen, um Rache zu nehmen.«

Doch als dann dieselben Leute zurückkamen, um uns zu holen, gelang es der Großmutter, sie zu verjagen. Sie vertrieb die Eindringlinge, die sie umringten, einfach dadurch, dass sie vor der Tür stand und aufs Meer blickte. Seit dem Moment wusste ich, dass sie eine geheime Kraft in ihrem Körper hatte. Ich habe meinen Vater niemals wiedergesehen, nachdem sie ihn abgeholt hatten, auch nicht seine Leiche, aber meine Großmutter blieb immer bei mir. Sie war niemals jung, von Anfang an nicht.

»Nein. Deine Großmutter war einmal jung«, sagte meine Mutter, als ich sie danach fragte. »Sie ist eine kraftvolle Erscheinung gewesen, sehr beredt, sehr hochmütig. Sie war ungewöhnlich mutig und hätte sich lieber die Zunge abgebissen, als einen Fehler zuzugeben.«

»Wann wurde sie geboren?«, fragte ich.

»Das war, als man die Zeit noch nicht als linearen Ablauf verstand, sondern als fortdauernden Zyklus. Damals notierte man nur die Wochentage und nahm das Alter noch nicht wichtig, denn die Tage kehrten ja immer wieder, das Alter aber verging unbemerkt. Sie wurde an einem Dienstag Pahing geboren, vor der ersten Volkszählung.«

»Aber welches Datum steht denn in ihrem Ausweis?«

»Da ist nur das Jahr 1900 angegeben, ohne Tages- oder Monatsdatum. Sie fühlte die ersten Wachstumsschmerzen in der Brust, als sich im Osten und im Westen der Puputan ereignete und sich ihre Eltern insgeheim Vorwürfe machten, dass sie sich nicht wie die Leute in Badung und Tabanan gegen die holländischen Truppen gewehrt hatten. Und die Zahl 1900 war ganz einfach zu merken. Aber es ist durchaus möglich, dass sie sieben oder sogar zehn Jahre früher geboren wurde. Nur waren die Jahre vor der Jahrhundertwende eine Zeit, die man sich nicht vorstellen konnte. Sie behauptete stets, dass sie aus der Kaste der Ksatria stammte, und zwar aus Gianyar. Sie ist dann mit einem holländischen Opiumhändler durchgebrannt und nach Java geflohen, weil sie sich vor dem Zorn der Familie fürchtete. Ihr Mann, dieser Weiße, wurde von den Japanern interniert und verschwand in einem Lager. Sie heiratete schließlich zum zweiten Mal, diesmal einen Widerstandskämpfer, und brachte 1944 deinen Vater zur Welt. Dein Vater nahm mich zur Frau, als wir beide siebzehn waren. Im Jahr 1960 wurdest du geboren.«

»Hat denn Großmutter noch mit fünfundvierzig Kinder gekriegt?«

»Vielleicht sogar noch mit fünfzig, Sie war unglaublich stark. Das kam daher, dass sie ihre Kraft nicht von der Welt der Menschen hatte, sondern aus einer geheimnisvollen Götterwelt. Wie viele Berge und Friedhöfe in Java und Bali hat sie nicht bestiegen oder besucht, um zu meditieren!«, sagte meine Mutter ganz kühl. Aber ich hatte das Gefühl, dass sich hinter der Kühle etwas verbarg. Daher fragte ich, was denn daran falsch sei, nach innerer Weisheit zu suchen.

»Nichts«, meinte meine Mutter, »aber überall an ihrem Körper trägt sie kleine goldene Zaubernadeln, sie lebt mit Zaubersprüchen und denkt in Mantras. Um unverwundbar zu sein, hat sie siebenundsiebzig bleierne Schrotkugeln geschluckt.«

»Das hast du aber nicht selbst gesehen, oder?«, fragte ich.

»Natürlich nicht, aber erinnerst du dich, dass sie sieben Mal am Abend badete und sich die Haare wusch?«

»Ja, aber ich dachte, das war wegen der drückenden Hitze. Jedenfalls hat sie nach dem Duschen ihren schwarzen BH verkehrt herum angezogen, das weiß ich noch, das Vorderteil nach hinten. Sie hatte lang herabhängende Brüste.«

»Den hat sie nicht verkehrt herum angezogen«, widersprach meine Mutter. »Sie wollte bloß die Schnalle erst zumachen. Danach hat sie ihn wieder nach vorn gedreht und ihren Busen reingeschoben. So machen das die Frauen, wenn ihnen niemand hilft. Aber hast du vergessen, dass sie uns einige Male verbot, einen ganzen Tag und eine ganze Nacht lang die Lampen anzumachen, obwohl kein Nyepi war? Das nennt man Askese. Die muss man üben, wenn man einen Abwehrzauber besitzen will. Ja, das ist mir im Gedächtnis geblieben, wenn ich auch nicht weiß, wozu das dienen sollte.«

Meine Mutter fuhr fort: »Deine Großmutter hätte schon vor dreizehn Jahren sterben müssen. Da ist ihr Bus bei Alas Roban mit einem Laster zusammengestoßen, der Sand geladen hatte, und den Abhang runtergestürzt. Dem Fahrer wurde die Brust zerquetscht, alle waren tot, nur deine Großmutter nicht, eine fast achtzigjährige Greisin, der nicht ein Haar gekrümmt wurde. Dabei hatte sie vorn gesessen.

Junge, deine Großmutter kann nicht sterben, solange die goldenen Zaubernadeln und die Bleikügelchen in ihrem Körper sind und sie noch ihre Zauberformeln auf den Lippen hat. Sie kann nicht sterben, obwohl sie schon lange tot ist. Sie ist ein lebender Leichnam, der länger atmen wird als du, und wenn sie stirbt, kommt sie mit Sicherheit eher in die Hölle, als dass sie den schmalen Weg zum Himmel findet. Du musst wissen, viele Götter zu haben, ist eine Sünde, die nicht ohne Strafe bleibt. Keiner der Männer in ihrer Nähe ist alt geworden; ihr Mann, dein Großvater, nicht und dein Vater auch nicht. Aber du bist ja noch jung.«

»Mutter, hasst du denn Großmutter nicht, weil sie mir diesen Namen gegeben hat?«

»Ich wollte dich Begawan nennen.«

»Aber ich heiße Larung.«

»Das ist ein Mädchenname.«

»Ich heiße aber Larung Lanang, männlicher Larung.«

»Fürchtest du dich nicht vor dem Eingeständnis, dass Großmutter eigentlich schon tot sein müsste, mein Junge?«

»Nein, das macht mir keine Angst.«
Der Gedanke, dass sie kein Recht hat, noch länger zu leben, schreckt mich nicht. Aber wer muss es verantworten, daraus die Konsequenz zu ziehen?
»Muss ich etwa Großmutter töten, Mutter?«
»Bist du verrückt, Larung?«
»Ich bin verrückt, sagst du. Weil ich Haloperidol genommen habe. Mutter, du bist bei klarem Verstand, aber du kannst das Problem nicht lösen. Ich bin verrückt, wie du sagst, aber ich habe damit keine Schwierigkeiten.«
»Deine Mutter möchte nicht, dass du so denkst. Und du wärest ja auch gar nicht imstande, die Großmutter zu töten.«
Aber eigentlich will meine Mutter, dass ich Großmutter töte, und ich bin auch dazu imstande.

Am Tag nach diesem Gespräch badete ich die Großmutter wie immer, wenn ich zu Hause war. Wie üblich sah sie mich dauernd an, als hätte sie Freude an meiner Jugend, der Jugend, die sie selbst nicht mehr besaß. Ich konnte es ihren Augen ansehen. Nur ihren Augen. An diesem Morgen brachte ich sie nach draußen und blieb bei ihr, während sie ein Sonnenbad nahm, denn es war Sonntag.
»Großmutter, wie ist es, wenn man alt ist?«
»Das weißt du erst, wenn du selbst diese Erfahrung gemacht hast. Der graue Star ist wie ein trüber Himmel.«
»Heißt das, dass du immer weiterleben möchtest? Oder hast du das Gefühl, dass du bald sterben musst?«
Sie kräuselte die zitternden Lippen.

»Das wirst du niemals erfahren. Wenn ein Mensch alt wird, verlässt ihn die Schönheit. Erst dann verstehen wir, was es bedeutet, Augen zu besitzen, mit denen man die Schönheit des Lebens erkennen kann, weil wir dann Abstand zum Leben gewonnen haben. Kinder werden geboren und wachsen unschuldig auf, die Jungen lieben die Brust, die ihnen die Milch gibt, während die Mädchen nach dem Penis ihres Onkels schielen, sie sind flink wie Rehe, sie weinen und kabbeln sich wegen Nichtigkeiten, üben sich unbewusst für die Zeit, wenn sie erwachsen sind, wenn Tränen und Gewalt wirklich einen Grund haben.
Alt zu werden ist, als wäre man eine Figur im Film, die sich langsam von der Leinwand löst und die Handlung verlässt, in den Zuschauersitz sinkt und die Handlung verfolgt, an der man nicht mehr teilnimmt. Wenn man alt wird, dann wird man zum Auge, ist nur noch Auge. Man nimmt nicht mehr teil, sieht nur noch die anderen. Dann gibt es auch kein Du mehr, denn es gibt kein Ich.«
»Aber, Großmutter, du weißt doch noch nicht, was das für ein Gefühl ist, wenn man stirbt!«
»Vielleicht wird dann dies ›es gibt kein Ich‹ das Absolute.«
Das ist wohl das völlige Verschwinden des Ich.
Das hörte sich gut an. Sie fürchtete sich nicht vor dem Sterben.

»Mutter, die Großmutter hat keine Angst vor dem Tod. Warum will sie dann nicht sterben?«
»Sie kann nicht. Nicht eher, als bis sie ihren Zauber an ihre Nachkommen vererbt hat. Und welcher Enkel steht

ihr denn näher als du? Du bist der einzige. Hat sie dich noch nie zu überreden versucht?«

»Nein.«

»Ich denke, es ist besser für dich, früh zu sterben, als den Zauber zu erben.«

»Das ist keine echte Wahl, Mutter.«

***

Ich tat es allein. Das war so meine Art. Ich hatte mich entschlossen, Großmutters Geheimnis zu ergründen, um in der Lage zu sein, den Zauber aus ihrem Leib zu entfernen, so dass ihre Seele gehen konnte. Das erste, was ich mir vornahm, war, alle ihre vergilbten alten Papiere und Sachen durchzusehen, denn ich wusste praktisch nichts aus ihrer früheren Zeit und von ihren Freundinnen von damals. Soweit ich zurückdenken konnte, war sie schon immer alt. Aber in ihrem Kleiderschrank fand ich nichts weiter als ein paar Batiktücher, Schärpen und alte Kleidungsstücke, die nach Seife und Kampfer rochen. Einige Lappen mit Mäuseurin und Kakerlakenkötteln. Keine trockenen Blüten, keine Gürtel oder Stücke von Tigerfell, keine Zettel mit arabischem Abwehrzauber, keine Amulette, nichts, was man mit schwarzer Magie in Verbindung bringen konnte. Daher tat ich alles wieder zurück in den Schrank.

Am Tag darauf fand ich in einem Karton, der mit Klebeband verschlossen war, als sollte sein Inhalt am besten vergessen werden, zwei Fotoalben und ein Bündel mit

Unterlagen. Ich brachte alles ins Wohnzimmer, um es genauer anzusehen: Das Fotoalbum hatte einen Einband aus Batik und schwarze Seiten. Der Klebstoff war schon brüchig geworden, so dass die vergilbten Fotos durcheinandergefallen waren. Alte Aufnahmen mit weißem Rand, teilweise gezähnt, Menschen aus früherer Zeit mit Pomade oder Öl im Haar und entsprechend schwarzen oder fettigen Flecken auf dem Kragen, junge Frauen mit aufgestecktem Dutt, Jünglinge mit kessen Stirnlocken, die Damen mit Kebaya, die Herren in weiten Hosen, Passfotos von Personen, die lächelnd ihre Zähne entblößten; wer war das nur alles? Leute, die den Zweiten Weltkrieg erlebt hatten, ohne zu wissen, was da eigentlich in Europa geschah. Leute aus einer Zeit, die man aus Romanen kennt und mit Melancholie verbindet. Und wo waren diese Aufnahmen gemacht worden? Von Bali, wo meine Großmutter herstammte, war da nichts zu sehen. Natürlich nicht. Es war ja eine Zeit, in der die Fotografie das Privileg der Holländer war, eine Angelegenheit von Naturforschern, Zoologen, Anthropologen oder Fotografen, die auf Sensationen aus waren, auf nackte Asiatinnen. Aber auch der erste Ehemann meiner Großmutter, der holländische Opiumhändler, war nicht zu sehen. Natürlich nicht, denn nach der Hochzeit mit einem Freiheitskämpfer hatte sie sicher sämtliche Spuren der kolonialen Vergangenheit aus dem Album getilgt.
Die meisten Fotos waren offenbar nach 1945 entstanden, wenn nicht nach 1950. Jedenfalls war nichts aus ihrem Leben erhalten, bevor sie meinen Großvater traf. Von ihr

waren überhaupt nur wenige Porträtaufnahmen vorhanden. Es handelte sich offenbar nicht um ihr Album, sondern um das ihres Mannes. Von ihr gab es nur drei Bilder. Eines davon war eine Studio-Aufnahme, wohl aus der Zeit, als sie mit dem Holländer zusammenlebte. Darauf war sie noch ziemlich jung, so Mitte dreißig. Sie hatte eine Kebaya an, wie junge Frauen sie damals trugen, und saß vor einem Samtvorhang. Sie war nicht hübsch, aber sie hatte eine reizende Figur. Auf dem weißen unteren Rand stand: Adnjani. Ja, mein Gott! Das war ihr Name, den ich noch nie gehört hatte, denn für mich war sie immer nur die Oma, die Großmutter gewesen. Dieser Name bedeutete, dass sie die Zugehörigkeit zu ihrer Kaste hatte aufgeben müssen, weil sie ihr Elternhaus verlassen hatte.

Das zweite Foto war von schlechterer Qualität, es war fleckig, und wegen der verblassten Farben erschien sie durchsichtig wie eine Fee. Sie stand zusammen mit einer anderen Frau – sicher eine Freundin – vor einem Faltenvorhang. Sie trug eine javanische Kebaya, hatte ganz traditionell einen Dutt angesteckt (die Großmutter trug fast immer eine Kebaya, vielleicht erschien sie auch deswegen in meiner Erinnerung immer als alte Frau), während ihre Freundin einen Rock und eine helle Bluse trug. Auf der Rückseite stand – ich konnte es lesen, weil das Foto nicht mehr fest im Album klebte – von Hand geschrieben: Njani und Suprihatin, Photo Studio Liek Kono, Djogja, 1941.

Ein drittes Foto war nicht vor Februar 1961, möglicherweise auch erst Anfang 1962 aufgenommen, denn auch ich war darauf zu sehen. Mein Vater hob mich hoch, so als wollte er mich vor die Kamera halten, denn jeder Erstgeborene ist doch ein Beweis der Männlichkeit. Seht nur, wie niedlich und wie unschuldig ich aussehe, und was für ein stolzes, breites Lächeln mein Vater zeigt! Er trug eine Paradeuniform, dabei sah er alles andere als kräftig aus, so mager und schmächtig, wie eben damals der normale Soldat. Er war Unteroffizier und hatte dreieckige Abzeichen auf den Schulterklappen. Als er starb, war er Unterleutnant. Bei der Aufnahme im Studio schauten nur ich und mein Vater in die Kamera, meine Mutter und die beiderseitigen Großeltern blickten voller Freude auf mich. Ich stand im Mittelpunkt dieser Szene, die alle begeisterte, der Neugeborene, der alle entzückte. Allerdings kann ich mich nicht erinnern, jemals wieder so ernst genommen worden zu sein. Erst jetzt, da ich die Großmutter versorge, bedeute ich etwas.

Das zweite Album zeigte die Familie und enthielt Fotos aus der Dienstzeit meines Vaters. Er war im Jahr 1962 in Denpasar stationiert worden. Meine Großmutter folgte ihm. Ich habe keine Ahnung, ob sie damals zum ersten Mal wieder nach Bali kam, seitdem sie ihr Elternhaus verlassen hatte. Darüber habe ich auch nie nachgedacht. Auch die Aufnahme mit ihrer Freundin hätte mich nicht weiter interessiert, wenn ich nicht hinten im Album wieder auf diese Frau gestoßen wäre: Suprihatin. Sie saß in einem Vorderzimmer, wo man Gäste empfängt, am Fenster, so dass nur eine Gesichtshälfte deutlich zu erkennen war, und unterhielt sich mit meiner Mutter. Es war ein

Schwarz-Weiß-Foto. Ich erkannte sie sofort, obwohl sie inzwischen schon älter geworden war. Aber hier trug sie eine Kebaya. Wer mochte diese Frau sein? Seit wann kannte sie meine Großmutter?

***

Genau diese Frau suche ich nun in der kleinen Stadt. Ich halte das Notizbuch fest in der Hand, das vorhin im Zug um ein Haar verloren gegangen wäre. Ich komme mir dumm vor und kann nicht begreifen, wie ich so nachlässig sein konnte, nachdem ich fast ein Jahr lang nach der Adresse in Lebuh gesucht habe, nach dem Dorf am Fuße des Watuangkara, wo Suprihatin, Adnjanis Freundin, wohnen soll. Ein Jahr an Nachforschungen!

Ich habe mich nicht übermäßig beeilt auf der Suche nach der Adresse, weil ich hoffte, die Hinfälligkeit meiner Großmutter würde sich verschlimmern und sie würde sterben. Von alleine sterben.

Der Becak-Fahrer hat mir nicht mehr geantwortet.

Er schweigt, verursacht nur ein ächzendes Geräusch, indem er auf der leicht abschüssigen Straße in die Pedale tritt, und lässt dann – als es bergan geht – ein leichtes Keuchen hören. An der Herberge will er nicht warten, sondern verlangt sofort bezahlt zu werden, bevor ich noch gehe, um den Pförtner zu wecken.

»Keine Angst!«, versuche ich ihn zu beruhigen, »Ich bin nicht der Geist von einem, den der Zug zermalmt hat. Schon eher ist die Frau, die ich suche, ein Geist, oder war

vielleicht schon früher einer.« Ich fasse ihn am Arm, der vom Wind ganz kalt ist, während meine Hand warm ist, weil ich sie unter die Achsel gesteckt hatte. »Fühlt mal, Mas, ich habe eine Temperatur von 37 Grad. Und außerdem habe ich genug Geld, die Fahrt zu bezahlen.«
Da entfernte er sich in Richtung Stadtplatz, vielleicht um ein Nickerchen zu machen. Deine Waden sind rund und schön, nassgeschwitzt. Der Dreck auf deiner Haut kupferroter, saurer Staub.
Dann, als die Sonne schon am Himmel steht und ich mich etwas ausgeruht habe, gehe ich zur Rezeption, um zu telefonieren, denn im Zimmer gibt es kein Telefon, nicht einmal heißes Wasser.
»Mutter, ist die Großmutter noch am Leben? Schläft sie noch?«, frage ich in der Hoffnung, dass sie plötzlich verschieden wäre, eines natürlichen Todes gestorben, so dass ich die Aufgabe nicht übernehmen müsste.
»Nein, mein Junge. Sie ist schon auf. Sie hat schon nach dir gefragt. Wo du seist und was du machtest.«
»Sag ihr nur, ich käme bald wieder.«
Aber wenn sie aus freien Stücken ihren Geist aufgeben würde, wäre ich froh, weil ich dann frei wäre.
»Mein Junge, sie hat sich schon nassgemacht und geflucht.«
»Ich höre es, Mutter. Du brauchst gar nichts zu sagen. Ich kann den beißenden Gestank ihrer Worte riechen, aber die kümmern mich im Moment nicht, denn ich bin ja nicht gemeint.«
Wo liegt die Grenze zwischen Unflätigkeit und Höflichkeit? Nicht beim Subjekt, sondern beim Objekt, beim

Betroffenen, der der Unflätigkeit ausgesetzt ist oder der höflich behandelt wird? Sie lässt mich in einem besseren Licht erscheinen, indem sie andere gegen mich abgrenzt. Aber vielleicht macht mich die Großmutter nicht besser als andere, sondern macht andere schlechter als mich. Was für ein merkwürdiger Maßstab, wo setzen wir die Markierung?

Da sie heute Morgen noch nicht tot ist, beschließe ich, ein Ojek zu mieten, ein Motorradtaxi, das mich nach Lemah Tulis bringen soll, einem kleinen Dorf in der Gemeinde Lebuh, im Bezirk Watuangkara, etwa hundert Kilometer nördlich von Tulungagung.

Aber plötzlich gibt es einen Regenguss, der so stark ist, dass das Sonnenlicht verschwindet. Da will der Mann mit dem Motorrad nicht mehr fahren, denn er hat Angst sich zu erkälten.

»Ich dachte, einer, der sein Motorrad vermietet, kann sich nicht erkälten«, sagte ich. »Ist nicht Wetterfestigkeit eine wichtige Voraussetzung für einen, der ein Motorradtaxi betreibt, wichtiger noch als der Führerschein C? Die erste Bedingung ist natürlich die leere Brieftasche.«

»Das habe ich auch mal gedacht«, antwortete er. »Aber dann ist mein Kumpel Tukijo gestorben, weil er sich erkältet hatte und dasaß, nachdem er jemanden im Regen gefahren hatte. Er war ganz steif und blau gefroren, er konnte nicht mehr atmen und starb. Ich möchte nicht so draufgehen«, meinte er.

Armer Tukijo! Aber meine Mutter möchte, dass die Großmutter stirbt.

Überdies sei Lebuh sowieso kein guter Ort, meint er und sucht weitere Gründe für seine Ablehnung. Früher seien von daher Seuchen gekommen. Viele hätten dort in den Bergen nach geheimen Kräften gesucht. Das sei geschichtsträchtiger Boden, dort hätten Rebellen aus früheren Reichen Zuflucht gesucht, aus Kedhiri, Dhaha und Jenggala, und hätten in dem Ort viel Böses gestiftet. Ob ich nicht von den Massakern im Jahr 66 gehört hätte? Die seien wahrhaftig in jener Gegend kein Zufall gewesen.
Er meint, wir sollten auf besseres Wetter warten. Ich entgegne, ich sei hierher gekommen, um der Natur zu trotzen und würde mich auf keinen Kompromiss einlassen. Schließlich hole ich meinen Führerschein A aus der Tasche, dazu vierzigtausend Rupiah und ein Messer, das immer scharf geschliffen ist. Meinen Ausweis habe ich als Pfand in der Pension gelassen. Geld und Führerschein gebe ich ihm, das Messer behalte ich in der Hand, wenn auch nicht mit der Spitze gegen ihn gerichtet. »Warte einfach in der Pension«, sage ich, »ich bin in zwei Stunden wieder zurück. Ich heiße Larung Lanang.« Da sagt er nichts mehr. Ich schwinge mich auf die Honda Bebek und gebe Gas.

Ich bin nicht abergläubisch, aber mir ist, als wehte der Wind mir den Geruch meiner Großmutter in die Nase. Ein Geruch, dem der Regen nichts anhaben kann. Während der Regen herabstürzt, kriecht der Duft nach oben wie Gas. Aber dieser Geruch wird nicht von Regen und Wind nach unten gespült. Er steigt auch nicht vom Boden auf wie der Geruch von feuchter Erde, sondern kommt aus anderen Dimensionen als die Materie des Regenwassers, so dass der Regen ihm nichts anhaben kann. Mir läuft es kalt über den Rücken, ich fühle die Nähe meiner Großmutter, obwohl ich weiß, dass niemand hinter mir sitzt. Ich fühle, sie ist ganz in der Nähe, wie ein Schattenbild, aber nicht hinter mir, auch nicht vor mir, weder rechts noch links, nicht oben, überhaupt nicht an einem bestimmten Ort. Aber ich nehme ihren Geruch wahr.

Es war nie nur ein bestimmter Geruch, es waren immer die verschiedenartigsten Gerüche.

Zuerst stieg mir der Geruch von Kampferpastillen in die Nase, die sie in einer schwarzen, flachen Dose oben mit kleinen Löchern aufbewahrte. Pastillen der Marke Bison oder Strong Girl. Damit konnte man ganz tief Luft holen. »Junge, damit kannst du bis auf den Grund deiner Lunge atmen. Du fühlst dich erfrischt wie von Eukalyptus und du wirst alt wie ein Waringin.« So presste ich meine Nase an die kleinen Löcher und sog den Duft ein. Frisch und kühl. Doch diese Art von Geruch ist nicht immer kühl, das wusste ich von dem Pflaster, das meine Großmutter oft verwendete. Das Markenzeichen war ein Kamel. Es war ein schmerzlinderndes Pflaster, das aus zwei Schichten bestand, einer weißen mit Klebstoff und einer zweiten durchsichtigen in Dunkelviolett. Die weiße Schicht enthielt Menthol, das wärmte. Die Großmutter klebte sich das Pflaster auf den Nacken oder auf die Stirn, während ich die durchsichtige Folie nahm und durch sie die Welt betrachtete. Dabei wurde alles zu einer Mischung aus Violett und Schwarz, die man sonst weder bei Tag noch bei Nacht findet. Seitdem habe ich diesen beißenden Geruch immer in der Nase, wenn ich etwas durchsichtig Violettes sehe.

Großmutters Geruch entstieg auch dem Kleiderschrank und dem Fußboden im Bad. Es war der Geruch von Batik, Seife, Baumwollstoff und Wachs. Ein ranziger Geruch von Pomade und dem pulvrigen Färbemittel für ihre Haare. Bigen. Je mehr ich heranwuchs, desto besser konnte ich die verschiedenen Gerüche ihres Körpers unterscheiden. Schuppen, sauren Schweiß, Fett, alle möglichen Ausscheidungen und Exkremente. Bakterien und Pilze. Jod zum Desinfizieren der Haut, Karbol zum Entfernen von Urin und Kot von den Fliesen, wie auf dem Krankenhauskorridor in der Abteilung für Geriatrie.

Mir kommt es vor, als ob der Geruch meiner Großmutter mir auf meiner Fahrt folgte, den Weg bergauf durchs Gebüsch. Ich höre ihre Augen rufen. »Larung Lanang, Junge, genau wie dein Vater, genau wie dein Großvater!« Verzeih mir, Großmutter. Bist du es oder sind es Regen und Wind, die mich frösteln lassen?

Von weitem sehe ich Gummibäume im Wald. Grün, das ins Bläuliche übergeht. Stille Wolken dahinter. Ich fahre weiter und komme in ein Dorf mit nur wenigen Häusern, wo der Nebel zuhause ist. Vor einem Haus halte ich an. Es regnet noch immer.

Das Haus liegt zwei Meter oberhalb der Straße. Ich schiebe das Motorrad über die Treppe nach oben, ich fürchte, irgendeine unbekannte Macht könnte es mir rauben. Habe ich denn nicht schon fast mein Notizbuch eingebüßt? Ist nicht meine Großmutter hier und ruft: »Junge, alt werden heißt zum Auge werden, nur zum Auge, heißt sehen ohne zu sein.« Am Hauseingang bekomme ich Herzklopfen, denn der Geruch meiner Großmutter wird immer beißender, es ist, als würden Rauchschwaden aus dem Inneren hervordrängen, aus dem Brunnen hinter dem Haus.

Jemand erscheint an der Hausecke.

Bist du Mann oder Frau? Jedenfalls hast du eine Hasenscharte.

»Wohnt hier die alte Frau Suprihatin?«

Der junge Mann nickt und führt mich wortlos hinein, als wäre er das gewohnt und ich kein Fremder. Ich will etwas fragen, aber offensichtlich mag er nicht sprechen. Er zeigt lediglich mit dem Daumen die Richtung an. Seine Finger sind nach innen gekrümmt, als hätten sich die Nerven durch irgendein Gift zusammengezogen. Ich komme in einen dunklen Raum, der sich nach Osten zum Hof hin öffnet.

»Von dieser Stelle aus sehe ich jeden Morgen die Sonne aufgehen«, höre ich eine Frauenstimme von der anderen Zimmerecke. Aber es ist nicht sicher, dass sie zu mir spricht.

Sie muss ein Dukun sein, ein Mensch mit magischen Kräften. Die Art und Weise, wie mich ihr Helfer in diesen Raum gebracht hat, beweist mir, dass es für ihn ganz normal ist, unbekannte Ratsuchende zu empfangen. Die alte Frau – sie ist wahrhaftig sehr alt – lässt in ihren Augen oder in ihrer Stimme keine Verwunderung oder Irritation über mein plötzliches Erscheinen erkennen. Genauso hat es mir Pak Sembodo beschrieben, die letzte und zugleich neuneinhalbte Person, die ich befragte, nachdem ich ein Jahr lang überall nach der Adresse der alten Frau Suprihatin gesucht hatte.

Also gut, dann erzähle ich erst, wie ich schließlich auf Pak Sembodo gestoßen bin. Ich hatte einen Hinweis von der ersten Kontaktperson bekommen, deren Namen ich nicht kannte, von der ich nur die Adresse wusste, die war im Jalan Sanggabuana in Bogor, wo vormals der Schwager eines Enkels der Kusine der gesuchten Frau gewohnt hatte. Die Anschrift hatte ich von einem Brief in dem alten Fotoalbum meiner Großmutter. Den Brief hatte Suprihatin bei meiner Großmutter gelassen und er war aus mir nicht erklärlichen Gründen nie abgeschickt worden. Von den Leuten in dem Haus bekam ich die Adresse der zweiten Person. So ging es weiter bis zur achten Person, einem Linkshänder, der alles nur einmal hatte: ein linkes Auge, ein linkes Ohr, eine linke Hand und ein linkes Bein. »Auch mein Hoden besteht nur aus einem Ei«, sagte er kichernd, »wollen Sie ihn sehen?«

»Dankeschön«, sagte ich. »Ich hab noch nie solche Missbildungen gesehen. Alles nur links.«

Er entgegnete, er sei keineswegs behindert. Er sei eben nur die linke Hälfte. Und er bot mir eine Tasse Tee an. »Das ist Tong Tjie, aus Tegal. Mit Jasmin.«

Also war er die siebeneinhalbte Person, weil er eben nur halb war. Er hatte tatsächlich einen lila Hoden, ohne Naht in der Mitte.
Er sei ein Urenkel von Suprihatin. Es werde gemunkelt, er sei das Opfer für ein Zaubermittel, das seine Vorfahren dargebracht hätten, um reich zu werden. Aber er glaube das nicht. »Mbelgedhes«, meinte er. »reiner Unfug! Wenn Leute auf den Gunung Kawi pilgern, um dort um Reichtum oder ewige Jugend zu bitten, dann gibt es Fälle, in denen die Nachkommen Missbildungen zeigen. Aber ich bin ja nicht missgebildet.« Dann versuchte er mir mit großem Eifer zu erklären, warum die linke Seite viel besser sei als die rechte und warum eine vertikale Teilung vernünftiger sei als eine horizontale.
»Ihr sagt, es sei höflich, seine Ehrerbietung mit der rechten Hand zu erweisen, aber der Mensch kann sich mit links begnügen, denn das Herz sitzt links und sich zu reinigen ist wichtiger als zu grüßen, und schließlich kommt die Sauberkeit vor der Höflichkeit. Teilt mir bloß nicht Himmel und Erde, sondern scheidet lieber rechts und links, denn die Füße können ohne Kopf nicht laufen, doch dein Kopf geht am Gift zugrunde, wenn du keinen After hast und kein Loch für den Harn. Oben und Unten sind zwei Teile, die man nicht scheiden kann, aber rechts und links können auch getrennt existieren. Wenn du die obere Schicht von der unteren trennst, dann fällt alles auseinander. Wenn du aber rechts und links trennst, dann verdoppelst du das Ganze. Das ist der Unterschied in der Logik zwischen Syntagmatik und Paradigmatik. Glaub

mir, die Protozoen haben sich seitlich getrennt, wobei die bessere Hälfte die linke ist.«
»Aber«, entgegnete ich, »wie können wir rechts und links unterscheiden, wenn wir nicht wissen, was hinten und vorn ist? Ich jedenfalls weiß nicht, wo die Protozoen ihr Gesicht hatten. Wisst Ihr es denn?«
»Schluss jetzt!«, rief er, »mach's nicht zu kompliziert.« Damit drückte er mir einen Zettel mit der neuen Adresse seines älteren Bruders in die Hand, der Genaueres über Suprihatin, die Freundin meiner Großmutter, wisse.
Ich verabschiedete mich. »Danke vielmals. Der Tee hat sehr gut geschmeckt.«
Und nun die Familie der achteinhalbten Person. Ihr Haus lag in der Gemeinde Gandul, nicht allzu weit von Jakarta. Das Eingangstor befand sich im Kampung, eingezwängt zwischen den Häusern und Zäunen der Nachbarn. Anders als bei anderen Häusern, bei denen die Klingel seitlich an der Eingangstür angebracht ist, hatte dieses Haus die Klingel an der Hofseite und ein Vorhängeschloss an der Tür. Auf mein Klingeln erschien ein Kind, das schweigend den Riegel aufsperrte. Ich sagte, dass ich den Vater sprechen wolle. Das zwergenhafte, stumme Kind führte mich durch einen Gang, wobei es hüpfte wie ein Karnickel. Erst jetzt merkte ich, dass das Grundstück hinter dem Tor riesig groß war und vielleicht fünf Hektar umfasste. Der Hausherr saß, die Beine überkreuz in einem Pendopo, bat mich, Platz zu nehmen und streckte mir einen Zettel entgegen, auf dem er soeben etwas notiert hatte:

»An diesem Ort sprechen die Menschen nicht. Nur der Hund besitzt eine Stimme.«

Ich schwieg einen Moment.

Ich hatte verstanden und schrieb auf den Zettel: »Aber ich höre Vogelstimmen.«

Da korrigierte er sich: »Hier sprechen die Menschen nicht. Nur Hunde und Vögel haben Stimmen.«

Als ich das gelesen hatte, antwortete ich: »Unterhalten wir uns etwa nicht, obwohl wir nicht sprechen?«

Ich händigte ihm meine Antwort aus, und er nickte zustimmend, konnte aber keine passende Entgegnung finden. Nach einer Weile nahm ich den Zettel wieder an mich und änderte meine Notiz, denn ich hatte begriffen, was er meinte:

»An diesem Ort haben die Menschen keine Stimme, und ein Hund kann nicht sprechen.

Soweit ich weiß, bellen Hunde.«

Er las das und stimmte zu. Auf diese Weise unterhielten wir uns schriftlich.

»Ich besitze ein Stimmband«, schrieb er, »aber meine Frau nicht. Ebenso wenig meine vierzehn Kinder. Das Jüngste hat Ihnen vorhin aufgemacht. Meine Frau verlor ihre Stimme, als sie mich heiratete. Ich kann mir nicht erklären, warum. Und sie hat nur Kinder zur Welt gebracht, die keine Stimmbänder besitzen.«

»Gibt es nicht Leute, die so etwas für eine Strafe halten, weil sich früher einmal irgendein Vorfahre mit übernatürlichen Kräften abgegeben hat?«, fragte ich.

»Das ist totaler Unsinn«, schrieb er.

»Wenn jemand auf den Friedhof geht, um dort um Reichtum oder ewige Jugend zu bitten, dann kann es schon passieren, dass seine Kinder oder Enkel missgebildet oder vom Unheil verfolgt sind. Aber wir sind ja nicht behindert oder unglücklich. Im Gegenteil. Ich liebe meine Frau und meine Kinder sogar sehr. Deswegen habe ich meine Stimmbänder vergessen und ein Reich gegründet, in dem die Menschen nicht sprechen, sondern schreiben. Es heißt, die Sprachkompetenz liegt im Mittelhirn, während die Sehfähigkeit im hinteren Hirnteil angesiedelt ist, aber meiner Meinung nach gehen beim Schreiben Sprachkompetenz und Sehfähigkeit ineinander über. Also geben hier die Buchstaben keine Laute wieder, sondern stehen für das Verstehen, so dass es auch keine Ausspracheregelung gibt. So wird z.B. das Wort Schwein nicht durch die Buchstabenfolge S – c – h – w – e – i – n erklärt, sondern es verweist direkt auf das Tier, das man Schwein nennt. Allerdings gibt es bei uns kein Schwein, das stinkt, nicht wahr! Oder Liebe besteht nicht aus L – i – e und b – e, sondern das Wort verweist auf die Idee und das Gefühl von Liebe. Es gibt kein Alphabet. Es gibt nur Wörter im Sinn von Piktogrammen. Die Kinder bilden die Wörter nicht aus einzelnen Buchstaben, sondern sie verbinden die Wörter unmittelbar mit den jeweiligen Bedeutungen. Sie lernen nicht Wörter und Sätze schreiben, sondern sie lernen Wörter und Sätze zeichnen. So ist das, denn wir haben die Funktion der Stimmbänder vergessen.«

»Wunderbar«, rief ich aus, denn ich war tief beeindruckt. »Aber heutzutage verwenden die Leute schon kaum noch

Tonbänder. Sie benutzen kleine Scheiben, Compact Discs. Wäre es nicht möglich, mit solchen digitalen Scheiben die Stimmbänder der ganzen Familie zu ersetzen?«
Da wurde er zornig. »Du verstehst überhaupt nichts von Anatomie!« schrieb er mit grüner Farbe. Er benutzte einen vierfarbigen Kugelschreiber der Marke Bic, um auch seine Gefühle auf diese Weise auszudrücken.
Ehrlich gesagt, verletzten mich seine Worte, denn ich studiere Medizin, verstehe einiges von der menschlichen Anatomie, habe schon mehr als einen Leichnam seziert und die Organe in feinsten Schnitten freigelegt. Aber ich brauchte die Adresse der Freundin meiner Großmutter und so widersprach ich nicht. Außerdem verfügte ich nur über blaue Farbe und schrieb »Verzeihung!« Er gab mir die Adresse von Herrn Sembodo, dem ältesten Enkel von Frau Suprihatin, deren Kinder alle schon gestorben waren. Von Herrn Sembodo, Bambang Sembodo, wie er sich nannte, erhielt ich die Adresse hier, die um ein Haar im Zug verschwunden wäre. Außerdem die Auskunft, dass seine Großmutter eine Regenmacherin von großer Kraft sei. Sie sei eine Meisterin, die der Präsident stets bei Staatsakten heranziehe, äußerte er mit überschwänglichem Stolz. Deshalb sei auch ihr Dorf schon an das Stromnetz angeschlossen worden, während die Ortschaften der Umgebung noch im Finsteren lägen. »Nur schade, dass sie kein Telefon wollte.« Zu viel Technik würde ihre magischen Kräfte beeinträchtigen, meinte er. »Großartig!« antwortete ich. »Ich habe gar nicht gewusst, dass Indonesien einen Präsidenten hat. Und auch dass Indonesien ein Staat ist, habe ich

erst jetzt von Ihnen erfahren!« Aber das sagte ich erst, als ich bereits die Adresse von Frau Suprihatin bekommen hatte.

Die Frau verfüge über magische Kräfte. So hatte Herr Sembodo gesagt, Bambang Sembodo. Aber sie sei keine Regenmacherin, die einen Regenguss einfach so mit Zigarettenrauch vertreibe. Sie sei ein Dukun mit magischen Kräften von großer Stärke. Regen zu vertreiben sei nur eine ihrer Fähigkeiten. Sie beherrsche die graue Kunst, eine Mischform aus schwarzer und weißer Magie. Sie könne zaubern, könne aber auch bösen Zauber entkräften. Die magischen Kräfte meiner Großmutter erreichten nicht einmal ein Zehntel dessen. Nur warum hat sie zugelassen, dass der Regen meine Fahrt behinderte? Ich beginne langsam zu befürchten, sie könnte etwas gegen meinen Entschluss haben, das Leben meiner Großmutter zu beenden.

»Von diesem Platz aus sehe ich jeden Morgen die Sonne aufgehen«, kommt abermals die Frauenstimme von der anderen Seite des Raums. »Sie erscheint zwischen den Bäumen, ein runde Platte aus funkelndem Messing.« Diesmal ist es klar, sie spricht zu mir.
»Mbah, seht Ihr, heute streikt die Sonne.«
In aller Ruhe zieht sie eine Schachtel Zigaretten aus ihrem BH, zündet sich eine an und beginnt zu rauchen. Und tatsächlich, nach dem dritten Zug sehe ich, wie der Regen abzieht und die Sonne erscheint. Groß, wenn auch noch etwas bleich und teilweise hinter Nebelschwaden verborgen. Es sind Retjo Pentung-Zigaretten. Das Aroma

erinnert mich an den Geruch meiner Großmutter, den ich vorhin in der Nase hatte. Mich erfasst ein kurzer Schauder. Außerordentlich. Die alte Frau, die mit drei Zügen Regen vertreiben kann, weiß natürlich auch, warum ich hierher gekommen bin.
In dem Moment, in dem die Sonnenstrahlen in das Innere der Hütte fallen, kann ich ihr Gesicht erkennen, ich erkenne es wieder, es gleicht dem auf dem Foto, ist nur eingefallener. Die Schläfen und das Gebiss sind unverändert, denn diese Teile des Gesichts sind es, die die Menschen voneinander unterscheiden. Die Kehlen sind ja bei allen gleich. Ihre Nase, ihr Mund und die Ohren sind sich gleich geblieben. Nur das Kinn ist geschrumpft.
»Ja«, sagt sie, ohne sich zu erheben. »Deine Großmutter hat es nicht besonders gut getroffen«, sagt sie ohne weitere Erklärung. »Wir waren zusammen in der Schule«, fährt sie fort und schweigt wieder. »Als uns bewusst wurde, dass der Mensch nicht ewig jung bleibt und vom Glück begleitet wird, gab ich meine Kenntnisse an andere weiter. So konnte ich bestehen. Jetzt bin ich hundertdreiundzwanzig Jahre alt. – Aber du, nicht deine Mutter, möchtest Adnjanis Tod.«
»Das stimmt nicht!«
»Vielleicht«, sagt sie, »aber ich irre mich selten. Komm her, mein Junge«, ruft sie dann. »Komm her, ich kann ja nicht mehr sehen.«
Ich gehe zu ihr und betrachte ihre Augen, sie sind matt, im Gegensatz zu ihren vom Betelkauen und Rauchen dunkelorangenen Lippen. Ich wedele mit der Hand vor ihrem

Gesicht, aber sie blickt unverwandt dorthin, wo ich eben gestanden und gesprochen habe. Ich weiß nicht, warum mich Traurigkeit befällt, vielleicht weil sie meine Nähe nicht spürt, vielleicht auch weil ich an meine Großmutter denken muss, die nur noch Auge ist. »Großmutter, ich bin hier, ich stehe direkt vor Euch. Könnt Ihr nicht gegen meine Hand hauchen und so meine Gegenwart spüren?«
»Junge, warum hasst du deine Großmutter?«
»Ich hasse sie nicht, ganz und gar nicht.«
»Warum willst du dann, dass sie stirbt?«
»Fühlt sie sich nicht selbst sterbenskrank? Außer mir kann keiner sie mehr ertragen. Und was ist, wenn ich vor ihr sterbe? Werden die Leute, die solchen Abscheu vor ihr haben, sie dann nicht lebendig begraben?«
»Ohne ihre Kraft wärst du und wäre deine Mutter längst tot. Ihr wäret damals zusammen mit deinem Vater umgebracht worden.«
»Ich verstehe nicht, was Ihr meint.«
»Aber du kannst es ahnen, nicht wahr? Als du noch ein Kind warst, warfen Menschen andere Menschen auf Lastwagen und fuhren sie dorthin, von wo es keine Wiederkehr gibt. Die Lastwagen kamen aus Java.«
»Das verstehe ich nicht.« Und ich will es auch nicht verstehen.
Sie schweigt einen Augenblick.
»Wenn es so ist, dann warte etwas, denn sie kommen nur im Dunklen.«
»Wer?«
»Sie.«

»Müssen wir bis zum Abend warten?« Ich erinnere mich an das geliehene Motorrad.
Sie schweigt. Lange.
»Das ist nicht nötig. Sie sind dort, wo die Sonne nicht hinkommt.«
»Aber wer sind sie?«

FLEDERMÄUSE

Sie bringt mich zu einer Fledermaushöhle.
Wir kommen an einer Stelle vorbei, an der mir einen Moment lang ein ranziger Geruch in die Nase steigt, wie von meiner Großmutter. Ich schaudere und werde gleichzeitig traurig.
Wir sind zu dritt, sie, Muluk, ihr Helfer, der mich vorhin empfangen hat, und ich selbst. Der junge Mann trägt die alte blinde Frau auf dem Rücken. Als wir durch den Teakwald laufen, scheint seine Last ihm sehr leicht zu sein. So wie mir meine Großmutter, wenn ich sie aus der Badekammer trage. Ich kann die treue Ergebenheit in seinen Augen lesen und erkenne darin meine eigenen Augen. Sie sind wie der Spiegel eines dunklen Sees, in dessen Tiefe ein Geheimnis liegt: die unerklärliche Hingabe an die Großmutter. Ein Gehorsam, der etwas Abstoßendes hat und doch schön ist. Eine Spannung zwischen Abscheu und Bereitwilligkeit, die bei mir in dem Moment ihren Höhepunkt erreicht hat, als ich beschlossen habe, dem Leben meiner Großmutter ein Ende zu bereiten. Muluk, mein Freund, wann wirst du tun, was ich zu tun im Begriff bin, denn das ist unser Schicksal?

Den Zugang zur Höhle bildet ein Spalt am Abhang eines Hügels. Es geht tief hinein. Zwischen Farnkraut und ähnlichen Gewächsen, die einen frischen, bitteren Geruch verströmen. Die Spitzen ihrer Blätter, zusammengerollt wie kleine Föten, hängen tief herab. Als ich hinuntersteige, wird es kühler und feuchter. Unten fließt der Bach Lembu Peteng, dessen Lauf ein kleiner Fluss kreuzt, der aus dem Inneren der Höhle kommt. Es ist finster. Wenn das Wasser in der Höhle steigt, was manchmal passiert, dann sitzt man, wie es heißt, in der Falle, falls man sich nicht in die Schächte oberhalb flüchten oder an den Stalaktiten hinaufklettern kann. Wenn die Gefahr vorüber ist, dann bleibt der Kalkstein glatt und durchsichtig wie junger Marmor zurück, denn das Wasser spült Moos und Algen fort, die sich im Schlamm zwischen dem verwitterten Kalk festgesetzt haben.

Man sagt, der Bach fließe in der Höhle unterirdisch weiter und münde in einer großen Spalte direkt in den Indischen Ozean. Dann vernehme ich die Stimme der alten Frau wieder, die von den Wänden widerhallt: »Die Leute, die deinen Vater umgebracht haben, Junge. Es sind dieselben Leute, die mit den Lastwagen. Sie schleppten alle, die sie für Feinde hielten, heran, lebendig oder tot, Frauen wie Männer, die einen mit Kopf, die anderen ohne, oder überhaupt bloß den Kopf, und warfen sie im Südosten in ein Erdloch. Unterhalb davon floss dieser Bach hier entlang, parallel zum Brantas-Strom. Auf diese Weise wurden die herabgeworfenen Körper von der Strömung erfasst und zum offenen Meer getrieben. Wer noch lebte,

kam unterwegs um, vom Strudel erfasst, so dass alles, was dort angetrieben wurde, nur noch weiß aufgetriebene Leichen waren. Blutlos waren sie und stanken. Das geschah im Jahr 66, und noch heute zittern die Leute hier, wenn sie an diese Jahreszahl denken oder an irgendeine Kleinigkeit, deretwegen unschuldige Nachbarn umgebracht worden sind. Es war eine ganz furchtbare Zeit. Ein Heer von Todesengeln war auf die Erde herabgefahren und hatte die Gesichter von Menschen angenommen, doch niemand wusste, was für Menschen es waren. Das wusste man erst, wenn sie einen zum Rand eines Grabens schleppten, mit dunklem Gesicht, ohne Augen. Niemandem konnten wir mehr vertrauen, dem Geliebten nicht, nicht einmal uns selbst. Denn damals brauchte man bloß auf einen anderen Menschen zu zeigen, um sich selbst zu retten. Den Schatten des Todes über dem eigenen Kopf auf den eines anderen zu lenken. Doch auch wir waren gepeinigt von der Sorge: Sitzt uns nicht der Tod schon im Nacken? Droht nicht Freunden schon das Unheil? Wie konntest du gewiss sein, Junge, dass deinem Vater nicht dasselbe Schicksal beschieden war wie den Menschen, die man in den unterirdischen Fluss warf? Und wer konnte sicher sein, dass der Tunnel nicht zur Hölle führte, denn es gibt keine Aufrichtigkeit zwischen denen, die miteinander verfeindet sind, es gibt nur Gewinner und Verlierer. Früher oder später fahren alle zur Hölle, zu dem Ort, wo die Zungen der Betrüger in feine Stücke gehackt werden.«
»Gibt es denn keine erfreulicheren Geschichten als diese?«

»Die Fledermäuse in dieser Höhle, mein Junge, haben eine unheimliche Geschichte. Sie sind hier, du musst nur alle deine Sinne schärfen, um sie wahrzunehmen. Zu Hunderten, ja zu Tausenden hängen sie in den Nischen und Spalten an der Decke der Höhle. Spürst du nicht, wie ihre winzigen Herzen pochen? Spürst du ihre warmen Körper nicht? Du kannst sie nicht sehen, denn das Tageslicht dringt nicht bis hierher. Wenn sich jedoch Sonnenstrahlen hierher verirren würden, dann wären die kleinen Lichter an der Decke der Höhle wie eine riesige Sternenmenge, mit dem Großen Bären und den anderen Sternbildern des Tierkreises. Hinter ihnen sind überall verschlungene Gänge, in denen Fledermäuse in unüberschaubarer Menge sitzen, zusammengepfercht wie die Menschen in den engen Gassen der Großstädte. Weißt du, wer sie sind?«
»Wenn ich ehrlich sein soll, nein.«
»Es sind die Verlorenen und Besiegten. Sie sind nicht tot, denn sie leben nachts in unseren Träumen. Lach nicht darüber und denke nicht, es wäre ein Ammenmärchen. Nur wenige Menschen haben bisher gehört, was ich Dir jetzt erzähle:

»Die Leute nannten sie das verschleierte Mädchen. Sie lebte vor vielen hundert Jahren hier, im elften Jahrhundert, im Reich Dhaha, bevor es in zwei Hälften geteilt wurde, Kedhiri im Westen und Jenggala im Osten. Sie hatte sich König Airlanggas Zorn zugezogen und musste fliehen. Sie zog von Wald zu Wald auf der Suche nach

Durga. Die Göttin verbirgt sich gern in alten Bäumen, besonders in Waringins, in Kepuh- oder Kapok-Bäumen. Das Mädchen blieb unsichtbar, die Leute in den Dörfern sahen nur, wenn sie durch die Ritzen ihrer Bambuswände lugten, einen Schatten vorübergleiten. Ihre Schritte schwebten über der Erde, sie bewegte sich geschmeidig wie ein Panther, die Ringe aus kleinen Münzen um ihre Fesseln klimperten ganz leise. Ihr Hüfttuch war dunkel gesprenkelt. Die Menschen spürten es, wenn sie vorüberkam, denn sie verströmte einen feinen Duft von Cempaka-Blüten. Doch war sie fort, blieb Leichengeruch in der Luft hängen.
Einige glaubten fest daran, sie wäre Ratna Manjali, die von ihrem Gatten und von König Airlangga verstoßen worden war und den Schleier anlegte, um nicht erkannt zu werden. Doch konnte es niemand beweisen. Andere wieder behaupteten, es handele sich um eine gewöhnliche Frau, die wegen einer Schandtat verflucht worden sei und der daraufhin ein Bart und auf der Brust Haare gewachsen seien. Sie habe aus Kummer über die erlittene Schande ihren Körper verhüllt.
Sobald das Gerücht umging, sie sei wieder erschienen, suchten die Dorfkinder früh am Morgen auf dem Fußweg nach Spuren ihrer Tränen, die ihr nachts unter ihrem Mantel über den Körper flossen, auf den Boden fielen und dort zurückblieben, wie Tränen von Riesen: schön anzusehen. Sie vergingen nicht, aber sie waren giftig. Bloß nicht daran riechen! Sie glänzten, waren aber nur schöner Schein. Die Kinder brachten sie auf Taroblättern

nach Hause, wie Silberschmuck auf grünem Samt. Sie übergaben sie dem Dorfältesten, der damit Ehefrauen und junge Mädchen vor Ehebruch warnte.
Denkt nur, wie wunderschön Dewi Uma, der Schatz von Gott Shiwa war! Nicht aus Lust, sondern nur um ihre Sehnsucht zu stillen und zu ihrem Gatten auf die andere Seite des Stroms zu gelangen, gab sie sich einem Schiffer hin – das war der Preis, den er verlangte, um sie überzusetzen.
Da war sie verwünscht und in ein Ungeheuer verwandelt worden. Am ganzen Körper wuchs ihr rotes und schwarzes Haar und auf der Stirn ein Horn. Aus Scham und Zorn flüchtete sie sich ins Dunkel der Friedhöfe und verbarg ihre hässliche Gestalt im Finsteren.
So wurde Dewi Uma zu Durga, der Königin der Zauberinnen.
Die Wahrsagerinnen und Zauberinnen waren damals sehr mächtig. Am Rande des Reiches Dhaha, im Weiler Jirah, lebte eine Witwe. Das war Calon Arang, eine Meisterin der schwarzen Kunst. Ihre Schülerinnen waren kampfeslustige Jungfrauen mit kühner Stirn wie die Winde: Lendi, Larung, Gandi, Guyang, Weksirsa und Mahisawadana. Sie waren so schnell wie Pfeile. Doch Calon Arang war von großem Zorn erfüllt. Denn da sie eine Witwe war, kam niemand und hielt um die Hand ihrer Tochter an. Das ist das Unglück der Frauen: Ohne Mann ist eine Frau bedeutungslos, er ist es, der ihren Wert bestimmt. Und so hoffte Ratna Manjali, ihre schöne Tochter, vergeblich.

Da ging Calon Arang, um Durga auf dem alten Friedhof ein Opfer darzubringen. Der war sehr alt, die Nangkas und die Früchte der Tamarinde schmeckten besonders herzhaft, weil sie mit ihren Wurzeln die Essenz der Leichen aufsogen. Die Göttin Durga erschien aus den Faserwurzeln des Kapokbaums, aus der aufgeplatzten Kapokschote und aus deren Blättern wie eine summende Biene, bevor sie ihre hehre Gestalt annahm. Sie war schwarz. Sie hatte Verständnis für Calon Arangs Wut. Kurz darauf war das Schwirren von Insektenflügeln zu hören, wie von Termiten oder von Heuschrecken, und aus den Gräbern krochen Larven ans Licht, aus Wesen, die im Sterben lagen. Die Luft füllte sich mit stachligen Insekten. Vor dem Tor von Airlanggas Palast starben die Menschen wie Fliegen. Die Leichen türmten sich übereinander. Gestank erfüllte die Luft. Die Menschen starben, bevor sie ihre Mitmenschen begraben konnten.

Die Wut der Hexe wurde durch einen weisen Mann besänftigt. Der war alt und besonnen, trug einen Spitzbart und einen Haarknoten. Weiß. Vielleicht grau. Es war Empu Baradah mit seinem Schüler Empu Bahula. Der junge Priester sollte Ratna Manjali heiraten. So ist es: Die Frau stiftet Unheil, doch ein Mann bringt ihr die Rettung.

Doch als die Epidemie geendet und sich der Zorn der Witwe von Jirah gelegt hatte, erschlug Empu Baradah die alte Frau unter einem Hibiskus. Da wurde die weiße Magie zur schwarzen. Man konnte am Nachthimmel eine schreckliche Lichterscheinung sehen. Wie ein sprühender Feuerball aus dem Schlund des Semeru.

Zwei Schülerinnen von Calon Arang, Weksirsa und Mahisawadana, kamen zu dem großen Empu und warfen sich vor ihm auf die Knie: »Befreie uns in deiner heiligen Stille von dem Zauber.« Gandi, Guyang, Lendi und Larung jedoch entschieden sich dafür zu sterben. Allerdings waren sie nicht tot, sondern erscheinen bis heute nachts den Menschen in Träumen.
Manjali weinte. Die Geschichtenschreiber berichteten nie von ihren Tränen, denn sie schrieben nur mit Kemiri-Asche auf Lontarblätter. Sie weinte, obgleich Bahula, ihr Mann, sie zu trösten versuchte: »Die alte Hexe ist zu Recht tot.« Manjali schrieb jedoch mit ihren Tränen. Ihre Geschichte wurde von den Fasern im Papier aufgesogen. Sie ist nicht mehr lesbar.
Meine Mutter – ihr Zorn kam nicht von ungefähr.
Wie auch die Menschheit nicht aus dem Nichts kommt,
Sondern von einer Substanz, die keinen Anfang hat,
Wie die Zahlen: wo sind ihre Grenzen?
Meine Mutter – ihr Zorn kam nicht von ungefähr.
Sondern von einem alten Werturteil, von einem Vorurteil vergangener Zeiten.

»Mann, wie konnte ich bloß zulassen, dass du mich heiratetest?
»Damit die Ungezieferplage und die stachligen Insekten von der Erde verschwinden. Bist du nicht froh, die reifen Reisfelder zu sehen, so schön wie dein Leib?«
Manjali jedoch ging eines Nachts weg. Ließ ihren Mann unter dem Moskitonetz zurück. Sie flüchtete zu Gandi

und Guyang, zu Lendi und Larung. Zu den Spuren ihrer Mutter.
Die Zeit und ein Fluch veränderten allmählich ihre Erscheinung. Fraßen ihre Schönheit auf. Es hieß, ihre Haut sei immer dunkler geworden, am ganzen Körper seien ihr Haare gewachsen und überall hätten sich Falten gezeigt, unter ihrem flatternden Kleid, bevor der Wind es in Fetzen riss. Sie habe ihre schlanke Gestalt verloren. Als sie schließlich in die Höhle kam, wo die Hinterlassenschaft ihrer Mutter in den Kieseln und in der Decke aufgehoben waren, wurde sie eins mit den anderen, die dort hausten: Tausende, die von Empus besiegt worden waren. Nachts erschien sie im Traum und sang mit näselnder Stimme. Wir können hören, wie ihr Gesang widerhallt.
Aber die Leute fanden nie wieder Tränen auf den Wegen.«

Stille. Ab und zu fliegt ein kleiner Vogel, der farblos scheint, zwischen den tropfenden Stalaktiten hin und her. Die Geschichte hat in mir eine eigenartige Traurigkeit hinterlassen, wie etwas, das meinem Leben vertraut ist, aus einer früheren Zeit kommt, vielleicht aus meinem früheren Leben, die Höhle jedoch nimmt in meinen Augen immer deutlicher Gestalt an. Ihr Boden besteht aus einer Schicht Korallen und kleinen spitzen Steinen, von denen die Füße schmerzen. Das Gelände fällt zum Fluss ab, der momentan wenig Wasser führt. Die Steine im Fluss sind von dem schnell dahinfließenden Wasser glatt poliert. Um eine eventuell einsetzende plötzliche Flut mache ich mir keine Sorgen, denn ich vertraue der alten Frau.

Doch wie kann ich ihr eigentlich vertrauen und annehmen, dass sie mich nicht an einen Felsvorsprung locken und in den unterirdischen Fluss stoßen will, dort wo einem Wogen über den Kopf schlagen, die Lungen aufblähen und die Organe zerstören? Woher nehme ich die Zuversicht, dass sie mit meinem Plan einverstanden ist? Wie kann ich gewiss sein, dass sie nicht meine Großmutter, ihre Freundin, schützen wird, die ich töten will?
Was suche ich hier eigentlich? Bin ich etwa schon in eine Falle geraten? Es ist wie das erste Wagnis im Leben, wenn bei der Geburt dieses Leben beginnt. Ich gehe dem Tod entgegen, dem eigenen oder dem meiner Großmutter.
In der Mitte verläuft ein Graben, der Wasser führt, wenn auch nur niedriges. Darin türmen sich Felsbrocken, glatt, wüst durcheinander, schlammbedeckt. Muluk und die alte Frau führen mich in einen anderen Teil der Höhle, der hinter einem großen Felsen ansteigt. Ich erkenne die Gesichtszüge des Feldherrn von Majapahit, Gajah Mada, – allerdings mit abgeschlagener Nase – die aus dem Felsen herausgemeißelt sind. Der junge Kerl ist flink wie ein Affe. Er hat Hornhaut an den Fußsohlen und gleitet mühelos über die glatten, lehmverschmierten Kalkfelsen. Ich habe extra meine Schuhe ausgezogen und an meine Gürteltasche gebunden, rutsche aber trotzdem bei dieser Tour mehrmals aus, die inzwischen schon eine halbe Stunde dauert. Langsam kommen mir Zweifel, ob ich dieses beschwerliche Unternehmen fortsetzen soll, um mein Ziel zu erreichen. Aber es ist längst zu spät zur Umkehr, denn ich habe nun schon ein ganzes Jahr damit zugebracht,

viele Menschen dafür zu gewinnen, mir Informationen zu geben, die mich hierher geführt haben. Mein Erfolg wäre die gerechte Belohnung für ihre Bemühungen. Großmutters Tod wäre unsere gemeinsame Leistung, denn wenn sie bereit waren, mich zu unterstützen, dann wäre das doch ein gemeinsames Unternehmen? Oder ist es umgekehrt? Ist all dies eine Verschwörung, die auf meinen Tod abzielt? Vielleicht erlebe ich gerade das letzte Abenteuer in meinem Leben.

»Was wollen wir hier eigentlich und wie lange soll das alles noch dauern«, frage ich ungeduldig.

»Ruhig, mein Junge. Wir gehen nur zur untersten Stufe der Finsternis, wo die Luft der verstorbenen Seelen noch nicht so dick ist und du noch frei atmen kannst. Daher hol tief Luft, solange es noch geht. Etwas, die Menschen nennen es Gusti Allah, schenkt uns am Anfang das Leben. Aber es gibt auch Wesen, die uns vor den Todesengeln verbergen. Sie sind hier, obgleich hier kein luftleerer Raum ist.«

Auf dem Rest des Weges spüre ich die Leere wie ein Summen im Ohr. Die alte Suprihatin beruhigt mich, doch zugleich fühle ich mich auf unbegreifliche Weise besorgt. Bin ich denn in den langen Jahren meiner Großmutter so nahe gekommen, dass ich jetzt spüre, jemanden gefunden zu haben, der ihr gleicht? Aber woher nehme ich die Gewissheit, dass sie – die Alte und meine Großmutter – nicht gemeinsame Sache gegen mich machen? Ich möchte aus der Höhle fliehen, mich vergewissern, dass es draußen hell ist, doch eine Kraft drückt mich wie ein heftiger

Wind in eine Sackgasse. Das Gelände steigt weiter an, es wird immer finsterer und riecht modrig. Uringestank und Brandgeruch mischen sich miteinander. Mir ist, als käme ich meiner Großmutter immer näher, als läge sie in einer der schwarzen Felsnischen. Ich fühle, dass sie schon vor mir da war, größer als früher, dass sie mich wie ein Schatten erwartet, bereit mich zu packen oder in ihren eigenen Körper hineinzuziehen.

»Hier ist es.«

Wir machen halt. Vor uns wölbt sich eine Höhlung, wie ein Rippenbogen, an dem in der feuchten Luft das Fleisch verfault und das Blut geronnen ist. Der Gestank von Phosphor sagt mir, dass wir drei hier nicht allein sind, sondern dass uns Wesen von den Wänden herab belauern, zu Hunderten, ganz klein, pulsierend wie Schlagadern. Mit winzigen Zähnen, scharf. Die Alte lässt ihren Gehilfen das schwache Licht der Taschenlampe löschen. Da werde ich wie sie, blind, und, mein Freund – schon lange habe ich mich nicht mehr an dich gewandt, – du wirst wissen, wie wach unsere Ohren und unsere Haut in dem Moment werden, in dem wir nichts mehr sehen. Wie sensibel und gleichzeitig wie machtlos.

Sie fordert mich auf, mich hinzusetzen, während sie selbst sich mit gekreuzten Beinen niederlässt. Sei still, sagt sie, sprich nicht, bevor ich es dir nicht erlaube, denn dies ist ein Ort, an dem die Menschen kein Recht haben, weil sie ihn nicht geschaffen haben. Sie allerdings schweigt nicht, sondern murmelt lange mit leiser Stimme Mantras, die manchmal undeutlich, manchmal klar, dann wieder kaum hörbar im bemoosten Kalkstein verhallen. Ich habe das Gefühl, als ob sich die Natur um mich herum verändert, es ist ein ganz seltsames Gefühl, denn ich werde zu einer unbeweglichen Statue, fest wie Stein, meine Poren werden alt und steif, als ob meine Körpersäfte von der Höhle aufgesogen würden, die sich daran labt. Der Pulsschlag an den Wänden der Höhle wird immer stärker, es ist, als erhöbe sich ein Wind. Sie flüstern, piepsen und verströmen einen unangenehmen Geruch, die winzigen Herzen. Schließlich befällt mich ein Gefühl von Einsamkeit und Fremdheit, denn ich bin kein Teil dieser Schattenwelt hier. Es ist stockdunkel. Ich weiß nicht mehr, wer ich bin. Kein Subjekt, kein Objekt, sondern nur etwas Fremdartiges. Was sind das für Wesen, was verbirgt sich in der Dunkelheit, die in diesem Moment lebendiger ist als ich? Ich muss hier weg oder ich werde verdorren.

Nach dem Gefühl der Fremdheit, das an mir zieht, ist es mir plötzlich, als sei meine Todesstunde gekommen. Funken wie von einem Feuerwerk leuchten auf, von irgendwoher, wie Kohlen, die glühen, aber nicht leuchten. Erst nur ein, zwei Funken, dann kleine Blitze, die in alle Richtungen sprühen, ich kann nicht erkennen, woher sie kommen, wie Splitter von einem Feuerball. Sonst liegt die Höhle in völliger Dunkelheit, allerdings vernehme ich – meine Ohren werden immer hellhöriger–, wie die alte Frau von ihrem Meditationssitz aufspringt – jetzt ist es nicht mehr Muluk, der sich flink bewegt, sondern sie. Es scheint, als fange sie etwas mit ihrem Atem ein, dann höre ich sie mehrere Minuten lang im Feuer hin und her springen, so dass ich vergesse, dass sie blind ist. Dann wird es totenstill. Eine Stunde, zwei Stunden, fünf Stunden – ich kann nicht sagen, wie lange. Und ich traue mich nicht zu fragen. Es ist das erste Mal seit fünfzehn Jahren, dass ich mich nicht traue. Eine schreckliche Müdigkeit befällt mich, wahrscheinlich aus Mangel an Sauerstoff, ich muss gähnen.

Etwas reißt mich aus meinem Wachtraum.

Eine Welle aus flatternden Flügeln, wie eine Woge, die von oben kommt, wie der Kamm einer ungeahnten Flutwelle. In der Kuppel über mir öffnen sich zehn, zwanzig, dann Hunderte von Flügeln, dann Tausende, und wie wenn Dominosteine fallen, aus den verschiedensten Richtungen, ohne zusammenzustoßen, so stürzen die Wände unaufhörlich zusammen, ich muss mich niederkauern, den Kopf mit Händen und Armen vor den Geschöpfen schützen, die Schicht um Schicht herunterfallen, während sie schrille Schreie ausstoßen und Gestank verbreiten. Donnernd, zischend. Die Fledermäuse flattern kreisend durch die schmalen Gänge nach draußen, der Nachtluft entgegen, die sie schon in der Höhle gewittert haben, lassen einen scharfen Luftzug voller Guanostaub zurück.

Minutenlang hallt in meinen Ohren das Geräusch des zusammenbrechenden Gewölbes nach, ich glaube, der einzige Mensch hier zu sein, dann wieder glaube ich, kein Mensch zu sein – der Unterschied zwischen beidem, Menschsein und Nicht-Menschsein hat sich aufgelöst. Aber ich sehe wieder die Funken glühender Kohle. Diesmal sind sie größer, gelb, sie werfen einen Moment lang einen Lichtschein auf die Brocken von Fledermauskot, zerplatzen dann in einer hellen, orangefarbenen Wolke und lösen sich auf. Ich höre die alte Frau heftig atmen. Dann tritt Stille ein, die Stille nach einer Explosion. Nur ein kleiner Schwarm von Tieren fliegt noch durch den Schacht, wie eine Woge, die verebbt.

Schließlich erlaubt sie mir wieder zu sprechen. Mit schwacher Stimme sagt sie: »Das waren die letzten, es ist vorbei. Es ist Maghrib. Ich habe meine Freundin besiegt.«

Dann sucht sie meine Hand, ich reiche sie ihr, und mit einem leichten Zittern drückt sie mir ein paar grobe Kügelchen in die Hand, die ich erst für Steinchen halte. Doch im schwachen Schein der Taschenlampe sehe ich, dass es kleine Amulette sind, deren Herkunft ich mir nicht erklären kann. So groß wie Knöpfe und in der Farbe von dunklem Zinn. Auf der Oberseite sind kleine Buckel, Gravuren, möglicherweise Schriftzeichen, vielleicht Verwünschungen. Sie sagt, ich solle nicht fragen, denn die Antwort würde mich doch nur ratlos machen. Dann zerstreut sie meine Zweifel: »Muluk, mein treuer Gehilfe, das brauchst du für mich nicht zu tun, denn ich gehe von selbst, wenn meine Zeit gekommen ist.«

Sie wendet sich an mich: »Das sind sechs Amulette, die du auf ihrem Leib verteilen musst, von der Brust bis zum Nabel, damit der Ausgang für ihre Seele geöffnet wird. Mein Junge, du hast sechsmal Gelegenheit, dein Tun zu bereuen, bevor sie wirklich tot ist.« Es ist, als würde ihre Stimme von den Wänden verschluckt, die wir nun hinter uns lassen.

Auf dem Rückweg trifft uns noch einmal der Ausläufer eines Wirbelwindes von einem nachfolgenden Schwarm, der gerade die Höhle verlässt. Die Luft ist erfüllt vom Geräusch der schlagenden Flügel mit den kleinen Fingern, von einem fast unhörbaren Schwingen, man spürt die Haare, die heißen kleinen Körper, die Krallen dicht an dicht.

Unten steigt der Wasserspiegel.

Diese Höhle ist die Stadt der Fledermäuse. Zu dieser Tageszeit sind sie am aktivsten. Muluk lacht und zum ersten Mal höre ich ihn etwas sagen: »Ich bin oft hier, ich sammle den Kot der Fledermäuse als Dünger. Wenn du die Pilze magst, die auf Kuhmist wachsen, die findest du bei dem Graben am Teakwald. Ich esse sie fast jeden Tag. Dann muss ich immer lachen und bin gleichzeitig tieftraurig.«

Als wir aus dem Felsenschlund heraustreten, liegt die Landschaft wieder vor mir, die ich so vermisst habe. Es ist wie ein Blick in eine lange zurückliegende Zeit.

Die Sonne ist untergegangen. Nur ihr Widerschein ist im Westen noch zu sehen, gleißend wie die glühende Asche, die der Gamelanschmied in die Ofenecke fegt, nachdem er die Metallplatten gefertigt hat. Aus der Halle hört man, wie jemand den Klang prüft, noch einmal, zum letzten Mal, bevor alles aufgeräumt ist und es still wird, nur die Wärme des verlöschenden Feuers ist noch übrig und ein paar Tropfen erkalteter Bronze.

Am Himmel fliegen Tausende von Fledermäusen umher, kommen von einem verborgenen Ort hoch oben. Und wir wissen, eine Welt, verschieden von der unseren, tut sich in der Nacht auf. Eine Zivilisation unbekannter Wesen, die kleine Zitzen besitzen und Härchen, die den Himmel verdunkeln in Schwärmen mit langsam flatternden Flügeln, die ganz anders sind als die vielen Vögel des Tages.

Mit Absicht nehme ich nicht den Nachtzug, aus Furcht, ich könnte einschlafen. Der helle Sonnenschein wird mich dagegen nicht vergessen lassen, dass ich um den Hals einen Beutel mit Amuletten trage, sechs an der Zahl. Die darf ich nicht verlieren, denn damit hoffe ich, das Ende meiner Großmutter herbeizuführen. Für sie ist es Zeit zu sterben. Im Dunklen passiert viel, wovon wir nichts wissen. Einige Schwierigkeiten habe ich hinter mir. Der wütende Besitzer des Motorrads, das ich erst am nächsten Tag zurückbrachte, hatte seine hitzköpfigen Freunde zusammengerufen. Sie lauerten schon vorn an der Gasse auf mich. Ich hatte das schon kommen sehen und hatte vom Abhang vor der Fledermaushöhle Pilze mitgebracht, die auf Pferdemist gewachsen waren. Das ist eine Art Psilocybe, die viel stärker wirkt als die Pilze auf Kuhdung. Sie verursacht Halluzinationen, die einen umhauen können. Jedenfalls ist es ein preiswertes Mittel, um high zu werden. Ich hatte den Koch in der Pension gebeten, sie mit Rühreiern und kleingeschnittenen Zwiebeln in der Pfanne zu braten, während ich drei Flaschen Bier besorgte und mich entschuldigte. Dann allerdings machte ich mich schleunigst aus dem Staub, bevor sie anfingen high zu werden, denn wenn sie wirklich ausflippten, konnte wer weiß was passieren. Vielleicht sind sie jetzt am Toben, vielleicht sind sie auch heiter – wer weiß das.

Meine Mutter empfängt mich am Eingang und fragt ängstlich, ob ich etwa einem Trenggiling, einem Ameisenfresser, begegnet sei.

»Wie kommst du darauf«, frage ich, »du weißt doch gar nicht, wo ich gewesen bin.«
Sie wirkt sehr besorgt. »Deine Großmutter hat davon im Schlaf gesprochen. Die Leute im Dorf sehen darin ein böses Omen. Denn ein Ameisenfresser hat Schuppen wie eine Schlange, aber vier Beine.«
Da muss ich lachen. »Die Leute im Dorf haben selbst weiße schuppige Flecken an den Beinen, warum ekeln sie sich dann vor Schlangen? Gibt es keine schlimmeren Zeichen?« Ich bin schon einmal einem Trenggiling begegnet, als ich mich bückte, um Pilze zu sammeln, die am Rande eines Hügels wuchsen. Das Tier sah mich einen Moment lang an, dann huschte es an meinen Füßen vorbei ins Gebüsch. Doch alle Vorzeichen sind schlecht. Eine grüne Fliege in der Nacht, Fledermäuse, der Traum von einem abgebrochenen Zahn, ein Ameisenfresser, eine verirrte Schlange – das sind alles Unglückszeichen.
»Man muss doch nicht immer überall Unheilszeichen sehen. Du bist bloß abgespannt, weil ich nicht da war und mich nicht um Großmutter kümmern konnte.«
Da ist sie still.
»Wo bist du denn eigentlich gewesen, Junge?«
»Du hast dich doch nie darum gekümmert, warum fragst du jetzt auf einmal?«
»Ich mache mir Sorgen. Und du hast bestimmt vergessen, deine Medikamente zu nehmen, oder?«
Meine Mutter weiß nie, wo ich hingehe. Ich bin es gewohnt, meine Sachen selbst zu erledigen. Außerdem fragt sie immer zu viel und kann nicht zuhören. Die beiden

Großmütter sind da anders. Sie sind überhaupt unglaublich stark. Vielleicht werden alle Frauen stark, wenn sie alt werden und keinen Busen mehr haben. Männer werden wie Ballons, denen die Luft ausgegangen ist. Sie haben noch geile Augen und Sperma in den Hoden, aber keine Kraft mehr, es herauszuspritzen. Alles ist schlaff, tropft, fließt. Warum werden Menschen alt?
Warum werden Menschen alt und krank, bevor sie sterben und verwesen?
Weil der Körper das Leben liebt und den Tod mit Schmerzen bekämpft.
Ich werde einmal meinen Körper niederringen, bevor mir die Altersschwäche mein Selbstwertgefühl raubt. Ich werde alle Schmerzen niederkämpfen, bevor sie mich in die Knie zwingen. Das Leben kann den Tod nicht aufschieben, aber man kann Schluss machen. Ich werde über meinen Tod bestimmen, wenn die Zeit dazu gekommen ist. Meine Zeit ist noch nicht gekommen, wohl aber die meiner Großmutter.
Sieh dir ihren Körper an, wie er daliegt, so wie ich ihn nun betrachte durch den Türspalt, ein schmaler Schatten, ein schwacher gelblicher Lichtschein fällt auf die Matratze, teilt das Dunkel. Auf dem Bett mit seiner trostlosen Farbe sehe ich Großmutter, ihre Fußsohlen, die Finger, den Oberkörper – ihr Kopf bleibt mir verborgen. Als ich näher trete und die Türöffnung größer erscheint als sie ist – du weißt, mein Freund, wie die Entfernung optische Täuschungen hervorbringt –, kann ich Großmutters Gesicht sehen, wobei der Schatten an ihrem Hals ihr den Kopf

vom Körper trennt. Sie ist nicht tot, sie schläft. Um zu sterben, braucht sie mich.
Sie braucht mich, um ihr Leben zu beenden, denn sie selbst ist nicht bereit, ihren verfallenden, aber zähen Leib zu besiegen. Der Körper will nicht aufgeben. Ich werde ihr meine Treue beweisen, indem ich ihn besiege und dem Tod übergebe. Großmutter, nachher werde ich die Amulette auf deinem Körper verteilen, aber sag ehrlich, kannst du ein Leben wie dieses noch länger lieben?
Sie hat wahrgenommen, dass die Tür aufgegangen ist, denn der Lichtschein hat sich verändert. Sie dreht den Kopf zu mir und ich sehe, dass sie die Augen offen hat und mein Näherkommen bemerkt. Sie lächelt wie ein Baby. Was bin ich für sie: Enkel, Sohn, Ehemann? Drei Nächte habe ich ihren Geruch nicht mehr in der Nase gespürt. Aber jetzt nehme ich Leichengeruch wahr.
Eine tote Ratte liegt im Zwischenraum zwischen Zimmerdecke und Dach. Wahrscheinlich hat sie Gift gefressen.
Möglicherweise ist es gar keine Ratte, sondern eine Katze. Katzen spüren ihre Todesstunde und ziehen sich in die Einsamkeit zurück, um zu sterben.
Richtig, aber was es auch sein mag, es kann den Geruch seines eigenen Körpers nicht vertreiben.
»Was hast du da am Hals hängen, Junge?«
Sie hebt ihre Hand, als ob sie danach greifen wollte, aber dann überfällt sie ein Zittern und die Hand sinkt auf die Matratze zurück. Ich fasse ihre Hand und halte sie fest. Ich weiß nicht, ob ich wegen ihrer Frage zu zittern begin-

ne. Aber mein Herz klopft, ich spüre an meinem Hals, wie die kleinen Amulettkügelchen in dem Beutel ganz leicht aneinanderschlagen. Ich gebe ihr keine Antwort, sehe sie nur an, lächele besänftigend. Ich hätte ihre eigensinnige Stirn küssen mögen. Großmutter, liebst du wirklich ein Leben wie dieses hier?

»Was hast du da um den Hals hängen, Junge?«

»Großmutter, ich bin wieder zurück. Ich bin gerade zurückgekommen.«

Sie betrachtet den Beutel um meinen Hals, ohne ihren Kopf zu bewegen. Sie senkt ihren Blick, so dass ich das Weiße in ihren Augen, das nicht mehr weiß ist, sehen kann.

»Unterwegs sind meine Papiere und das Geld in dem Beutel sicherer als in meiner Hosentasche.«

»Ja«, sagt sie mit zitternder Stimme. »Das Portemonnaie – das steckst du in die Tasche hinten. Aber dies hier trägst du zwischen Brust und Hals. Das Leben, Junge, sitzt in der Brust. Nicht im Hintern. Du hast Recht, wenn du wertvolle Sachen in dem Beutel um den Hals trägst. Das Portemonnaie kann ein Taschendieb unbemerkt herausziehen. Aber bevor er das da hat, muss er dich zur Leiche machen. Du bist wirklich ein kluges Kind. Das einzige kluge Kind.«

Ich bin kein Kind mehr.

Ich setze mich auf einen Stuhl neben ihrem Bett. Eine Hausangestellte kommt herein. Durch die geöffnete Tür dringt nun helleres Licht ins Zimmer. Kaum hat sie den Milchkaffee für mich auf den Tisch gestellt, verscheucht

meine Großmutter sie barsch. Eilends verschwindet sie, schließt hinter sich die Tür, so dass wir wieder wie vorher im Halbdunkel sitzen, wo man nicht einmal die Bettpfosten sehen kann. Nur ich und eine schwebende Fläche, darauf meine Großmutter, ausgestreckt.
Sie schließt ihre Augenlider, als wollte sie ihre Ruhe haben, schlafen, ihre Hand in meiner. Ich habe ein schlechtes Gewissen. Muss ich ein schlechtes Gewissen haben? Ich brauche mich nicht schuldig zu fühlen. Was habe ich denn falsch gemacht?
Dein Fehler war, dass du gelogen hast. Warum hast du der alten Frau nicht freiweg gesagt, was du in dem Beutel hast? Weil du sie heimlich töten willst. Feigling!
Nein, ich bin kein Feigling, sondern ein Mensch, der ein gutes Herz hat. Nur zum Tode Verurteilten teilt man den Zeitpunkt ihrer Hinrichtung mit.
Ist etwa dein Entschluss, ihrem Leben ein Ende zu machen, kein Todesurteil? Denn ein Todesurteil wird niemals von einem selbst verhängt. Denk daran, verhängen ist kein reflexives Verb.
Gibt es einen Tod, den man für sich selbst bestimmt? Jeder Tod ist ein Todesurteil. Aber der Tod wird zum Selbstmord, weil ich sie bin und umgekehrt. Und wer bist du, Stimme, die mich zweifeln lässt? Bin ich du? Bist du ich? So, wie du ich bist und ich du bin, obgleich du mich ablehnst, sind doch ich und meine Großmutter eins. Meine Entscheidung ist die ihre, also die meine. Meine.
Wenn das so ist, warum gibst du ihr dann nicht ihren Tod bekannt?

Weil das, was ich weiß, auch sie weiß, es also mein Wissen ist.
Wenn das so ist, warum erzählst du ihr dann nicht von deiner Reise, so, wie du dir deine Erinnerungen vergegenwärtigst?
Ich muss nicht mit mir selber reden, das ist doch Schwachsinn! Sei doch still!! Siehst du nicht, dass sie schläft? Sieh doch nur ihre Augen, ihr Lächeln, wie ein Baby. Bist du so rücksichtslos, sie aufzuwecken? Um ihr den Tod zu verkünden?
Großmutter, hängst du wirklich an einem Leben wie diesem?
Ihre Augen sind fest geschlossen. Ganz langsam öffnet sich ihr Mund. Ihren Atem rieche ich nicht, aber ich habe Leichengeruch in der Nase. Wie lange mag das Tier schon tot sein?
»Großmutter, weißt du, wie lange das Tier über deinem Bett schon tot ist?«
Sie antwortet nicht. Schau, wie rasch sie fest eingeschlafen ist.
»Wenn ich diese Amulette auf deiner Brust verteile, vom Herzen bis zum Nabel, wirst du dann noch einmal wach, bevor du stirbst?«
Ihre Pupillen bewegen sich nicht. Aber der Lichtschein im Zimmer verändert sich. Helligkeit breitet sich aus und die Schatten werden länger. Die Dunkelheit schwindet. Die Tür ist aufgegangen.
»Mutter, was möchtest du, warum störst du mich?«
»Der Rawon ist fertig und auch der Reis.«

»Mutter, mir wird übel, wenn ich so früh am Morgen schwarzes Fleisch sehe. Es erinnert mich an etwas Verfaultes«.

»Mit Tauge und sauren Eiern.«

»Mutter, hast du jemals über alles nochmals von Anfang an nachgedacht? Tu das, dann wird dir klar, wie verrückt alles ist, wie ekelhaft das Essen, das wir täglich essen. Auch Rawon mit Kluwek, Basilikum und Sambal. Und Mutter, was soll das heißen »saures Ei«? Ist dir nie der Gedanke gekommen, wie abartig eine solche Speise ist. Ein Ei soll sauer sein? Und stinken? Wir nennen das lecker, dabei ist es ekelerregend und gemein.

Es ist ein Tod, der nicht schwarz ist wie bei einem tausendjährigen Ei, sondern weiß und gelb in einer grünlichen Schale. Der Tod eines Entenbabys. Und wie grausam wir es behandeln, indem wir es vierzehn Tage in Salz und Asche ziehen lassen. Das ist kein einfacher Mord, sondern eine grausame Untat, die die Natur eines Wesens mit eigenem Bewusstsein verändert. Und, weißt du, Mutter, dass es Bewusstsein nur gibt, wenn auch ein Körper da ist. Dieses lebendige Ei, obwohl es flüssig ist und von uns verschieden, hat eigene Wahrnehmungen und Reaktionen entsprechend seiner chemischen Zusammensetzung. Du kannst dir vielleicht nicht vorstellen, was das Eigelb empfindet, wahrscheinlich Todesangst und Schmerz, oder unvorstellbares Grauen, wenn die aufgelösten Salzkörner durch die Poren der Eierschale dringen und es ganz langsam in saures Protein verwandeln, das hart wird und stinkt.

Und Tauge – du musst dir klarmachen, was Tauge ist. Der Keimling ist eine neugeborene Pflanze, sozusagen ein Pflanzenbaby. Ihr esst nicht etwa junge Blätter, sondern Kleinkinder. Habt ihr noch nie daran gedacht, dass Bäume auch Schmerz empfinden? Sie stöhnen, aber wir hören es nicht.«

»Pflanzen können keinen Schmerz empfinden – du Dummkopf!«

»Was bist du denn? Das wirst du niemals wissen. Du bist ja keine Pflanze.«

»Du bist auch kein Baum. Du bist einer, der vorgibt, Mitgefühl zu haben. Dein Mitleid ist vorgetäuscht. Wollen wir wetten? Pflanzen fühlen keine Schmerzen, weil sie sie nicht brauchen. Angst und Schmerz sind Gefühle, die nur bewegliche Lebewesen haben, so wie Menschen und Tiere, die gehen, laufen, fliehen können. Furcht ist das Alarmzeichen für den Körper, ein Instrument, das zusammengeht mit der Fähigkeit, Gefahren auszuweichen. Auch Schmerzen jeder Art. Pflanzen können einer Bedrohung nicht ausweichen, denn sie haften fest an ihrem Platz. Sie besitzen ja keine Arme, um sich zu wehren, und keine Beine, sondern Wurzeln, so dass sie Gefahren bis an ihr Lebensende nur mit Gift begegnen können, aber sie empfinden keinen Schmerz. Wenn das Gefühl von Schmerz nicht nötig ist, dann gibt es das auch nicht, sage ich dir. Der Körper, mein Freund, ist nur ein Mechanismus. Wir denken, es wären Schmerzen, während es doch nur Zeichen von Gefahr sind. Wir halten etwas für Verlangen und Liebe, während die Leidenschaft nur ein Zeichen des

Todes ist, wie das Aufleuchten einer leeren Batterie anzeigt, dass man sie ersetzen muss. Gefühle, mein Freund, sind nur Teile des Instrumentariums dieses komplizierten Systems, das wir Leben nennen. Wie dumm wir doch sind.«

»Wie dumm du bist! Pflanzen empfinden sehr wohl Schmerzen. Daher verändert sich die Farbe ihrer Blätter und sie werden im Herbst rot, wie überreife Früchte, die in der kalten Jahreszeit anfangen zu zittern, bevor sie eine nach der anderen abfallen. Das ist Schönheit, die aus Schmerz entsteht. Und du, wer bist du, mit deinen Stimmen, die mich anzweifeln, du bist nichts als ein Gemisch aus Protein, Fett, Kohlenhydrat, Wasser und Kot. Sauer und stinkend.«

»Hast du denn keinen Hunger, Larung?«

»Mutter, nur Hyänen bekommen Appetit, wenn sie Leichen wittern. Denn sie besitzen ein äußerst wirksames Enzym in ihrem Magen, das die Bakterien eines verwesenden Körpers abtötet. Verdorbenes Fleisch, Mutter, wird nicht nur von Maden aus Insekteneiern befallen, die weiß und fett sind und die man sehen kann, sondern auch von Krankheitskeimen, die man nicht sehen kann. Kleine, harmlose Kristalle.«

»Du irrst dich. Nicht nur Hyänen. Auch Krokodile mögen verwesende Kadaver. Sie verbergen ihre Beute mehrere Tage im Flussbett, bevor sie sie verschlingen. Ein Kadaver, der drei Tage im Schlamm gelegen hat, wie zart und lecker!«

»Unsinn! Da gibt es einen großen Unterschied zwischen Krokodilen und Hyänen. Hyänen fressen Aas, weil sie faul und träge sind und ungern jagen, sie jagen ihre Beute anderen Tieren ab oder begnügen sich mit Resten. Krokodile jedoch fressen abgestandenes Aas, das ist ihre Art, die Beute zuzubereiten: im Wasser, mit Humus als Würze. Krokodile bereiten sich ihr Mahl zu, Hyänen sind nur faul.«

»Das Fleisch wird kalt. Möchtest du jetzt essen oder erst später?«

Ich möchte tot sein.

Da meldet sich plötzlich Großmutter und schimpft: »Lass das Kind in Ruhe! Und stör mich nicht im Schlaf!« Dabei schlägt sie die Augen nicht auf.

»Dankeschön, Mutter. Ich mache mir das Rawon nachher selbst heiß.«

Widerstrebend zieht sich meine Mutter zurück. Sie schließt die Tür und lässt uns wieder im Dunklen.

Ich nehme den Beutel an meiner Brust in beide Hände, um mich zu vergewissern, dass die Amulette noch darin sind. Mutter, wenn du ehrlich bist, dann bist du froh, wenn Großmutter nicht mehr ist. Dann gibt es keine Last mehr in diesem Haus und du kannst zu mir sagen: Such dir eine Frau und gründe einen eigenen Hausstand. Du wirst glücklich sein, wenn du mich in geordneten Verhältnissen siehst und mich Begawan nennen kannst wie früher.

Großmutter, liebst du wirklich ein Leben wie dieses hier? Antworte mit nein, Großmutter. Sag, dass du das Leben verabscheust. Du hast genug von den Leiden und Schmerzen und brauchst jemanden, der dich davon erlöst. Ich werde es tun, aus Liebe zu dir. Zu deinem Glück. Du bist immer meine Liebste gewesen.

***

Ich arbeite immer allein. Ich gehe ans Werk, nachdem meine Mutter aufgebrochen ist – sie will Blumen zum Grab ihrer Mutter nach Pekalongan bringen, unsere Dienerin begleitet sie. Ich sitze auf einem Stuhl mit ungleich hohen Beinen am Bett meiner Großmutter und denke, dass ich nun schon zwei Nächte hindurch nicht richtig geschlafen habe, aus Angst, die sechs Amulette könnten verloren gehen, bevor ich sie auf dem Leib meiner Großmutter verteilt habe, um ihre Seele zu befreien. Ein Glück, dass meine Mutter fort ist, denn so kann ich allein arbeiten. Aber ich bin müde.

Großmutter, ich bin müde, aber warum bist du es, die schläft? Du solltest nicht schlafen, sondern tot sein. Sieh doch nur, du verwest ja schon. Ich habe dir einen Spiegel mitgebracht, damit du sehen kannst, wie es um dich bestellt ist. Aber von deinem Atem beschlägt der Spiegel und deine Gestalt ist nicht mehr zu erkennen. Deine Brust hebt und senkt sich, deine Finger zucken. Du schläfst nur, du bist noch nicht tot. Wenn du nachher tot bist – es dauert nicht mehr lange –, könntest du dein Gesicht im Spiegel sehen. Denn dann beschlägt er nicht mehr. Alles wird dann klar. Wenn dein Leib kalt geworden ist. Erlaube also, dass ich dir das erste Amulett auf die Brust lege.

Meine Hand zittert. Ich betrachte ihr ahnungsloses Gesicht. Darf ich ihr Leben beenden? Der Widerstreit zwischen dem Willen zur Tat und der Sorge, etwas falsch zu machen, lässt mich schwanken. Das Ziel meines Vorhabens macht mir Sorgen, es gibt einen Punkt, an dem Erfolg nichts anderes ist als Scheitern, ein Fehltritt eine ehrliche Opfergabe. Mir ist klar, dass der Tod keine Rückkehr kennt. Ob ich das Ziel erreiche oder nicht, das Ergebnis wird in jedem Fall einen Verlust bedeuten. Allerdings will ich nicht scheitern.

Das erste Amulett habe ich schon platziert. Die ersten Gewissensbisse habe ich überwunden. Bei meinem Versuch, Großmutter zu töten, werde ich heute noch fünf Mal Gelegenheit haben, mein Vorhaben zu bereuen. Aber wenn ich sie nicht töte, wird es mir mein ganzes Leben lang leidtun. Also entscheide ich mich dafür, weiterzumachen.

Aber mein Verlangen, die Sache zu Ende zu bringen, lässt mich zittern. Wenn ich dein ahnungsloses Gesicht sehe, bin ich nicht länger gerührt, sondern vielmehr höchst besorgt, du könntest etwas merken.

Wenn du mir bloß nicht aufwachst, bevor ich dir alle Amulette auf den aufgeblähten, kränklichen Leib gelegt habe!

Dass du mir bloß nicht die Augen aufschlägst, bevor die Seele aus deinem Körper entwichen ist!

Dass du dich bloß nicht umdrehst und die kleinen Amulette abwirfst, sie unter deinem Leib begräbst und unschädlich machst, um mich dann mit Verwünschungen zu überschütten, die du zwischen deinen morschen Zähnen hervorstößt!

Wenn du aufwachst, bevor du stirbst, wirst du nicht begreifen, dass ich dich liebe. Also stirb, damit du es begreifst!
Sie rührt sich nicht.
Mit zitternder Hand hole ich die Steinchen eins nach dem anderen aus dem Beutel und lege sie ihr mit zitternder Hand in die Vertiefungen zwischen den Rippen. Meine Hände flattern vor panischer Angst, als wenn ein eiskalter Wind von ihrem Gesicht her wehte, denn sie könnte in der verbleibenden Zeit im Bruchteil einer Sekunde aufwachen. Ein plötzliches Lidzucken erschreckt mich, ein Zittern erfasst meinen Arm, den ich nicht mehr unter Kontrolle halten kann, das fünfte Amulett, das ich zwischen Zeigefinger und Daumen halte, fällt herunter. Mit Schrecken sehe ich, wie es auf den dunklen Fliesen auf und ab springt und mit immer kleiner werdenden Sprüngen unter dem Bett verschwindet. Da hört das Klickern auf.
Fast hätte ich aufgeschrien, aber davon würde sie aufwachen. Einen Augenblick lang bin ich völlig ratlos, denn ich fürchte, dass sie aufwachen und die vier Steinchen, die ich ihr mit großer Sorgfalt aufgelegt habe, abwerfen könnte. Gleichzeitig aber muss ich das heruntergefallene Steinchen wiederfinden. Was, wenn es nicht mehr zu finden wäre? Soll ich die vier Amulette wieder wegnehmen und aufbewahren, bevor ich das heruntergefallene suche, damit sie nichts merkt, wenn sie aufwacht? Vielleicht sollte ich ihr die Hände und Füße festbinden, damit sie, falls sie erwacht, nichts unternehmen kann. Ich bin einen

Moment lang wie gelähmt, muss mich jedoch rasch entscheiden. Also sammle ich vorsichtig und mit angehaltenem Atem die vier Amulette mit den Fingerspitzen von ihrer Brust wieder auf, denn es ist besser, einen Tag zu verlieren, als das Ganze scheitern zu lassen. Ich krieche unter das Bett, während sie weiter fest schläft.

Ich weiß nicht, wie lange ich suchen musste, vielleicht einen halben Tag, vielleicht anderthalb Tage. Es ist wohl früher Morgen, als ich das verlorengegangene Amulett im Riss einer Fliese wiederfinde. Es hatte sich in dem kleinen Spalt verfangen.

Als ich mich wieder meiner Großmutter zuwende, sehe ich eine Tote. Als hätte ich sie drei Tage lang allein gelassen. Die Maden haben sich schon über sie hergemacht. Schmutzig weiß kriechen sie, sich krümmend und windend, herum, mit ihren dicklichen ringförmigen Gliedern – sie bestehen ja nur aus Nahrung, haben keine Füße, nur Mäuler und Mägen – benagen totes Fleisch, auch lebloses Fleisch, das noch nicht abgestorben ist. Sie haben einen Darmausgang, der Larvenkot in Fäden ausscheidet. Die Spuren, die diese winzigen Lebewesen hinterlassen haben, während sie auf der Matratze herumkrochen, überziehen Großmutter mit einem feinen Netz. Ein verschlissenes, staubiges Netz auf einer trockenen Leiche.

Maden sind merkwürdig. Sie unterscheiden sich eigentlich nicht von Raupen, nur sind sie keine Vegetarier. Sieh doch nur, wie sie auf dem Bett herumkriechen. Blind und stumpfsinnig. Ekelerregend.

Doch sie kommen nicht aus dem Leib meiner Großmutter. Sie fallen einfach von der Decke. Sie rollen sich zusammen und sehen aus wie Sojabohnen, wenn sie herunterfallen, strecken sich dann sofort wieder und zeigen ihren weichen Leib. Meine Großmutter reagiert nicht auf die kleinen, runden fleischfressenden Dinger, die auf ihr landen. Möglicherweise ist ihr eines schon in den offenstehenden Mund gefallen, in ihr schütteres Haar.
Ach, mein Freund, wie sehr mich die Maden beruhigen, denn sie zeigen mir, dass die Großmutter von den Amuletten, die ich ihr auf der Brust verteilt hatte, nicht geweckt worden ist, wie sie auch nicht durch die Larven geweckt wurde, die vom Kadaver irgendeines Tieres stammen, der sich oberhalb ihres Lagers befindet. Ich brauche keine Sorge zu haben, dass sie gestört würde. Sie schläft so fest und wird in ihrer Stille sterben. Und so lege ich ihr mit ruhigerer Hand als zuvor die Amulette auf die Brust. Ich lasse eine um die andere Gelegenheit vorübergehen, mein Vorgehen zu bereuen.

Aber beim sechsten Amulett kommt es mir vor, als wollte sie plötzlich die Augen aufschlagen, in dem Moment, in dem es keine Umkehr mehr gibt, überhaupt keinen Ausweg mehr. Es scheint, als ob sie etwas sagen wollte, nicht mit dem Mund, sondern mit den Augen. Sieh, die Augen sprechen wie in Trance zu dir:

»Du bist nicht mein richtiger Enkel, Larung. Du stammst aus einer geisteskranken Familie, und wir haben dich als

Kind angenommen. Du bist nicht mein Enkel, gerade darum liebe ich dich.
Du lagst in den Fluten, du triebst auf dem Wasser, erinnerst du dich noch an die Nacht, eine Nacht so trübe wie jetzt meine Augen, mit denen ich aufs Meer schaute?«
»Großmutter, du hast die Leute verjagt, die kamen, um uns alle zu holen.«
»Nenn mich nicht weiter Großmutter. Ich habe keinen Namen mehr und ich habe keine Worte mehr. Aber ich schaute aufs Meer. Und du warst so klein, zart und wehrlos. Du warst so fröhlich.
Erinnerst du dich noch an den Abend, als ich dir in der Dämmerung zeigte, wie man Insekten verzehrt. Da sagten sie, seht doch, diese Hexe lehrt ihren Enkel die Hexerei. Dabei essen die Leute im Dorf doch selbst Larven und fliegende Ameisen. Damals war der Gunung Agung gerade ausgebrochen, verschlang Menschen und heilige Tiere in seinem Feuer und seiner Asche. Du warst so klein und zart, und die Menschen waren arm und hatten nichts zu essen. Du warst wie Sidharta, der in einem abgeschirmten Hof saß, während die Menschen draußen litten, aber du wusstest nichts davon. Du kanntest nur den Lotus und den Duft der Cempaka-Blüten. Daher rief ich, los, lass uns auf die Erde blicken!
Ich habe dir beigebracht, wie man in der Dämmerung nach diesen roten Insekten sucht, die dann haufenweise aus der Erde kommen. In Java nennt man sie Lonte, oder Sonte, was Hure heißt. Die reifen Weibchen werden, sobald sie herausgekrochen sind, im Nu von Hunderten

von Männchen befruchtet. Feg sie alle zusammen – tausend Männchen und ein Weibchen – und steck sie in ein Glas, dann bestreuen wir sie mit Mehl und Salz und backen sie in heißem Öl.
Erinnerst du dich daran, wie du zum ersten Mal eine Larve gegessen hast? Es war auch zur Zeit der Dämmerung, wir gruben unter dem Rasen sechs Engerlinge aus. Weiß und rund wie reines Fett. Wir spießten sie auf Kokosrippen, brieten sie über dem Feuer aus Kokosasche und aßen sie in der Ecke vor der Küche als Beilage zu unserem Reis, mit Kecap gewürzt, drei für dich, drei für mich. Deine Mutter war wütend. Sie rief, bring doch dem Kind nicht bei, solche ekligen Tiere zu essen.
Da sagte ich zu ihr, auf dieser Welt gibt es nichts Ekliges, wie es auch nichts Falsches und nichts Richtiges gibt. So wie uns die Würmer fressen, wenn wir tot sind, so essen wir jetzt sie. Du hast das verstanden. Deine Mutter nicht. Du fragtest, warum haben wir Wörter für Raupen und Maden, aber kein Wort für die Larven von Käfern. Vielleicht, mein Kleiner, ist es so: Die Javaner haben für alle neugeborenen Tiere und für alle Blüten von Pflanzen, die später Früchte tragen, Namen: Gogor für kleine Tiger und Cemeng für Katzenjunge, Tobil für kleine Cikcaks und Sawiyah für junge Geckos, wir nennen Insektenbabys, die Blätter fressen, Raupen, und die, die Fleisch oder Verfaultes fressen, Maden. Wir geben allen diesen jungen Lebewesen einen eigenen Namen, weil wir wissen, dass die Kindheit ein eigenes Stadium ist, eines das für sich selbst steht, sich vom Erwachsensein unterschei-

det. Aber du hast Recht, wir besitzen kein entsprechendes Wort für den Zustand der Verwandlung, in dem sich Larven befinden.
Dann hast du gefragt, warum Schmetterlinge so schön sind, während uns Fliegen dreckig und eklig vorkommen. Ob das daher kommt, dass die einen Blätter fressen und die anderen Fleisch, wenn sie klein sind? Aber, sagte ich, deine Mutter hat unrecht. Wie die meisten Menschen kann sie nicht zwischen Angst und Hass unterscheiden. Insgeheim haben die Menschen Angst vor Maden, weil die winzigen Tiere unser Fleisch fressen. Deine Mutter sagte, sie seien schmutzig. Aber es gibt nichts Ekliges in dieser Welt, sagte ich.
Erinnerst du dich noch, ich lehrte dich im Hof singen, nicht in der Dämmerung, sondern bei Tage. Ich lehrte dich mit einem Lied, Raupen schön zu finden. Lustiger Schmetterling, wohin fliegst du; du fliegst hin und her, suchst im Garten die Blüten. Sing's noch einmal, jetzt. Noch einmal.«

»Es war 1964, erinnerst du dich, lange bevor ich aufs Meer schaute, damals wusstest du noch nicht, was Angst ist. Wir wohnten in einem Haus, das man meinem Sohn – dem Mann, den du Vater nanntest – angewiesen hatte. Er war eine schlanke Erscheinung, damals noch sehr jung, sein Rang war der eines Adjutanten, mit einem Stern auf der Schulterklappe. Wir waren aus Java nach Bali gekommen, erst auf einem Lastwagen, dann mit der Fähre. Er war dem Bataillon 741 in Kuta zugeteilt worden.

Du warst damals noch so klein, eigentlich viel zu klein, um dich zu verlieben. Die Erwachsenen vergessen oft, dass auch kleine Kinder verliebt sein können. Die meisten meinen, das könnten nur Erwachsene. Aber dir gefiel das kleine chinesische Mädchen. Ihr Vater handelte mit dem Reis aus der Zuteilung, die die Truppen am Standort deines Vaters – eben des Mannes, den du Vater nanntest – erhielten. Du bist Siok Hwa begegnet, weil dein Vater mit ihrem Vater eng vertraut war. Die beiden arbeiteten im Reisgeschäft zusammen. Wenn eine Notzeit kam und die Ernte schlecht war, gab es nur das Deputat für die Beamten und das Militär. Natürlich behielten sie einen Teil davon für sich und verkauften den Rest an Leute, die keine Zuteilung bekommen hatten. Von dem Gewinn kauften sie wieder Reis. Eine der Aufgaben deines Vaters war, seinen Kameraden etwas von ihrem Reis abzukaufen und an Siok Hwas Vater weiterzuleiten.

Der Laden lag an der Kreuzung, ganz in der Nähe unseres Wohnblocks. Du hast oft dort gespielt, hattest es gern, wenn dich Siok Hwa mit ihrer weichen, zarten Hand nahm und führte. Du warst vier und sie neun. Aber an deinen Augen konnte ich sehen, du warst in sie verliebt. Oft wenn ich kam, hast du auf ihrem Schoß gesessen. Du erinnerst dich doch sicher an das dunkle und stickige Zimmer. An den eigenartigen Geruch des chinesischen Weihrauchs, der sich im Lauf der Jahre in die Wände und in die Decke eingefressen hatte, feucht war es, es roch wie nach verwelkten Gladiolen. Da war der rote Altar, auf dem den ganzen Tag eine Kerze brannte, und eine Porzellanfigur von Kwan Im. Die Windlöcher hatten sich schwarz verfärbt. Ein Fenster war blind, denn dahinter hatten sie einen Speicher errichtet, um die Säcke mit Reis aufzustapeln. Deswegen hatten sie das Fenster dunkel angestrichen, so dass du immer dachtest, draußen wäre es Nacht.

In diesem Raum warst du gern, hast auf dem Sofa aus Kunstleder gesessen, davor stand der Holztisch mit imitierten Blüten. Dort hast du neben Siok Hwa gesessen und gemeinsam mit ihr aus einer Schale gegessen, Reis mit Fleischbrühe. Sie hat mit dir geplaudert und von einfachen Dingen erzählt, die du längst vergessen hast. Nur an ihre weiche, feuchte Haut erinnerst du dich noch. Doch draußen war die Welt alles andere als einfach. Du warst noch so klein.

Die Welt war nicht einfach. Und du warst noch so klein. Wir konnten das Meer hören. Aber im Norden, zum Berg hin, war es nicht friedlich, dort herrschten Hungersnot und Aufruhr. Du lagst ruhig in tiefem Schlaf, merktest nichts, als der Gunung Agung tobte. Vom Strand her kam ein gewaltiger Donner, eine unsichtbare Kraft, die nicht aus einem aufgerissenen Schlund brach, sondern aus allen Erdritzen austrat, wie ein Todesengel. Dann hüllte Aschenregen die ganze Insel ein. Aber am Hang oben schossen kochende Wolken auf, alles brodelte. Die Leute in den Dörfern konnten nichts davon sehen, sie spürten nur einen jähen Schreck, dann waren sie zu Tode geröstet. Bäume stürzten um wie welke Blumen. Dem Vieh wurde das Fell am lebendigen Leib versengt, die

Haut löste sich in ganzen Lappen ab, das gare Fleisch fiel den Tieren einfach von den Knochen.

Später war davon in der Zeitung zu lesen, aber nicht nur davon, sondern auch von gehamstertem Reis und Wucherern, die – wie es hieß – dem Volk das Blut aussaugten. Die Leute hatten schon Wind davon bekommen, dass das Deputat aus Jakarta nicht gleichmäßig verteilt worden war. Dann war davon die Rede, dass die Bauern gezwungen worden waren, ihren Reis unter Preis an die Regierung zu verkaufen, während gleichzeitig der Preis auf dem Markt so hoch gestiegen war, dass die Leute nicht einmal in der Lage waren, ihren eigenen Reis zurückzukaufen. Du warst noch zu klein, um das zu verstehen.

Aber du warst nicht zu klein, um zu beobachten. Wie nämlich Nyoman Pintar zitterte, als er euch beide, Siok Hwa und dich, auf den Armen ins Haus trug. Vom Fenster aus hast du dann in der Dämmerung beobachtet, wie die Jugendlichen vom Berg heruntergestiegen kamen, Reihen von Guerillakämpfern, verwahrlost, hungrig, mit Knüppeln bewaffnet, sie schlugen die hölzernen Trommeln. Vierzig, fünfzig waren es, vielleicht hundert. Das sind Kommunisten, flüsterte jemand im Zimmer. Sozialisten. Nationalisten. Nein, rief ich, das sind Hungrige. Du wusstest nicht, wer das war. Aber vielleicht sind dir ihre weit geöffneten Münder noch im Gedächtnis, bevor sie mit wilden Schreien den Laden und das Haus von Siok Hwa stürmten. Du konntest nicht begreifen, was geschah, und hörtest nicht auf, dich zu wundern, als sie Siok Hwas Vater auf die Straße zogen und auf ihn einschlugen, bis er sich nicht mehr rührte. Selbst wenn du von weitem das Blut hättest sehen können, hättest du doch nicht gewusst, was für ein Saft das war. Denn du hattest noch nie Hass und Gewalt erlebt. Du konntest seine Schreie nicht hören, wusstest nicht, dass es aus mit ihm war. Aber Siok Hwa sah das alles mit an und weinte bitterlich, bis die Frau von Nyoman Pintar kam, sie von deiner Seite wegriss und in das fensterlose Schlafzimmer brachte. Du sahst, wie sie die Säcke mit dem Reis wegtrugen, auch andere Waren und Geräte aus dem Haushalt. Du sahst noch, wie sie wieder gingen und alles still wurde, nur Siok Hwas Vater lag noch leblos da. Aber Siok Hwas Tränen sagten dir, dass etwas ganz Schreckliches passiert war. Denn was Tränen bedeuten, das wusstest du schon.

Seitdem hast du das Mädchen nie wiedergesehen. Du hast mich geplagt und gedrängt, mit dir in ihr Haus zu gehen, wo doch alle Regale im Laden heruntergerissen waren und alles nach blinder Gewalt aussah. Düster und hoffnungslos. Wo ist Siok Hwa, wolltest du wissen. Du hast nach drinnen geguckt und hast Angst bekommen. Du ahntest, dass das, was mit dem Laden geschehen war, auch Siok Hwa passiert sein konnte. Sie war so zart. Nein, nein, sagte ich zu dir, sie ist nur fortgegangen, nach Surabaya, ins Haus ihrer Mutter, denn hier konnte sie ja nicht bleiben.

Erinnerst du dich nicht an das alles?

Ein Jahr später, 1965, kamen dann ähnliche Rotten, diesmal waren es nur viel mehr, ihre Schritte waren härter und ihre Trommeln dröhnten lauter. Sie wollten zu unserem Haus. Du hattest noch keinen Begriff von Zeit, aber ich habe mir den Tag gemerkt: es war der 21. November. Du hast nicht verstanden, was da geschah. Sie kamen, um mir meinen Sohn wegzunehmen. Bevor sie noch hätten an die Tür klopfen können, stand ich da. Zuvor hatte ich sie schon flüstern hören, die Alte ist eine Hexe, eine Rangda mit einem bösen Blick, sie verbirgt in den Falten ihrer Schärpe eine Schlange. Zieht ihr das Hüfttuch aus und ihr werdet ihren Talisman finden. Ich trat zur Tür und fasste sie scharf ins Auge. Keiner wagte es näherzutreten. Aber sie nahmen meinen Sohn mit.
Du hast das alles mitangesehen. Mein Sohn, den du Vater nanntest, stand in der Zimmerecke, der Angstschweiß rann ihm über den Rücken. Er langte nach seiner Uniform, dem letzten Zeichen von Ansehen, das ihm noch geblieben war. Er kam nicht mehr dazu, die Stiefel anzuziehen, denn die Leute hatten die Geduld verloren. Einer von ihnen kam durch die Küche, er wollte ihm den Fluchtweg abschneiden. Der Kerl, er war noch keine zwanzig, bellte ihn mit schneidender Stimme an, es war wie ein Pistolenschuss. Ohne den geringsten Respekt vor dem Alter riss er den, den du Vater nanntest, barfuß mit sich fort. Erinnerst du dich nicht an die schwarzen Pantoffeln, die danach auf dem Fußboden zurückblieben, und an deine Mutter, die fast an einem Weinkrampf erstickt wäre?
Sie schleppten meinen Sohn zusammen mit anderen zur

Versammlungshalle, dort trennten sie die Soldaten von den Zivilisten, um die vom Militär besonders übel zu misshandeln. Sie zogen ihnen die Uniformen aus, meinen Sohn hängten sie mit den Händen an eine Tamarinde, einen Tag und eine Nacht lang, nachdem sie ihm erst die Füße mit einem Tischbein zerquetscht und mit Rottanstöcken und Gewehrkolben auf ihn eingeschlagen hatten. Sie malträtierten sein Gesicht und renkten ihm die Gelenke aus. Worin sein Vergehen bestanden hatte, danach fragte keiner mehr. Es war einfach so, dass er bei allen Soldaten in unserem Komplex bekannt war, weil er immer von Haus zu Haus gegangen war, um den Handel mit dem Deputatreis zu regeln. Als die Offiziere dann Mannschaften nennen sollten, die in den Putschversuch vom 30. September verwickelt waren, hatten alle seinen Namen genannt.

Sie haben ihn angeschwärzt, rief deine Mutter. Nein, widersprach ich. Das Leben ist voller Willkür. Dein Mann, mein Sohn, war vielleicht gar kein Kommunist, möglicherweise hat die kommunistische Partei auch den Coup nicht angezettelt, doch was sagt das schon! Die Leute waren gezwungen, auf einen anderen zu zeigen, um sich selbst zu retten. Daher nannten sie seinen Namen. Das ist alles. Die Tiere und wir leben auch nur, indem wir andere fressen, der Mensch rettet sich, indem er andere opfert. Was ist daran Besonderes?

Deine Mutter weinte. Ich nicht. Denn ich hatte meine Seele von allem frei gemacht, ich hatte aufgehört, mich über etwas zu wundern oder etwas nicht hinnehmen zu

können. Nach und nach wich die Leere in meiner Seele einer starken Kraft. Die Leute sagten, das sei schwarze Magie. Doch was heißt da schwarz? Verabscheust du etwa das Dunkle?
Dann kam mir zu Ohren, dass sie deine Mutter bezichtigten, Gerwani angehört zu haben. Deine Mutter hätte einen BH getragen, mit einem roten Stern auf der einen und Hammer und Sichel auf der anderen Seite, hieß es. Sie hätte die Frauen zusammengerufen und sie dazu gebracht, nackt zu tanzen, hätte sie in die Kaserne geschickt, damit sie mit wiegenden Hüften die Soldaten verführten und sie dazu brachten, anstatt den Göttern dem Kommunismus zu huldigen. Und dabei hätten sie Kampflieder, Genjer-genjer, gesungen. Ich wusste jedoch, dass deine Mutter und Nyoman Pintars Frau oft in die Halle gegangen waren und den Frauen der Soldaten gezeigt hatten, wie man aus Kokosblättern Ketupat und Janur macht. Sie waren ja alle neu in der Gegend. Und was den Genjer angeht, so ist das ein harmloses Gemüse, das deinen Kot fest und geschmeidig macht.
Daher trat ich vor die Tür und blickte auf das Meer, als ich merkte, dass die Henker im Anmarsch waren. Ich wartete schon, lange bevor sie kamen, um auch meine Schwiegertochter zu holen. Du lugtest durch einen Fensterschlitz, als sie näher kamen mit ihren kleinen Lampen. Wir hörten das Rauschen der See, aber da waren keine Schiffe zu sehen, die hätten leuchten können. Nur ganz in der Ferne der Leuchtturm. Als die Horde herangekommen war, sagte ich: Ich bin die Älteste hier im Dorf. Mei-

ne Schwiegertochter hatte nichts mit Gerwani zu tun. Und selbst wenn, sie hat ein kleines Kind, das sie aufziehen muss. Ich aber gehöre zu Gerwani.
Da wandten sie sich um und gingen. Und ich blickte weiter aufs Meer, lange Zeit, sein Donnern hallte in meiner leeren Seele wider.
Später einmal, wenn du alt bist, wirst du begreifen, was die Freiheit von allen Normen, von aller Hoffnung bedeutet. Du wirst wissen, was es heißt, innerlich leer zu sein, in einem Zustand, in dem es keine Sprache gibt, um etwas zu verstehen. Solange du aber eine Sprache hast, mein Kleiner, singe. Singe mit Worten. Lass mich das Lied hören, das ich dir früher einmal, als deine Stimme noch nicht so fest war, beigebracht habe: Du lustiger Schmetterling, wohin fliegst du?
Ihr lustigen Amulette, wohin wollt ihr nicht noch gehen?«

* * *

Ich habe sie umgebracht. Ich habe ihr vor einigen Minuten das sechste Amulett auf den aufgeblähten Leib gelegt. Sie muss nun tot sein, denn ich habe alle Bedingungen erfüllt. Ich singe nicht mehr. Die Nacht kommt und im Zimmer wird es zunehmend dunkler. Also mache ich die kleine Nachttischlampe an, damit ich ihr stilles Gesicht betrachten kann und ihre halb geschlossenen Augen. Die Pupillen sehen mich noch an, aber sie atmet nicht mehr.
»Großmutter, bist du schon tot? Ja, du bist tot. Bist du wirklich tot?«

Ich halte meine Hand dicht an deine Nase. Ich spüre noch deine Wärme, aber du atmest nicht mehr.

»Hahaha. Großmutter, du willst mir was vormachen, nicht wahr? Du hältst den Atem an, damit ich nicht merke, dass du noch lebst. Du machst einen Scherz, willst mich zum Narren halten. Du bist gemein. Pass auf, dass ich dich nicht lebendig begraben lasse! Nein, du wirst nicht begraben. Ich lasse doch nicht zu, dass dich die Maden fressen. Du wirst im Krematorium von Cilinding eingeäschert. In einem geschlossenen Ofen, damit niemand sieht, wie dein Bauch zusammenschnurrt und sich dein Leib aufbäumt wie ein krummes Gelenk. Dann verstreue ich deine Asche dort, wo du es wünschst. Sag mir, wo soll ich sie verstreuen?

Komm, tu nicht so, als wärst du tot!«

Du antwortest nicht.

»Wie lange kannst du das aushalten?

Denk bloß nicht, liebe Großmutter, du könntest mich täuschen. Nein, du bist jedenfalls nicht tot, obwohl dein Atem stillsteht. Ich weiß doch, dass du nicht sterben kannst, bevor nicht alle Zaubernadeln und -kugeln, die dich unverwundbar machen, aus deinem Körper entfernt sind. Großmutter, es ist zwar schon lange her, meine Schädeldecke war damals noch sehr weich, aber ich habe nicht vergessen, dass ich dich an einem bestimmten Ort gesehen habe. Es ist eine meiner frühesten Erinnerungen: Was du damals geschluckt hast, das waren keine Jamu-Pillen, sondern Bleikügelchen. Sie glänzten und waren schön rund, verführerischer als Murmeln. Ich habe mich

damals nicht weiter gewundert, denn jeder kleine Junge lässt sich doch verleiten, glatte Kugeln herunterzuschlucken, die durch den Hals rutschen und im Bauch kitzeln. Jahre später erzählte mir Mutter, dass es in den sechziger Jahren eine Zeit gab, in der die Menschen mordeten und gemordet wurden. Also hast du diese Kügelchen genommen als Abwehr gegen Mordwaffen aus Eisen und Stahl: Hackmesser, Krisse und Gewehrkugeln. Und die goldenen Zaubernadeln hast du schon viel früher angebracht, um ewiges Leben zu erlangen, so wie Durga, die nicht stirbt. Wie Uma, die Durga verkörpert.
Erlaube mir also, sie mit dem Messer herauszuholen, denn nichts ist ewig. Warte, rühr dich nicht von der Stelle, ich gehe nur rasch in die Küche, um Schere und Küchenmesser zu wetzen. Es dauert nicht lange.«
Und in der Tat, ich brauche nicht lange, um die Instrumente für die Operation vorzubereiten. Unsere Hausangestellte lässt ja alle Messer beim Scherenschleifer schärfen, der regelmäßig vorbeikommt, so dass alle immer scharf sind und funkeln. Aber ich hole auch eine Säge aus der Schublade in der Abstellkammer, um eventuell Knochen zu zersägen. Sie ist zwar etwas angerostet, weil sie lange nicht benutzt worden ist, aber das ist nicht weiter schlimm.
Ich entkleide dich jetzt und lege dich flach auf den Rücken wie eine Patientin in der Anästhesie.
»Wo können denn die kleinen Kügelchen stecken, wenn nicht in deinem Magen? Erlaube mir also, deinen Bauch zu öffnen.«

Ich habe schon lange keine Haut mehr aufgeschnitten, ich weiß aber noch, wie es geht. Als erstes ein vertikaler Schnitt genau in der Körpermitte, vom Ende des Xiphoids nach unten bis zur Symphysis pubis. Dann rechts und links je ein Schnitt quer oberhalb vom Nabel bis zur Seite der Brust in Höhe der sechsten Rippe. Weiter zwei horizontale Schnitte unterhalb vom Nabel zur Hüfte, ebenfalls rechts und links an der Rundung des Beckenknochens entlang. Da bin ich schon mit meinem Messer zum Muskelgeflecht vorgestoßen. Und so liegen nun die einzelnen Organe der Bauchhöhle wie eine große Blüte vor mir. Dünndarm und Dickdarm, Milz, Leber, Galle, Pankreas. Allerdings bleibt meine Suche nach auch nur einer der siebzig Metallkügelchen ergebnislos, zumal ich keine Klammer zur Verfügung habe, um die Blutgefäße abzuklemmen, und das Blut mir die klare Sicht auf die Organe nimmt.
Ich weiß nicht, wie lange ich mich jetzt schon abgequält habe, aber ich habe weder Metallkügelchen noch Zaubernadeln in der Bauchhöhle gefunden. Wo sollen sie denn stecken, wenn nicht da? Natürlich am Kopf. Die Zaubernadeln müssen unter der Kopfhaut stecken. Verzeihung, lass mich deine Kopfhaut aufschneiden. Auch da weiß ich noch, wie es geht. (1) Man lege ein Holzstück unter den Nacken, um diesen abzustützen. Aber da gibt es kein Holz, also muss der dicke, schwere Band »Unter der Fahne der Revolution« als Ersatz dienen. (2) Man lege einen Schnitt rund um die Schädeldecke von oberhalb der Augenbrauen am Ohransatz vorbei zum Okzipitallappen, etwa so wie Kolumbus den Erdball umsegelte. (3) Man

lege einen vertikalen Schnitt von der Mitte der Stirn bis zum Hinterkopf. Die Kopfhaut ist dicker als die Haut an anderen Körperteilen, da sie von einem Netz an Haarfollikeln und kleinen, festen Fettdrüsen durchzogen ist. (4) Man setze den vorherigen Schnitt von der Stirn nach unten fort und teile die Nasenhaut bis zur Oberlippe. (5) Dann ziehe man einen Schnitt rund um den Kopf vom rechten Mundwinkel unter den Ohren durch bis zum linken Mundwinkel. (6) Sodann noch zwei vertikale Schnitte zwischen den Wangen und den Ohren. (7) Jetzt zieht man ganz langsam und vorsichtig die Haut ab, und zwar am Ohr beginnend zur Nase hin. Die Haut ist hier sehr eng mit den Gesichtsmuskeln verwachsen, so dass man äußerst behutsam und sauber ziehen muss, damit das Muskelfleisch nicht mit abgeht. (8) Man lege noch einen Schnitt vom rechten Ohr am Kiefer entlang zum linken Ohr. (9) Man schneide die Haut von der Unterlippe bis zur Kinnspitze auf. (10) Wie vorhin schäle man die Haut ab, indem man von den Ohren zum Kinn zieht.
Nachdem ich ein Hautstück nach dem anderen abgezogen habe, vom Gesicht wie von den Gliedmaßen, kann ich nichts von dem entdecken, was ich suche. Verzeih mir, dass ich deinen Körper und dein Gesicht verwüstet habe, aber ich habe weder Zaubernadeln noch Metallkügelchen finden können. Immerhin weiß ich jetzt, dass du tot bist. Die Ohren habe ich übrig gelassen, das Labyrinth mit seinen kleinen Härchen.
»Lebewohl, Großmutter. Ich werde dich im Garten hinter dem Haus begraben, nicht weit vom Brunnen mit der

Pumpe. Es tut mir leid, dass ich mein Versprechen nicht einlösen kann, was das Krematorium in Cilincing angeht, denn die Angestellten dort würden außer sich geraten, wenn sie den Zustand deines Leichnams sähen, der in zwei Kisten gestopft ist.«

Ich bin todmüde, nachdem ich Ordnung gemacht habe. Das Laken habe ich in die Waschmaschine gesteckt. Das Spülwasser war rot und es stank. Die Mischung aus restlichem Waschmittel und Dreck riecht alles andere als frisch, nämlich übel. Als meine Mutter nach Haus kommt, weint sie still vor sich hin.

»Warum weinst du«, frage ich.

»Mein Gott! Du hast nicht den geringsten Respekt vor ihrem Leib und ihrer Hinterlassenschaft.«

»Warum«, frage ich, »warum weinst du, ohne einen Laut von dir zu geben?«

»Du versetzt mich in Angst und Schrecken, Junge, du versetzt mich in Angst und Schrecken.«

»Nicht doch, Mutter!«

1996

Diese Geschichte beginnt zwischen den Beinen, zwischen den Beinen meiner Freundinnen und Freunde: Yasmin und Saman, Laila und Sihar.

»Dir gefällt wohl der Anfang von meinem Tagebuch nicht!«
»Geschmacklos!«
»Ach, Yasmin, tu doch nicht so scheinheilig! Meinst du wirklich, wir würden nur nach New York fliegen, um Shakuntala zu besuchen? Laila ist in den Mann einer anderen verknallt und du willst mit dem ehemaligen Priester pennen.«
»Hör doch auf, Cok, so gemein zu reden! Wir wollen Shakuntalas Auftritt im Lincoln Center sehen. Und ich habe juristische Fragen mit Human Rights Watch und The Free World Forum zu klären.«
»Warum sagst du Tala und Laila nicht ehrlich, dass du mit Saman in New York ins Bett gehen willst?«
»Erstens geht sie das nichts an. Und zweitens möchte ich Laila nicht kränken. Die war doch früher wer weiß wie hinter Saman her. Ich möchte nicht, dass der Verdacht entsteht, ich nähme einer anderen ihren Geliebten weg.«

»Aber Laila ist doch jetzt in Sihar verliebt.«
»Ja, schon, trotzdem könnte der Eindruck entstehen, ich wollte sie aus dem Feld schlagen. Früher war sie scharf auf Saman, jetzt habe ich ihn gekriegt. Ich fürchte, sie könnte es missverstehen, so als ob ich meinte, sie wäre nicht attraktiv genug.«

Seht bloß meine Freundin Yasmin Moningka. Die Superfrau. Schön, klug, reich, fromm, erzogen nach den Grundsätzen der Pancasila, ihrem Mann treu. Jedenfalls möchte sie, dass man das von ihr glaubt. Was sie nicht zugeben will: ihre Affäre mit Saman.

»Was schreibst du denn da wieder?«
Ich sage: »In neun Tagen fliegen wir nach New York. Hauptziel: Besuch der Aufführung des gemeinsamen indonesisch-amerikanischen Tanzprojekts. Nebenzweck: Fremdgehen.«
»Cok, da bist du aber sehr froh, endlich meinen schwachen Punkt gefunden zu haben. Ich schwöre dir, es ist das erste Mal in meinem Leben, dass ich fremdgehe.«
»Du bist gut! Du bist mindestens schon zweimal fremdgegangen. Das erste Mal mit Lukas vor der Hochzeit.«
»Das zählt nicht! Dabei habe ich doch niemanden betrogen.«
»Ach, vor Gott ist Ehebruch Ehebruch. Egal, ob fremdgegangen oder nicht. Eine Sünde ist eine Sünde. Außerdem hast du es mit beiden mehrmals getrieben.«

»Das war keine Sünde. Das war doch aus Liebe. Nicht so wie bei dir. Bei dir dreht sich alles nur um Lust.«

Seht meine Freundin Yasmin. Ein schönes Gesicht, wie Marmor so rein. Ihr Leben ist bis ins Letzte geordnet. Schule, Sport, Abschluss, Beruf, Hochzeit. Vielleicht bin ich ja nur neidisch auf sie. Ich ärgere mich. Bin bloß boshaft. Oder einfach gereizt. Von klein auf hat sie sich stets als süßes, anständiges Mädchen präsentiert. Hat niemals die Schule geschwänzt. Ist immer regelmäßig zur Klavierstunde gegangen, zum Ballettunterricht. Allerdings eignete sie sich nicht zur Ballerina, weil ihre Beine zu dünn waren. Die Hausaufgaben nie in der Schule erledigt. Ihren Eltern nie Schande gemacht. War auch nicht schwanger vor der Ehe. Hat sich nie mit Jungs in dunklen Ecken rumgetrieben – solange sie in der Oberschule war. Und als sie dann Sex mit Lukas hatte, denke ich, haben sie nie in dunklen Ecken gevögelt. Wozu besitzt man eine schöne Figur, wenn man sie nicht zeigen soll? Doch nur uns, ihren Freundinnen gegenüber, hat sie zugegeben, dass sie vorehelichen Verkehr hatte, sonst hat sie das niemandem gesagt. Vor anderen tat sie natürlich groß: »Oh, Jungfräulichkeit ist eine Krone, die man nicht hoch genug halten kann.« Die man fest zwischen den Schenkeln einklemmen muss, ist damit gemeint. Selbst jetzt spricht sie nur mit mir über ihre Affäre mit Saman. Vor unseren Freundinnen Laila und Shakuntala hält sie sie geheim. Dabei hatten wir sonst nie Geheimnisse voreinander.

Das ist es eben. Sie ist scheinheilig. Sie gibt sich stets bescheiden und anständig, benimmt sich wie eine freundliche, unauffällige Angestellte, die bei allen Zimmerwirtinnen beliebt ist. Dabei bin ich sicher, tief drinnen in ihrem Herzen ist sie genauso wie ich. Wild und unanständig. Seht euch nur ihr Outfit fürs Büro an, zweiteilig, Blazer mit gepolsterten Schultern wie eine Managerin oder Ansagerin im Fernsehen. Dabei kannst du sicher sein, darunter trägt sie einen BH und Slip in aufreizendem Design.

Wir beide sind fast zur gleichen Zeit geboren. Ich am 21. März 1966, sie am 24. Wir sind bloß drei Tage auseinander. Das heißt, wir sind beide Widder bzw. nach dem Kalender der Chinesen Pferde. Zwei Tiere, die für ihre Hitzigkeit bekannt sind. Beim Opferfest kann man beobachten, wie bei Ziegen und Schafen die Geilheit nicht nachlässt, selbst wenn sie es nur noch zwei Meter zum Tode haben. Auf der Rennbahn Tanah Mas, nicht weit von unserem Haus, habe ich mit eigenen Augen Hengste gesehen, die ihre Stuten bestiegen. Unglaublich! Obwohl ihr Vorspiel ja nicht so lange dauert wie bei Katzen. Bei denen hört es überhaupt nicht auf, das ist nicht zum Aushalten. So ein Geziere. Und dann die Töne, die sie dabei von sich geben. So was von künstlich. Ein Pferdeleib ist unglaublich sinnlich. Zäh und glänzend, voller Energie. All die Eigenschaften, die diese Tiere besitzen, haben wir auch. Wir sind Anbeter des Eros. Natürlich bin ich wild. Aber was soll ich machen? Das ist eben mein Schicksal! Alle Menschen werden mit ihrem eigenen Charakter geboren, wie ja auch die Handlinien bei jedem anders verlaufen. Wenn ich nun einmal als Pferd und Widder geboren bin, was kann ich da tun? Die Hauptsache ist doch, ich bin ehrlich und aufrichtig.

»Lass mich mal deine Hand lesen, Yasmin. Du hast einen hohen Venushügel.«
»Na und?«
»Du bist für die Liebe gemacht.«
»Hm.«
»Möchtest du wissen, was für ein Typ du bist, Yasmin? Du bist genau wie ich. Hier, ich lese dir mal aus dem Buch ›Dein Charakter und Schicksal nach westlicher und chinesischer Astrologie‹ vor, das ist ein Lehrbuch von Madame Lotus, der besten Schülerin von Madame Terate.«
»Glaubst du etwa noch an Astrologie? Du stammst wohl aus der Zeit von Mojopahit!«
»Spotte du nur! Wir sind jedenfalls die Feuerrösser, die das Abenteuer suchen. Pferde – chinesisch Ma – sind hervorragende Forscher und Abenteurer, haben viel Energie, sind dickköpfig und impulsiv, selbstbewusst, können gut mit Geld umgehen, sind gleichzeitig großzügig, geschäftstüchtig und verstehen was von Liebe ... So schnell sie sich verlieben, so schnell lösen sie eine Beziehung auch wieder. Sie sind geborene Playboys bzw. Playgirls. Ihre Art sich anzuziehen soll Aufsehen erregen, außergewöhnliche Leidenschaft verraten. Pferd-Menschen suchen Unabhängigkeit, sie glauben, dass das Leben eine Wanderschaft ist, dazu da, dem Genuss nachzujagen. Trifft das auf uns zu?«

»Auf dich ja.«
»Bist du nicht neugierig zu hören, was in diesem Jahr alles auf dich zukommt?«
»Überhaupt nicht. Ich glaube nicht an sowas.«
»Gut, wenn dem so ist, dann lese ich das nur für mich selbst, um zu sehen, wie meine eigenen Glücksaussichten sind. Liebe: eine Widderfrau begegnet ihrem alten Liebhaber an einem weit entfernten Ort. Sie ist gezwungen, fremd zu gehen. Vorsicht! So geschickt das Eichhörnchen auch springt, es fällt doch in den Sumpf.«
»Das ist doch erfunden!«
»Du glaubst doch nicht daran, hast du gesagt.«
»Wenn du so laut liest, muss ich's ja hören.«
»Es ist ja nur der Ratschlag, vorsichtig zu sein.«
»Lies halt mal was Ordentliches.«
»Für Pferdefrauen – chinesisch. Das Pferd zieht in der Welt herum und jagt der Lust und der Unabhängigkeit nach. Seien Sie vorsichtig. An der Grenze gibt es viele Fallen.«
»Wieder so ein Quatsch. Lies was Gescheites vor!«
»Hmm. Nicht so gut. Dieses Jahr werden Sie einen argen Verlust erleiden.«
»Beim Geld oder in der Liebe?«
»Beim Geld. Sie werden viel Geld für einen Flug nach New York ausgeben. Aber das ist nicht so schlimm.«
»Wirklich?«
»Schlimmer. Sie müssen sich entscheiden zwischen Ihrem Mann und Ihrem Liebhaber. Die Entscheidung für den einen bedeutet den Verlust des anderen.«

»Tatsächlich?«

Sieh da, sie spielt die Coole. Aber sie ist ja auch cool. Selbst wenn sie sündigt. Es macht mir unheimlichen Spaß, Yasmin aufzuziehen. Vor allem weil sie, wie gesagt, immer bemüht ist, ihr Image als Superfrau aufrechtzuerhalten. Dabei ist es jetzt schon nicht mehr so schlimm. Früher, als wir noch in die Oberschule gingen, war es überdeutlich, dass sie von der Obsession beherrscht war, die Primadonna zu spielen. Sie wollte in allem die Nummer eins sein. Die beste, die schönste und auch moralisch allen überlegen. Was einen ärgerte, war, dass sie sich oft auf Kosten anderer nach vorn schob. Unter uns vieren – ich, sie, Shakuntala und Laila – war ich diejenige, die von ihr am häufigsten angegriffen wurde. Nur weil ich frech war und meine Noten schlechter waren als die der anderen, weil ich mich überall herumtrieb, nannte sie mich immer Perek, Perempuan Eksperimen, Experimentierfrau. Das war doch eine Beleidigung. Zumal sie mir den Spitznamen ›der Busen‹ gegeben hatten. Aber das ist eine Geschichte für sich.
Shakuntala hatte damit angefangen, mich ›der Busen‹ zu nennen. Das tat sie, weil ich ihr einmal von meinen Erfahrungen mit einem Freund erzählt hatte. Zu der Zeit war ich noch in der ersten Klasse der Oberschule und hatte Angst, meine Jungfräulichkeit zu verlieren. Also ließ ich den Jungen an meine Brüste, bis er einen Orgasmus hatte. Shakuntala war schockiert, als sie die Geschichte hörte. Das kam vor allem deshalb, weil sie selbst völlig flach

war, so dass sie so etwas gar nicht hätte tun können. Sie trug ja auch keinen BH, weil es da nichts zu halten gab. Bei der Gelegenheit merkte sie, dass ich die BH-Größe 36 hatte, (bei Marks und Spencer. Bei Wacoal wären es 38 oder 36 C gewesen). Sie schüttelte nur den Kopf. Aber von da an nannte sie mich ›der Busen‹.

Allerdings ist es auf die Dauer keine angenehme Erfahrung, einen Jungen an seinen Brüsten masturbieren zu lassen. Dazu sind die Brüste nicht geschaffen. Auch wurde es mir langweilig. Also versuchten wir es mit analem Sex, damit mein Häutchen unberührt blieb. Da kriegte ich jedoch Hämorrhoiden und fing an, darüber nachzudenken, warum ich leiden sollte, nur um mein Häutchen zu bewahren, während mein Freund sein Vergnügen hatte. Was für ihn angenehm war, war für mich alles andere als das. Schließlich dachte ich, ist ja blöd, was soll ich auf halbem Weg stehenbleiben. Also tat ich's, ich schlief mit ihm. Ich vertraute mich Shakuntala an. Ich weiß nicht, ob sie es Yasmin und Laila weitererzählt hat. Natürlich hatte ich in der Zeit danach viele Jungs als Freunde und ich musste die drei oft bitten, mich zu decken, wenn ich mit einem anderen unterwegs war. Ich weiß nicht, ob es wegen der vielen Jungs war oder wegen der Sachen, die ich mit ihnen machte, jedenfalls fing Yasmin eines Tages damit an, mich Experimentierfrau zu nennen.

Natürlich nannte sie mich nur unter uns so, wie auch die anderen jeweils ihren Spitznamen hatten. Laila hieß Peju, Pemuda jujur, ehrliches Mädchen, Shakuntala Piktor, Pikiran kotor, schmutzige Gedanken – weil sie immer nur an Unanständiges dachte. Aber Perek war eben Perek. Alle Frauen haben einen Busen. Aber Perek – Experimentierfrau! Niemand denkt doch dabei, dass Experimentierfrau eine Frau bedeutet, die Experimente liebt, sondern alle denken sofort, das ist eine Frau für Experimente. So wie ein Versuchskaninchen ein Kaninchen für Versuche ist. Manchmal werde ich böse. Wenn wir etwas tun, was Jungs auch tun, geraten wir in Verruf. Wenn ein Mann ständig mit anderen Frauen schläft, heißt es, was für ein toller Hecht! Wenn eine Frau mit vielen Männern schläft, ist sie ein Wanderpokal, eine Nutte. Was wir auch tun, wir werden stets als Objekt angesehen. Selbst von anderen Frauen. Wie auch von dieser nichtsnutzigen Yasmin. Shakuntala hat mich nach der Schule nie mehr ›der Busen‹ genannt, obwohl ich diesen Spitznamen gelegentlich als Ehrentitel angesehen habe. Einen dicken Busen möchten viele haben, aber nicht alle kriegen einen. Doch Yasmin nennt mich auch heute noch oft Perek, Experimentierfrau. Na schön, ich bin eben eine Frau, die gern etwas ausprobiert.

»Perek, was bist du denn auf einmal so still? Lies mal, was das Horoskop über die sagt, die am 9. Oktober geboren sind.«

Siehst du, sie nennt mich schon wieder so!

»Haha, das ist wohl das Geburtsdatum von Saman, ja? Das Datum steht im Zeichen der Waage und des Hun-

des. Das Jahr 1996 ist kein gutes Jahr für Hunde. Es ist ein Jahr voller Ungewissheiten. Eine gute Absicht wird missverstanden. Die Kraft schwindet. Gefahr droht.
Was ist ein Hund? In der Menschheitsgeschichte war der Hund – chinesisch Kauw – das Tier, auf das man sich als mutigen und treuen Gefährten und Jäger am ehesten verlassen konnte. Er hat außerordentlich gute Ohren und eine feine Nase, während seine Augen nicht so scharf sind. Obwohl klug, ist er nicht so schlau und listig wie ein Affe. Das Jahr des Hundes ist ein Jahr der Ruhe und der Gerechtigkeit. Er ist prinzipientreu, allerdings hält er sich auch an die bestehende Ordnung. Er ist nicht der Typ des Revoluzzers und schon gar keiner, der Frauen vergewaltigt.«
»Das stimmt. Weiter?«
»Im Prinzip gutartig, ist er jedoch schweigsam und verschlossen. Er stellt hohe Anforderungen an die Moral, ist fast schon perfektionistisch in der Verfolgung von Idealen. Im Kampf ist er mutig und ausdauernd. Er verliert nicht den Mut, wenn er unterliegt, ist aber auch nicht überheblich, wenn er siegt. Menschen, die im Zeichen des Hundes geboren sind, neigen nicht dazu, schnell sexuelle Beziehungen einzugehen. Eros spielt in ihrem Leben eine untergeordnete Rolle. Oft leben sie ohne Frau und Familie.«
»Soll das etwa auch für Saman gelten?«
»Ich denke, die Chinesen haben Recht, Min. Hunde lassen einen eigentlich nicht an Sex denken. Die Schnauze lacht, die Augen sind freundlich. Beim Sex lacht man doch nicht und ist auch nicht freundlich. Da sind Katzen

ganz anders. Katzen lächeln nicht, sondern schmeicheln. Auch ihr Körper dreht und wendet sich unablässig, wartet darauf berührt zu werden. Ihre Tatzen spielen fortwährend, als suchten sie ein Liebesspiel. Vergleich doch nur die Art, wie Hunde und wie Katzen ihre Zunge gebrauchen. Eine Katze leckt mit spitzer Zunge, rundet das Maul, die Augen halb geschlossen. Ein Hund dagegen leckt mit breiter Zunge, die Augen offen, verzieht das Maul – entschuldige, aber das Tier besitzt ja keine Lippen – nein, das ist alles andere als sexy. Ein Hund schnuppert überall, um zu zeigen, dass er ein treuer Gefährte ist, und deshalb ist sein Gesichtsausdruck auch freundlich. Oder – vielleicht ist Saman ja auch wie ein Hund, lächelt beim Liebesakt und bellt, wenn er einen Orgasmus hat, ja?«

»Das ist ein Geheimnis.«

»Aber er macht es lange, ja? Hunde machen es doch auch lange.«

»Ich wär ja blöd, wenn ich dir das erzählte.«

»Das macht doch nichts. Da bin ich anders, ich erzähle dir alles.«

»Weil du deine Liebhaber nicht achtest. Du hast sogar gesagt, dass der Gestiefelte Kater es nur anderthalb Minuten schafft!«

»Hahaha. Was soll's.«

»Du bist eben eine Experimentierfrau!«

Ist mir doch egal. Jedenfalls kann ich mir was darauf einbilden, die einzige von uns vieren gewesen zu sein, die bewusst und mit Vergnügen den ersten Sex hatte. Shakuntala hat ihre Jungfräulichkeit aus Trotz geopfert. Sie hatte keinen Spaß dabei. Laila ist bis heute noch keimfrei. Und Yasmin hat es gemacht, weil es sich so ergab. Sie habe es gar nicht gewollt, sagte sie, sie habe sich nur an ihn schmiegen wollen, aber da sei er schon drin gewesen. Aber vielleicht hat sie auch gelogen. Vielleicht hat sie es auch zum ersten Mal gemacht, weil es sie gereizt hat, und wollte nicht zugeben, dass sie so scharf darauf war. Sie hatte wohl Angst, dafür schief angesehen zu werden. Also tat sie so, als hätte Lukas einfach seine Grenze überschritten. Sie ist ja schlau wie ein Äffchen.

Das ist es. Ich kann nicht glauben, dass Yasmin so artig ist, wie sie tut, so rein, wie sie behauptet. Sie gehört bestimmt zu dem Typ, der beim Sex unanständige Reden führt. Deswegen wollte ich unbedingt zeigen, dass sie nicht so ist, wie sie sich gibt. Die Gelegenheit dazu ergab sich, als wir damals Saman aus Medan herausschleusten. Ich wusste, dass Yasmin in Saman verliebt war. Früher hatte er als Vikar das Meditationszentrum in der Oberschule geleitet. Nach vielen Jahren trafen sie sich zum ersten Mal wieder. Saman war inzwischen Aktivist geworden, so wie Yasmin, die gleichzeitig als Rechtsanwältin tätig war. Ich konnte schon verstehen, dass Yasmin es auf den mageren Mann abgesehen hatte, seit sie beide zusammenarbeiteten. Dazu kam, dass ihr Ehemann inzwischen Karriere bei der staatlichen Technologie-Behörde BPPT gemacht hatte und anfing, träge und schlapp zu werden, was Yasmin natürlich anödete. Selbst mir ging es ja so, wie konnte es bei ihr anders sein, die ihn täglich um sich hatte.

Voriges Jahr waren Polizei und Militär hinter Saman her, weil sie ihn für den Drahtzieher der Unruhen in Medan hielten. Das ließ ihn natürlich in Yasmins Augen sehr exotisch erscheinen. Arm, mager, schmutzig, auf der Flucht. Yasmin und ich verkleideten ihn als unseren Diener und brachten ihn nach Pekanbaru. Von da aus konnte er nach Singapur fliehen. Ich ließ mir jedoch die Chance nicht entgehen, Yasmin zuvor in eine Falle zu locken, in die sie nur zu gerne ging. Ich schloss die beiden für zwei Nächte in einem meiner Bungalows in Pekanbaru ein. Und siehe da, es klappte. Sie liebten sich. Siehst du wohl? Es war leichter, als zwei Rassehunde zum Decken zu bringen. Yasmin hinterließ sogar Knutschflecken an seinem Hals. Hahaha. Nun steht es eins zu eins unentschieden. Sie ist nicht mehr besser als ich. Und was mich bei diesem Abenteuer besonders gefreut hat, war der Umstand, dass wir Yasmins Geliebten im Fahrzeug meines Freundes, des Gestiefelten Katers, retteten. Toll, was?!

»Triffst du dich noch mit dem Gestiefelten Kater?«
»Nein.«
»Ist er sauer auf dich, weil du herumerzählt hast, was mit ihm los ist?«
»Woher soll er das denn erfahren haben? Ich habe seinen Namen doch nur euch gegenüber erwähnt.«
»Aber das Stundenhotel hast du doch noch immer?«
»Hahaha. Selbstverständlich. Aber er ist nur noch der Beschützer, den ich in der Hinterhand habe.«
»Aber du siehst ihn doch noch?«

»Selten. Er scheut sich vor dem Regierungserlass Nummer 10. Staatsbeamte und Angehörige des Militärs dürfen sich keine Zweitfrau oder Geliebte halten. Es könnte schnell aus sein mit seiner Karriere.«

Gestiefelter Kater ist der Spitzname, den ich einem meiner geheimen Liebhaber, einem Brigadegeneral, gegeben habe. Sein richtiger Name war Rusdyan Wardhana. Als Soldat trug er natürlich Stiefel. Wir hatten uns auf einer Tourismusparty kennengelernt, kurz nachdem ich mein Hotel im Jalan Singamangaraja eröffnet hatte. Zu der Zeit war er noch Oberst, gerade erst von Jakarta nach Bali zum Bezirkskommando Bukit Barisan versetzt worden. Er sah sehr gut aus, und ich erwartete einen ungestümen Mann, der zu allem bereit war, gerade erst aus dem Kampf zurück, noch wild, einer, der vor Gier meine Bluse zerreißen würde. Wir verabredeten uns. Im Bett jedoch erwies er sich als ganz lieber Junge, der abwartete, dass ich ihn auszog. Und nach zwei Minuten war Schluss, wie wenn ein Telefongroschen fällt. Ich war gerade dabei, mir die richtige Stellung zu suchen, da war plötzlich alles vorbei, er hatte schon ejakuliert. Also kein Tiger. Er war nichts als ein gestiefelter Kater. Ich war ganz schön enttäuscht. Aber was soll's. Jeder Mann hat seine eigene Anziehungskraft und seine eigene Ausdauer. Immerhin hat er meine gesammelten Erfahrungen um eine erweitert. Und am Ende erwies sich unsere Beziehung als sehr nützlich.
Nachdem wir eine Weile miteinander gegangen waren, beschlossen wir, geschäftlich zusammenzuarbeiten. Es ging

um ein Hotel in Cempaka Putih, das vor dem Bankrott gestanden hatte. Ich hatte es übernommen und renovieren lassen. Die Zimmer dort konnte man stundenweise mieten, ein sehr lukratives Geschäft. Die Belegung konnte 200 Prozent erreichen. Allerdings kann man mit so einem Hotel in Schwierigkeiten geraten, wenn man keinen Patron als Rückhalt hat. Und dafür war der Gestiefelte Kater der richtige Partner.
Natürlich erzählte ich meinen drei Freundinnen von meinem Verhältnis zu dem Kater. Das wurde für Yasmin sogleich ein Anlass zu Spott. Das sei ja gar keine Schmusekatze in Stiefeln, meinte sie, sondern eine Raubkatze. Wer seien denn die Feinde des Militärs heutzutage? Unbewaffnete Zivilisten: Bauern, Arbeiter, Studenten. Deswegen hänge sein Bauch sicher schon über dem Gürtel. Ein Zeichen, dass sich das Militär heute keine Sorgen mehr machen müsse. Sie hätten ein angenehmes Leben, stünden im Dienst der Reichen. Wirkliche Feinde existierten nicht. Yasmin redete sich in Rage. Ich verstand ihre Abneigung gegen das Militär, denn sie verteidigte als Rechtsanwältin Menschenrechtsaktivisten und kümmerte sich um Konflikte der Arbeiterschaft mit Unternehmern. Gewöhnlich waren ihre Gegner Angehörige der Streitkräfte. Trotzdem war es ungerecht, wenn sie persönlich ihm gegenüber böse Gefühle hegte. Bei genauerer Bekanntschaft entpuppte er sich als anständiger Kerl. Hilfsbereit gegenüber allen, die er näher kannte. Und sein Bauch war längst nicht so rund wie der von anderen höheren Offizieren. Außerdem waren die Militärs ja nicht immer

gemein. Wenn nicht sie, wer sollte denn sonst die Chinesen vor rassistischen Übergriffen schützen? Jedenfalls war nach allem, was passiert war, Yasmins Abneigung gegen den Kater völlig fehl am Platz. Wir hatten, natürlich ohne dass er davon wusste, seinen Wagen benutzt, um Saman zur Flucht zu verhelfen, der zu dieser Zeit von seinen Leuten gejagt wurde. Hahaha, das war gemein von mir gegenüber dem Kater. Ich habe ihn ausgenutzt – und dann auch noch die ganze Geschichte meinen Freundinnen erzählt.

»Gut, dass du nun Schluss gemacht hast mit dem. Such dir lieber einen Junggesellen. Bloß keinen Verheirateten, das ist gefährlich.«

»So?«

»Sieh doch, wie es Laila geht! Ich denke, die ist für Sihar nur ein Spielzeug, eine Abwechslung. Jemand, mit dem man einfach mal fremdgehen kann.«

»Also, bei verheirateten Männern gehe ich kein Risiko ein, Min. Sie sind nicht besitzergreifend, weil sie eine Familie haben. Junggesellen haben die Neigung, einen beherrschen zu wollen. Von einem verheirateten Mann kannst du dich leicht wieder trennen.«

»Warum suchst du dir keinen Ehemann oder einen festen Freund? Dann kannst du dich beim Sex vergnügen und bleibst anständig.«

»Das langweilt mich. Aber ich möchte auch nicht scheinheilig sein und betrügen, so wie du.«

»Ja, da gibt es nur zwei Möglichkeiten. Entweder halten es die Männer nicht lange bei dir aus, oder you are a maniac.«

Seht doch nur Yasmin. Sie macht sich wichtig, will mich belehren! Als stünde sie moralisch über mir. Dabei ist sie in diesem Moment dabei, sexuelle Abenteuer mit Saman zu planen. In neun Tagen fliegen wir nach New York. Tickets, Reisedokumente, Zeitplan – alles schon unter Dach und Fach.

Der Plan dazu ist ziemlich spontan entstanden. Vor zwei Monaten kam Laila zu mir und sagte, sie wolle unbedingt in die USA. Ich war natürlich erschrocken. »Ich habe gerade mein Honorar für ein Projekt bekommen«, berichtete sie. »Ich möchte Tala in New York besuchen.« Das wollte ich ihr nicht ganz abnehmen. Und schließlich gab sie auch zu, dass sie sich mit Sihar Situmorang treffen wollte, ihrem heimlichen Liebhaber, einem verheirateten Mann, der zufällig drüben einen Auftrag zu erledigen hatte. Ich weiß, dass Laila nicht viel Geld hat. Deshalb wollte ich ihr unter die Arme greifen. Ich entgegnete spontan, ich käme mit. Sie sollte nur das Ticket bezahlen, die Kosten für das Visum, die Ausreisesteuer und alles andere übernähme ich. Meine Sekretärin würde das erledigen. Doch als ich das Yasmin erzählte, war sie sofort Feuer und Flamme. Sie rief: »Lass mich Lailas Kosten übernehmen. Sie tut mir leid. Ihr Geld ist bald wieder aufgebraucht. Außerdem muss ich sowieso zu einigen Organisationen dort, die ich um Unterstützung für die Demokratiebewegung in Indonesien bitten will.« Ich lachte und rief: »Hurra! Endlich ein Anlass, um wieder mit Saman ins Bett zu steigen!«

»Aber erzähl es bloß nicht Laila und Tala weiter, dass ich Saman dort wiedersehen möchte.«
»Das hast du doch schon hundertmal gesagt.«
»Du hast ihnen doch nicht gesagt, dass ich mit Saman geschlafen habe?«
»Nein, nein. Aber warum hast du solche Angst, dass sie davon was mitbekommen? Laila und Tala sind doch unsere ältesten Freundinnen. Wahrscheinlich ist es besser, sie wissen Bescheid. Es würde jedenfalls Laila moralisch entlasten, wenn sie wüsste, dass ihre verheiratete Freundin auch ein Verhältnis hat. Vermutlich würde es uns alle freuen zu wissen, dass du ein Mensch wie wir bist und kein Engel. Oder möchtest du ein Engel sein?«
»Nicht doch, Cok. Außerdem liegt meine Affäre mit Saman mittlerweile zwei Jahre zurück. Ich weiß ja gar nicht, ob wir uns in der Zwischenzeit nicht verändert haben.«
»Es sieht aber so aus, als ob du noch scharf auf ihn bist.«
»Da bin ich mir noch nicht so sicher. Es gibt viele Gründe, warum man miteinander ins Bett geht oder es auch nicht tut. Und viele Dinge passieren eben nur einmal. Außerdem hatten wir nicht nur Sex miteinander, sondern wir haben auch sonst viel gemeinsam. Und ich habe auch immer noch mit Human Rights Watch zu tun. Unsere Beziehung dreht sich nicht nur um Sex.«
»Wirklich? Da muss ich ja lachen! Tust du das alles nicht nur, weil dich die Libido dazu drängt?«
»Das verstehst du nicht, weil es dir bei deinen Beziehungen zu Männern immer nur um Sex geht!«

»Nein, das wär ja noch schöner! Ich habe auch einen Freund, bei dem es nicht um Sex geht.«

»Wie? Wer soll das denn sein, den du nicht ins Bett ziehst?«

»Larung!«

»Und du schläfst nicht mit Larung? Das glaube ich dir nicht. Wo du so oft mit ihm unterwegs bist. Zu zweit nach Bali.«

»Nein. Nicht mal geküsst haben wir uns.«

»Warum nicht? Ist er zu klein?«

»Nein. Ich habe schon mit Männern geschlafen, die kleiner sind als er.«

»Aber warum denn dann nicht? Er sieht doch gut aus, auch wenn er klein ist.«

»Ja, aber unsere Beziehung geht nicht in diese Richtung. Wir stehen uns nahe, wir sind miteinander vertraut. Wir mögen uns. Aber ich weiß nicht warum, wir haben kein Verlangen nach Sex.«

»Er ist doch nicht etwa schwul?«

Larung Lanang heißt er. Ein seltsamer Bursche. Er wiegt ganze 46 Kilo. Aber er hat scharfe Augen. Nichts an seinem Körper ist groß, doch ich glaube, er ist kein Leichtgewicht. Er ist klein, aber er hat Tiefgang. Er besteht aus verwirrenden Widersprüchen. Mal überrascht einen seine Klugheit, dann wieder erschreckt einen seine Unberechenbarkeit. Er entspricht jedenfalls nicht dem Stereotyp des kleinwüchsigen Mannes, der viel spricht und nichts sagt, wie in meiner Vorstellung Napoleon Bonaparte einer war. Seine Stimme ist nicht kräftig, aber er ist ein aufmerksamer Gesprächspartner. Wenn ich ihn anrufe, dann hat er immer ein Ohr für mich, außer er ist gerade wieder einmal verschwunden. Das ist eine Eigenart von ihm: er verschwindet gelegentlich spurlos. Manchmal einen ganzen Monat lang. Und er redet nie darüber, was er in der Zeit gemacht hat.

Ich bin ihm zum ersten Mal vor etwa sechs Jahren begegnet. Auf Bali. Bei einer Verbrennungszeremonie von entfernten Verwandten. Damals wurden die Leichname von sechs Verstorbenen eingeäschert. An einer der Toten hatte sich der gesellschaftliche Tratsch entzündet. Es handelte sich um Anak Agung Stya Adnyani, die fünf Jahre zuvor hochbetagt gestorben war und von der es hieß, sie hätte den Namen der Großfamilie des Königs von Gianyar besudelt. Es hieß, sie sei (während der Kolonialzeit) als junges Mädchen mit einem Holländer durchgebrannt, was als große Schande angesehen wurde. Auch sei sie nie zurückgekehrt und habe ihre Eltern nie um Verzeihung gebeten. Im Gegenteil, sie habe mit dem Weißen zusammengelebt und sei mit ihm herumgezogen. Damals sei ihr Name aus der Familienliste des Königshauses von Gianyar getilgt worden, bis zu ihrem Tod in hohem Alter. Ihr Enkel jedoch, eben jener Larung Lanang, setzte sich dafür ein, dass man bei der Verbrennungszeremonie mit den üblichen Gebeten von der Asche seiner Großmutter Abschied nahm, damit ihre Seele ungehindert die Erde verlassen konnte. Und schließlich stimmte die Großfamilie zu, zumal die Verfehlung der Frau bereits an die hundert Jahre zurücklag und sie ja auch mit dem Verlust ihres

Geburtsortes und ihrer Familie genug bestraft war. So jedenfalls erzählte es mir ein balinesischer Priester.
Bei dieser Feier traf ich Larung zum ersten Mal. Er trug die übliche balinesische Kopfbedeckung, einen Destar, und hatte sich einen Kain um die Hüften gewickelt, der für seine kleine Gestalt viel zu lang war. Ich sprach ihn zuerst an, weil ich neugierig war, von ihm die Geschichte seiner Großmutter zu erfahren. Das Drama einer wilden Ehe mit einem Weißen im 19. Jahrhundert. Ein Roman mit Krieg im Hintergrund. Die Tochter eines hohen Adeligen lässt sich mit einem Angehörigen der Kolonialmacht ein, verlässt den Palast ihrer Eltern und zieht mit ihm durchs Land. Eine Liebesgeschichte, die viel aufregender war als das Leben des Malers Antonio Blanco. Vielleicht konnte man daraus einen Fernsehfilm machen. Ich habe einen Freund, der Produzent ist.
Ich war schrecklich begierig darauf, die Geschichte zu erfahren. Also näherte ich mich ihm. Aber leider wollte er von etwas anderem sprechen.
»Meine Großmutter ist durch Euthanasie aus dem Leben geschieden. Hast du etwas gegen Euthanasie?«
»Was ist das?«
»Das Recht auf den eigenen Tod. Durch Euthanasie erlöst zu werden, bedeutet, dass einem das Recht zu sterben zugestanden wird – genauer gesagt – erfüllt wird.«
»Das ist eine ziemlich schwierige Frage. Darüber habe ich nie nachgedacht.«
»Denk bei Gelegenheit darüber nach. Stell dir nur mal vor, dein jugendlicher Körper ist verschwunden, du bist

gebrechlich und hast überall Schmerzen, du kannst dich nicht mehr mit anderen Menschen unterhalten, du pisst und scheißt ins Bett, du kannst keinen klaren Gedanken mehr fassen – bist du dann nicht lieber tot?«

»Ja, wenn es einem so geht, dann gibt es ja keinen Unterschied mehr zum Tot-Sein.«

»Deswegen habe ich meine Großmutter durch Euthanasie vom Leben erlöst.«

»Oh, ich wusste gar nicht, dass das in Indonesien schon erlaubt ist. In welchem Krankenhaus?«

»Bist du schon einmal im Veterinärkrankenhaus in Ragunan gewesen? Eine Injektion von Sodium Pentobarbital in die Blutbahn tötet einen Hund innerhalb von anderthalb Sekunden. Aber meine Großmutter ist auf noch weniger schmerzhafte Weise zum Einschlafen gebracht worden.«

»Auf welche Weise?«

»Möchtest du das wirklich wissen?«

»Oh, nein danke. Ich habe noch keine Lust zu sterben.«

»In welchem Alter, hast du gesagt, ist Larungs Großmutter gestorben, Cok?«

»Da war sie über hundert. Deswegen sei es besonders schwer für sie gewesen zu sterben, meinte er.«

»Glaubst du, dass er damals seiner Großmutter wirklich zum Tode verholfen hat?«

»Nein, er ist doch nicht verrückt!«

»Larung ist ein eigenartiger Mensch, ja. Da sagt er, seine Großmutter hätte einen Holländer geheiratet, dabei ist er doch ein echter Einheimischer.«

»Er stammt vom zweiten Mann seiner Großmutter. Der war ein indonesischer Kämpfer für die Unabhängigkeit unserer Republik. Larung sieht auch wie ein echter Indonesier aus. Wieso fragst du? Du hast gern Indos, nicht?

»Überhaupt nicht. Ich mag ihn gern, Cok. Soweit ich ihn kenne, ist er sehr gewissenhaft. Es ist schwer, einen Aktivisten zu finden, der so genaue Abrechnungen schickt wie er. Aktivisten haben zwei Schwächen. Die erste ist, Geld gering zu achten. Als ob sie meinten, sie bräuchten sich nicht um Geldangelegenheiten zu kümmern, weil sie für die Demokratie kämpfen. Die zweite Schwäche ist, dass ihr Ego meist nur so groß ist wie das eines Hundes.«

»Was für ein Hund?«

»Anfangs dachte ich, Larung ist als Aktivist zu gut, als das er wirklich einer sein könnte.«

»Wieso?«

»Ja, wenn in unserer Bewegung einer neu ist, etwas rätselhaft ist, aber unerwarteterweise seine Sache gut macht, jedenfalls besser als andere, ohne sich in den Vordergrund zu schieben, dann ist es doch normal, dass man auf den Gedanken kommt, er könnte vielleicht vom Geheimdienst sein.«

»Du bist aber auch furchtbar misstrauisch, Min! Vorhin dachtest du, er wäre schwul, und jetzt verdächtigst du ihn, zum Geheimdienst zu gehören.«

»Das kann ja alles sein. Vielleicht bin ich wirklich zu misstrauisch. Andererseits ist er viel zu raffiniert für einen indonesischen Geheimdienstler.«

Larung lebt teils in Jakarta, teils in Denpasar. Er besitzt eine Druckerei und einen Verlag. Ich machte ihn vor etwa zwei Jahren mit Yasmin bekannt, nicht lange nachdem wir Saman nach den Unruhen im April 1994 geholfen hatten, aus Medan zu entkommen. Im Juni waren ich und Yasmin bereits wieder in Jakarta, Saman hatte ein neues Leben in New York begonnen. Am 21. Juni wurden die drei Zeitschriften Tempo, Editor und Detik von der Regierung verboten. Es gab riesige Demonstrationen. Yasmin als Verteidigerin und Menschenrechtsaktivistin schloss sich den Protesten gegen das Presseverbot an. Sie beteiligte sich gemeinsam mit befreundeten Journalisten an den Aktionen und an der Gründung der Allianz Indonesischer Journalisten. Währenddessen fühlte sich Larung, der auf Bali die lokale Zeitschrift Bali Age herausgab, die auf Indonesisch und auf Englisch erschien, ebenfalls von den Ereignissen betroffen. Obgleich seine Zeitschrift unpolitisch war – er nannte sie Gemeindeblatt für Umwelt und Tourismus –, war er von Anfang an mit Zeitungsleuten aus Bali dabei, gegen das Verbot zu protestieren. Er kam nach Jakarta, um an der gemeinsam organisierten Großdemonstration teilzunehmen. Bei dieser Gelegenheit übernachtete er bei mir zu Hause, weil das Haus seiner Mutter in Bekasi zu weit weg war, als dass er am nächsten Tag hätte rechtzeitig zur Demo kommen können, die schon am frühen Morgen beginnen sollte. Damals machte ich ihn mit Yasmin bekannt. Es schien, als würden sich die beiden gut miteinander verstehen. Sie haben dann in der Folgezeit mehrfach in gemeinsamen Projekten zusammengearbeitet. Wir drei wurden gute Freunde.

»Welches Sternzeichen ist Larung, Cok?«
»Er ist am 29. Februar 1960 geboren, also Fische, geboren im Zeichen der Ratte.«
»Oh, dann ist er jetzt ja erst neun Jahre alt.«
»Neun? Wie das?«
»Weil er erst neunmal Geburtstag hatte.«

NEW YORK, 1. JUNI 1996

Wenn man aus dem Fenster schaut, keine fallenden Blätter. Kein Regen in Strömen, keine Pfützen, in denen sich die Häuser spiegeln. Vor dem Fenster steht die Luft still, die Touristen haben müde Beine und ruhen sich am Times Square aus. Ich bin schon siebzehn Mal die Straßen bis dorthin und wieder zurückgelaufen. Mir tun die Knie weh, ich habe genug vom Herumlaufen. Nun sitze ich hier auf dem Sofa vor dem Fenster und träume von meinem Liebsten.

Sihar, du bist nicht weit von hier. Zwischen uns liegen keine fünf Kilometer. Wir haben tatsächlich das, was unsere Leidenschaft bremst, hinter uns gelassen, das Land, in dem wir geboren sind, weit entfernt auf der anderen Seite der Erde, einen halben Erdkreis von hier. Wir sollten zusammen sein, wenn auch nur für kurze Zeit. Doch selbst hierher ist dir deine Frau gefolgt. Vielleicht ist sie eifersüchtig, jedenfalls misstrauisch. Vielleicht auch nicht. Möglicherweise will sie bloß Urlaub machen, einkaufen gehen oder Blätter auflesen, die es in Jakarta nicht gibt, sie zwischen die Seiten ihres Buches legen wie in ein Herbarium, bis sie am Ende ihre Farbe verlieren.

Ich weiß, du bist in einem Zimmer des Hotels Days Inn, 57. Straße, West. Vielleicht schaust du gerade aus dem Fenster. Betrachtest die Blütenblätter, die nicht abfallen, die nachts wachen. Vielleicht schließt du die Augen, wenn du mit ihr schläfst. Und wenn du mit deinem Fingerrücken ihre Wangen berührst, streichelst du mein Gesicht, an ihren Brüsten fühlst du meine Brüste. Mit deinem Mund flüsterst du nicht meinen Namen. Vielleicht bedauerst du ein wenig, dass sie dich auf dieser Reise begleitet, aber du willst sie auch nicht kränken, denn sie ist ja deine Frau. Aber bin ich nicht deine Geliebte? Waren wir uns nicht einig, dass wir uns treffen würden und du mir erlauben würdest, den Schweiß an deinem Hals zu riechen?

Doch du bist nicht in den Park gekommen, wie du versprochen hattest. Vielleicht bist du zur Südostecke des Central Park, nicht weit vom Columbus-Kreisel gegangen, hast aus der Entfernung gesehen, dass ich auf dich wartete, aber deine Frau ging hinter dir her und suchte nach Blättern mit festen Rippen, freute sich wie ein Kind. Du sahst dich um und fandest sie glücklich. In deinem Herzen batest du mich um Verzeihung, nahmst deine Frau bei der Hand und liefst mit ihr zu einer anderen Touristenattraktion. Ihr bliebt bei einem Straßenmaler stehen, einem Chinesen, und ließt ein Porträt von ihr machen. Sihar, ich möchte sagen: ich verzeihe dir. Habe ich dir irgendwann einmal nicht verziehen?

Nachdem wir dreimal nebeneinander auf dem Bett gelegen hatten, ohne miteinander zu schlafen, und ich den

Eindruck hatte, dass du mir auswichest, hatte ich dir gesagt: »Sihar, mach dir keine Sorgen. Ich werde deine Ehe nicht stören.«

Deine Antwort war: »Ich habe Angst vor mir selber.«

»Da ist keine Gefahr, Sihar, denn ich fordere nichts.«

»Was ist, wenn ich dir eines Tages ein Kind mache?«

Da war ich still. Wärst du denn nicht glücklich, wenn du ein Kind aus deinem eigenen Samen hättest? Denn deine Frau ist unfruchtbar und kann keine Kinder bekommen. Aber ich hatte das Gefühl, es wäre ein Fehler, das zu sagen. Ich schwieg.

»Außerdem bist du noch Jungfrau.«

Drei Mal hatten wir uns getroffen und dreimal hatte sich das wiederholt.

Du bist schon sieben Tage in New York. Aber du hast nicht angerufen, um zu hören, wie es mir geht, oder wenigstens um dich zu entschuldigen, dass du nicht gekommen bist. Ob du etwa Shakuntalas Telefonnummer in Jakarta liegen gelassen hast? Oder hat deine Frau vielleicht den Zettel mit der Nummer gefunden und zerrissen?

Im Moment bin ich allein in der Wohnung, der Fernseher läuft, aber jede halbe Minute schalte ich einen anderen Kanal ein. Shakuntala ist zum JFK-Flughafen, um Cok und Yasmin abzuholen, die heute ankommen. Ich bin nicht mitgefahren, denn das Telefon hier in der Wohnung hat keinen Anrufbeantworter. Möglicherweise rufst du an und niemand nimmt den Hörer ab. Jetzt passe ich auf, dass ich deinen Anruf nicht überhöre. Aber die Minuten verstreichen. Nur der Installateur hat angerufen. Ich habe schon nach dem ersten Klingelton abgehoben, bevor der Apparat zum zweiten Mal klingeln konnte. Eben habe ich es wieder klingeln hören und bin ans Telefon gestürzt. Aber es war nicht das Telefon, sondern die Gegensprechanlage. Im Lautsprecher hörte ich das Gekicher meiner drei Freundinnen. Sie sind schon da.

Drei Minuten später sitzen wir zusammen im Wohnzimmer, machen die Koffer von Yasmin und Cok auf. Die beiden packen immer allen möglichen Krimskrams und Mitbringsel ein. Cok lacht, weil es ihr gelungen ist, ein Pfund Dendeng aus Padang am Zoll vorbei zu schmuggeln, mit einem Extrabeutelchen Chilipaste vom Koch ihres Hotels. Yasmin hat eine Stange Kretekzigaretten mitgebracht. Ich weiß nicht, für wen, denn Shakuntala und ich rauchen nur normale Zigaretten. Dann schenken mir die beiden drei Dutzend Kondome: mit Erdbeerduft, Extrasicher und Extraintim. »Die haben wir extra aus Indonesien mitgebracht, denn wer weiß, in Amerika haben sie andere Größen.« Cok holt aus ihrer Tasche eine Videokamera. »Für den Fall, dass du private Bluefilms machen möchtest, kein Problem. Aber vergiss nicht, Musik zur Unterlegung anzuschalten.« Sie haben dabei so viel Spaß, dass ich mitlache. Aber in Wirklichkeit ist mir traurig zumute. Ich bin alles andere als glücklich. Merkt ihr das denn nicht?
»Was ist los?«, fragen Cok und Yasmin fast gleichzeitig, während mich Shakuntala nur ansieht.

»Hat euch Tala noch nichts gesagt?«, ich sehe sie erstaunt an. Ich weiß ja, es ist nicht ihre Art, Sachen weiterzuerzählen. »Sihar ist mit seiner Frau nach New York gekommen«, sage ich, und nach einer Pause: »Und er ist nicht in den Central Park gekommen.«
»Er hat dich versetzt?«
»Hast du ihn hier schon angerufen?«
»Seine Frau hat abgenommen.«
»Und da hast du wieder aufgelegt!«
Ihr Tonfall lässt Enttäuschung erkennen. Ich danke ihnen für ihre Fürsorge. »Jedenfalls kommen eure Kondome nicht zu spät. Noch ist nichts passiert.«
Der Rest des Abends vergeht mit der Diskussion darüber, warum aus meiner Verabredung nichts geworden ist, auf die nicht nur ich, sondern auch meine drei Freundinnen so große Hoffnungen gesetzt haben. Was mich betrifft, so weiß ich selbst nicht, was ich erwarten soll. Unter uns vieren war ich die einzige, die nicht weiß, wie das ist, wenn man mit einem Mann schläft, selbst mit dreißig nicht.
Was ist daran so wichtig, mit jemandem zu schlafen? Immerhin, es hat eben seine Bedeutung bekommen, als du, Sihar, zu mir sagtest: »Außerdem bist du ja noch Jungfrau.«
Sihar, was ist denn falsch daran, noch Jungfrau zu sein?

Yasmin fragt: »Hast du dich nicht gewundert, Laila, warum er dir keine Möglichkeit gegeben hat, ihn anzurufen? Er selbst hat dich auch nicht angerufen. Möglicherweise möchte er dir aus dem Weg gehen. Könnte es nicht sein, dass er deine Liebe nicht in gleichem Maß erwidert? Machst du dir eventuell Illusionen?«

»Du bist nie fremdgegangen, Yasmin. Du hast dich nie plötzlich in einen anderen Mann als Lukas verliebt. Du weißt nicht, wie es ist, wenn man sich schlecht vorkommt, weil man jemanden liebt und damit jemand anderen verletzt.«

Yasmin schweigt und schließt den Mund, so als wollte sie sich auf die Zunge beißen.

Schließlich fragt sie: »Meinst du nicht, dass deine Unberührtheit zu wertvoll ist, um sie einem Mann zu opfern, der auf diese Weise seine Frau betrügt?«

»Wie auch immer, wir sind jetzt hier«, ruft Cok, »Laila ist in New York. Warum überlegen wir uns nicht, wie wir Laila und Sihar zusammenbringen können. Wenn wir Pech haben, dann ist es eben Schicksal.«

»Aber wie sollen wir ihn kontaktieren, wenn es praktisch unmöglich ist, ihn anzurufen?«, sage ich.

»Wir können doch Saman um Hilfe bitten. Der kann ihn zum Essen einladen! Und wir stoßen dann einfach dazu. Das kann er nicht ablehnen. Die beiden haben sich schon lange nicht mehr gesehen, nicht? Seit dem Prozess gegen Rosano haben sie sich nicht getroffen. Sihar wird sich bestimmt freuen, wenn er hört, dass Saman hier ist.«

»Saman – in New York?«

Ich habe nicht gewusst, dass Saman in New York ist. Wie kommt es, dass sie mir nichts davon gesagt haben? Haben sie denn vergessen, dass ich früher einmal in ihn verliebt war!

SAMAN. Er hieß früher Wisanggeni. Jedes Mal wenn der Name fällt, denke ich an die Zeit, als Liebe noch nicht mit dem Verlangen verbunden war, miteinander zu schlafen. Eine Jugendliebe, entstanden aus dem Gefühl der Bewunderung. Für einen jungen Menschen vermutlich eine Art Übung in Sachen Liebe.

Damals war er dreiundzwanzig. Und ich vierzehn. Wir waren in einem Kreis von Kindern. Ich war eine von seinen Schülerinnen, die damals den Exerzitien in der Schule folgten. Die Kinder wussten ja, dass Frater Wis im Zölibat lebte und plagten ihn solange damit, ihnen eine unanständige Geschichte zu erzählen, bis er schließlich nachgab. Ein Frater oder auch ein Pastor sei wie ein Hund, meinte er selbst, der an seiner Leine zerrt, weil er angebunden ist. Er erzählte uns eine Geschichte, die vielleicht etwas altmodisch war. Sie handelte von einer Frau, die an einem Fluss durch ein plötzliches Hochwasser von ihrem Ehemann getrennt worden war. Von Angst und gleichzeitig von Sehnsucht nach ihrem Mann erfüllt, flehte sie einen Fährmann an, sie ans andere Ufer zu bringen. Der wollte aber als Lohn, dass sie sich ihm hingab. Danach verstieß sie jedoch ihr Ehemann, weil sie nicht mehr rein war. Wer ist hier der Schuldige?

»Das ist die Geschichte von Uma und Durga«, rief Shakuntala.

Frater Wis sagte uns die Antwort nicht, er stellte nur die Frage. Ich betrachtete ihn, sein Gesicht blieb ganz ruhig, als er die Lösung für sich behielt, er hatte ganz gewöhnliche Augenbrauen, an der Schläfe eine kleine Schramme, die am Abheilen war. Als wir uns gegenseitig in die Augen blickten, senkte ich die Augen wie eine Mimose, die von einem Windstoß getroffen wird. Ich war ja noch ein unerfahrenes Mädchen und hatte mich noch nie verliebt. An dem Abend eroberte er mein Herz.

Regelmäßig bot er eine Sprechstunde an. Und so ging ich zu seinem Zimmer und klopfte an. Die Tischlampe beleuchtete sein Gesicht von unten her, Schatten fielen auf seine Stirn, aber seine Augen leuchteten im Widerschein der Lampe, er lächelte ganz still. Ich wusste im ersten Moment gar nicht, was ich fragen sollte, aber dann fiel mir ein, dass mein Vater und meine Mutter mich nicht mehr so lieb hatten wie früher.

»Dein Vater und auch deine Mutter?« fragte er.

»Vor allem meine Mutter. Sie kümmert sich nur um meine jüngeren Geschwister.« Als ich das sagte, ergriff Frater Wis meine Hand und schwieg einen Moment. Dann erzählte er von seiner Mutter: »Meine Mutter war eine sehr schöne Frau, so schön, dass sie alle Herzen im Flug eroberte, nicht nur die Menschenherzen.« Gedankenverloren blickte er über mich hinweg. »Meine Mutter war so schön, dass sich allerlei Wesen in sie verliebten.« Er sah mir ernst ins Gesicht: »Ich bin als Erster geboren. Ich weiß, wie es ist, wenn man schon früh übergangen wird. Wir sind enttäuscht, wenn wir die Mutterliebe mit den jüngeren Geschwistern teilen müssen.« Es war, als wollte er seine Erfahrungen mit mir teilen. Ich fühlte mich ernst genommen und das stärkte mein Selbstbewusstsein. Von dem Moment an war ich in ihn verliebt.

Er wurde mein Vertrauter, vielleicht sogar mein Freund, dem ich Briefe schrieb.

Ich möchte dir viel erzählen – aber wie soll ich dich anreden? – Frater Wis, mein Freund. Aber das brachte ich nicht fertig. In meinen Briefen, die ich nie abschickte – ich glaube es waren an die achtzehn – habe ich dir vieles erzählt. Von meiner Mutter, die meine jungen Brüste mit einer Binde fest umwickelte, um sie vor den Blicken der Leute zu schützen. Und jeden Abend versuchte meine Mutter meine Brüste mit einer Flasche platt zu walzen, damit sie nicht zu früh groß würden. Ich schrie und stöhnte, denn es tat schrecklich weh. Ich kriege keine Luft, es tut weh, Mutter. Das musst du aushalten. Auf diese Weise bringst du deine Freunde, deinen Lehrer und die Leute auf der Straße nicht in Versuchung. Für die ist ein weiblicher Körper sehr anziehend. Das ist gefährlich. Bleib du nur ein Kind, bis du eines Tages erwachsen bist.

Das hast du nie erfahren, Frater Wis, denn ich wagte nicht, diesen Brief abzuschicken.

Aber leider verliere ich immer die Menschen, die ich liebe.

»Saman ist in New York?«

Yasmin und Cok tauschen Blicke aus, die ihr Schuldgefühl verraten.

»Warum habt ihr mir nichts davon gesagt?«

»Was für ein Saman?«, will Shakuntala wissen.

»Frater Wisanggeni. Das ist der, in den sich damals Laila verguckt hatte. Der später dann die NGO-Plantagen gegründet hat«, sagt Cok so nebenbei.

»Ach der. Was macht der denn hier?« Shakuntalas Stimme klingt uninteressiert.

Yasmin versucht zu erklären: »Eigentlich darf niemand wissen, dass er hier ist. In Indonesien wird er von der Polizei gesucht. Cok und ich wissen das, weil wir ihm bei der Flucht ins Ausland geholfen haben.«

Ich bin einigermaßen verärgert, weil meine Freundinnen diese wichtige Nachricht nicht an mich weitergegeben haben. Warum vertrauen sie mir nicht? Aber vielleicht ist es wirklich so, dass alles, was im Untergrund geschieht, strikt geheim gehalten werden muss. Sie wollen ihn einfach schützen.

Ich erfahre erst jetzt, dass Saman nun für Human Rights Watch arbeitet. Er wohnt bereits seit zwei Jahren unter diesem Namen mit einem neuen Pass in den Vereinigten Staaten, um der Indonesischen Botschaft keine Handhabe zum Eingreifen zu bieten. Wahrscheinlich hat die Lobby von Human Rights Watch im Kongress dafür gesorgt, dass er eine Aufenthaltsgenehmigung und eine Arbeitserlaubnis bekommen hat. Seitdem er beschuldigt worden war, einer der Drahtzieher der Unruhen in Medan 1994 zu sein, wurde er von den staatlichen Organen gesucht. Yasmin und Cok hatten seine Flucht aus Medan zu den Riau-Inseln organisiert. Von dort aus hatte er sich auf ein Schiff mit Wanderarbeitern geschlichen, die nach Malaysia unterwegs waren, hatte sich einen falschen Pass besorgt und war nach Singapur weitergereist. Dort wurde er von Freunden in Empfang genommen, die ihm die Weiterreise ermöglichten.

Wie merkwürdig, heute sind die beiden Männer, die einen Platz in meinem Herzen haben, gleichzeitig in New York. Ohne voneinander zu wissen. Dabei haben Saman und Sihar bereits einmal zusammengearbeitet, haben möglicherweise sogar gemeinsam ein Komplott geschmiedet, um Rosano vor Gericht zu bringen, den Sohn eines hohen Beamten, dessen übereilte Entscheidung damals auf der Bohrinsel zu der schrecklichen Explosion geführt hatte, die zwei Leute das Leben kostete. Es war dieses Unglück, das mich mit Sihar Situmorang verbunden hatte. Das ist nun drei Jahre her. Ich weiß noch ganz genau, wie Rosano durch die Beziehungen seines Vaters, eines Exgenerals und einflussreichen Mannes in Jakarta, fast freigekommen wäre. Dann allerdings geschah etwas sehr Merkwürdiges: Ein paar Kilometer von Perabumulih entfernt, drangen die Dorfbewohner plötzlich eines Nachts in das Gelände des Bohrturms von Talanatas ein, wo Rosano tätig war, und forderten seine Bestrafung, weil er ein Mädchen von dort vergewaltigt hatte. Der Volkszorn bewirkte, dass Rosano ins Gefängnis kam, allerdings nur für acht Monate.
Mit einem Mal werde ich argwöhnisch und frage: »Yasmin, bist du sicher, dass Saman bei dem Aufruhr der Massen in Medan nicht beteiligt war?«
»Er hat an dem Treffen teilgenommen, bei dem die Demonstrationen geplant wurden. Allerdings hatte er von Anfang an die Befürchtung, der Geheimdienst würde bei den Aktionen mitmischen, wie damals bei den Ereignissen von Malari im Januar 1974 ...«

»Der Grund ist nämlich, dass, soweit ich mich erinnere, außer Yuli, der gelyncht wurde, ein anderer Chinese Ziel des Aufruhrs war, nämlich der Direktor von Anugrah Lahan Makmur, dem Unternehmen, das den Bauern der Kautschukplantage ihr Land gestohlen und das Dorf niedergebrannt hatte, wo Saman tätig war.«
»Meinst du vielleicht, er hätte das nur getan, um sich zu rächen?«, fragt Yasmin schroff.
»Nicht doch. Vielleicht glauben Leute wie er oder auch Sihar, dass Verbrecher verurteilt gehören, wenn auch auf andere Weise.«
»So primitiv ist Saman nicht.«

PERABUMULIH, SEPTEMBER 1993

Laila wusste nicht, ob sie ihn nach diesem Abend noch einmal wiedersehen würde.
Am nächsten Tag würde Sihar vom Prozess gegen Rosano in Muara Enim zurückkommen. An diesem Abend übernachtete Laila in Samans Haus, fünfzig Kilometer von der kleinen Stadt mit den Stelzenhäusern entfernt. Sie lag auf seiner Liege, auf einer Kapokmatratze, die so dünn war, dass man am Rücken die harten Holzbretter spürte. Saman schlief im Vorderzimmer auf einer Rattanmatte. Die Zimmer hatten keine Türen und sie konnte hören, dass er schnarchte, als gäbe es keine Mücken. Sie selbst konnte keinen Schlaf finden, denn die Insekten schwirrten um ihren Kopf. Ihre Wangen und Ohrläppchen fühlten sich heiß an. Am Nachmittag hatte Saman drei Blüten von einer Ramie aufgelesen, die abgefallen waren, und sie getrocknet, um sie als Mückenschutz zu verwenden. Aber Laila hatte keine Lust gehabt, sie vor dem Einschlafen anzuzünden. Doch jetzt hinderten sie die Plagegeister am Einschlafen, obwohl sie nur zu gern geschlafen hätte. Sie wollte am nächsten Tag frisch sein, wenn sie Sihar wiedersehen würde, nach dessen Geruch sie sich

sehnte. Sie entschloss sich, doch die Ramieblüten anzuzünden, die sie am Fuß ihres Bettes bereitgelegt hatte.
Sie stand auf, griff sich zwei Blüten, aber ihr Feuerzeug war leer. Sie schimpfte leise vor sich hin, stellte fest, dass sie würde in die Küche gehen müssen. Saman hatte das Haus im Jahr zuvor gebaut, nachdem er sich sicher war, dass die Polizei nicht mehr hinter ihm her war. Wie bei Häusern auf dem Lande üblich, lag die Küche außerhalb, nicht weit weg vom Brunnen, hinten. Solche Anlagen sind nachts unheimlich. Dichtbelaubte Bäume, ein unbeleuchteter Weg, ein glatter Brunnenrand, aufgestapeltes altes Zeug, ein gutes Versteck für Schlangen, Finsternis, die Unholden Schutz bietet – sie wollte nicht deren Opfer werden. Aber Saman hatte sie schon immer beruhigt, seit ihrer Jugendzeit. Er schlief auf dem Rücken, den Mund leicht geöffnet. Eine Glühbirne neben dem Fenster gab etwas Licht, ihr Widerschein war noch hinter dem Haus ganz schwach zu sehen.
Die Küche war ziemlich dunkel, denn das Licht reichte nicht bis dorthin. Sie suchte in der Nähe des Petroleumofens nach Streichhölzern. Da wurde es plötzlich und kurz ganz dunkel. Die Lampe am Haus war noch an, aber es war, als ob ein Schatten wie eine Fledermaus daran vorbeihuschte. Laila blickte auf, ihr stockte der Atem. Da war jemand, der sich umdrehte, als er die Frau in der Küche sah. Es war ein Mann, der da im Schatten stand. Obwohl es finster war, konnte man erkennen, dass sein Gesicht entstellt war. Er hielt eine lange Sichel in der Hand, wie der Tod, der herumwandert, um die Seelen

dahinzumähen. Laila schrie auf, rief nach Saman. Sie wusste nicht, ob sie die Luft angehalten oder ob sie einen schrillen Schrei ausgestoßen hatte. Jedenfalls verschwand die Gestalt wie ein Geist, der Angst hat, dass man sein hässliches Gesicht sieht.

Einen Moment später stand Saman vor der Küche, fand Laila zitternd vor. Es roch nach Petroleum, denn vor Schreck hatte sie den Ofen umgestoßen.

»Da war einer mit einer Sichel«, brachte sie stockend hervor.

Saman holte ein Haumesser vom Küchenschrank und wartete gespannt. Auch Laila griff sich ein Messer, ihre Hand zitterte jedoch noch. Ein Windstoß kam. Dann sahen die beiden, wie sich das Gebüsch bewegte. Eine Gestalt erschien und redete Saman an: »Bruder! Bang Wis!«

Saman erkannte die Stimme sofort. Es war Anson.

»Das ist mein Bruder. Keine Angst.«

Er rief mit unterdrückter Stimme nach ihm. Anson kam hinter den Bäumen hervor. Laila hatte ihren Schrecken noch nicht ganz überwunden, als Saman ihr den Mann vorstellte. Die vernarbten Brandwunden auf seiner linken Gesichtshälfte irritierten sie, ohne dass sie hätte sagen können warum. War es die Ausdruckslosigkeit seines Gesichtes oder war es der Gedanke, dass so etwas jedem zustoßen konnte? Mit dem einen Auge, das ihm geblieben war, musterte er Laila kurz und wandte sich dann mit hochgezogener Braue an Saman, als wollte er ihn aufziehen: »Deine Freundin, Bang?« Was konnte denn eine Frau anderes sein, wenn sie im Haus eines Mannes übernachtete?

Er hatte ihn Wis genannt. Er kannte ihn also schon von früher.
Saman zündete ein Bündel Ramieblüten an und steckte sie in eine Flasche mit einem Blechteller als Untersatz. Laila verstand das als Aufforderung, sich wieder schlafen zu legen, denn er hatte offenbar mit seinem Gast etwas allein zu bereden. Sie nahm das nicht übel, denn sie brauchte sowieso ihren Schlaf. Noch im Halbschlaf bekam sie die Unterhaltung der beiden ganz entfernt mit. Gedämpft, so wie das Licht.
Anson war gekommen, um sich die Kettensäge auszuleihen. »Verdammt! Gestern haben sie eine Razzia gemacht. Wahrscheinlich wollen sie in Jakarta Punkte sammeln. Demnächst wird ein neuer Distrikthauptmann eingesetzt. Oder es handelt sich um eine Streitigkeit zwischen zwei Unternehmen. Jedenfalls kam ein LKW mit Soldaten, Bruder!« Als er und die anderen wegliefen, mussten sie ihre Kettensäge zurücklassen, ebenso die angesägten Stämme, die noch nicht gefällt waren.
Missbilligend rief Saman: »Ich müsste froh sein, wenn sie dich geschnappt hätten! Was bist du denn? Ich gründe NGOs zum Schutz der Wälder, Son. Ich muss so einen wie dich bekämpfen, du Holzdieb!« Er nahm jedoch die Kettensäge aus dem Werkzeugschrank. »Dass du mir bloß keine Bäume fällst, die noch nicht ausgewachsen sind. Und auf keinen Fall im geschützten Wald!«
»Was sind schon die paar Bäume, die ich fälle, im Vergleich zu dem, was die großen Firmen schlagen, Bang.«

»Das brauchen wir hier gar nicht weiter zu diskutieren. Dir fällt nichts anderes ein, als den großen Sitorus nachzumachen. Bevor du Bäume umhaust, geh lieber in den Hafen und werde Schmuggler.«
»Das habe ich längst probiert. Aber das bringt hier nichts. Da müsste ich nach Jakarta gehen oder nach Batam.« Er schwieg einen Augenblick. »Vielleicht nächstes Jahr. Wenn ich die Kleine allein lassen kann.« Er stand auf, steckte die Säge in einen alten Zementsack und bedankte sich.
»Ein Zahn ist kaputt, den musst du nieten«, sagte Saman noch, als er ihn zur hinteren Tür brachte. »Die muss ich aber wiedersehen. Denk bloß nicht, ich bräuchte sie nicht.«
»Du stiehlst also auch Holz.«
»Halt den Mund!«
Sie klopften sich noch einmal beide auf die Schultern und lachten. Dann war der Mann verschwunden.
Er kam aus einer früheren Zeit.
Nachdem Saman die Tür geschlossen hatte, fiel Laila endlich in Schlaf. Der Bruder, wie er ihn genannt hatte, war durch die Hintertür verschwunden. Wenig später hörte man einen Lastwagen fortfahren, der Büschel von Ölpalmen transportierte oder auch eine Ladung Rundholz. Er war immer im Dunklen unterwegs, oder im Wald, besuchte seinen Bruder heimlich wie ein Dieb, denn sein Gesicht war unter Tausenden leicht zu erkennen. Ein Einäugiger mit halbem Gesicht. Vor zwei Jahren war er aus dem Gefängnis von Lahat geflohen, indem er die Gitterstäbe vor seinem Zellenfenster durchgesägt hatte. Seitdem wurde er von der Polizei gesucht.

Er hatte seinen Namen nicht geändert. Er war kein Wisanggeni, der zu Saman wurde. Er blieb einfach Anson bin Argani. Er war sowieso nicht mit Namen bekannt. Die Leute kannten nur sein Gesicht, unabhängig vom Alter. Er war der Einäugige. Er war jetzt achtundzwanzig Jahre alt, seit sechs Jahren verheiratet, hatte zwei Kinder, schlief reihum mit den Frauen von den dunklen Verkaufsbuden entlang dem Sumatra-Highway. Kondome kannte er nicht, wenn sein Penis juckte und entzündet war, dann machte er sich lieber Kompressen mit einem Sud aus Jelutung-Rinde oder Yamswurzeln, ehe er sich zum Gesundheitsdienst begab, wo er eine Penicillinspritze bekommen hätte. Das Leben während der drei letzten Jahre auf der Flucht hatte ihn geil gemacht. Wenn er mit seinem einen Auge große, schwere Brüste sah, wollte er sie anfassen. Oftmals sagte er zu Wisanggeni, den er als seinen älteren Bruder betrachtete, er sei ein schwarzer Verfolgter, während der Bruder ein weißer Verfolgter sei. Er nannte ihn nie Saman, das konnte er nicht. Saman war für alle die Seele des Widerstands, mit dem sich die Leute der Kautschukpflanzung gegen deren gewaltsame Umwandlung in eine Palmölplantage wehrten. Einer, der das Selbstbewusstsein der einfachen Leute stärkte, der sein Leben dafür opferte. Er selbst war nur ein Bauer, der Gewächshäuser mit Setzlingen anzündete und als Krimineller galt. Ein kleiner Verbrecher, der nur etwas wert wäre, wenn er ein großer Verbrecher würde. Das Schicksal hält uns an der Leine und lässt nicht zu, dass wir große Sprünge machen. Saman hatte eine Organisation gegründet, die sich um Pflanzungen kümmerte, um Naturschutz, und die mit organischer Landwirtschaft experimentierte. Er selbst aber verübte Holzdiebstahl und wurde von der Regierung verflucht und von den Naturschützern verwünscht. Was bedeutete der Name für ihn? Er besaß keine Reichtümer, die ihn bekannt machten. Er vertrat keine Ideale, die ihm die Achtung anderer hätten eintragen können.

Saman war trotzdem nicht bereit, ihn wegen seines Holzdiebstahls zu verachten. Ihre gemeinsam erlittenen bitteren Erfahrungen hatten sie aber auch nicht gleich gemacht. Für Saman gab es eine Wahl, für Anson nicht. Sein Kreuz ist nicht mein Kreuz. So sehr ich mich auch mit ihm verbunden fühle.

Saman legte sich nicht gleich wieder hin. An Abenden wie diesem hatte er den dringenden Wunsch zu beten. Aber es war ihm nicht möglich. Er hatte die Fähigkeit dazu, die nötige Vorstellungskraft verloren – er konnte nicht mehr mit dem Herrn sprechen. Er blickte zum Himmel und versuchte hinter die kleinsten Sterne am Firmament zu sehen, aber es gelang ihm nicht, sich das höhere Wesen dort oben vorzustellen. Er schloss die Augen, blickte in sein Inneres, doch er konnte das Geheimnis nicht mehr wiederfinden, das er früher dort gespürt hatte. Früher war es da gewesen. In seinem Herzen war eine Wunde. Nicht so groß wie der Herr, der nun fortgegangen war, sondern so groß wie Upi, Ansons jüngere Schwester. Upi, über die er nie mehr gesprochen hatte, wenn Anson kam. Upi, die er zu vergessen versucht hatte, da die Erinnerung an sie zu bitter war. Das schwachsinnige Mädchen, das

zwar verrückt war, jedoch von sexueller Begierde erfüllt, dabei grundhässlich. Man konnte nicht sagen, ob sie noch Mensch war oder schon Tier. Diese Frau war völlig unfähig, ihr Benehmen zu kontrollieren. Ihre Familie hatte sie eingesperrt, weil sie so oft vom Teufel besessen schien. Ihr trauriger Anblick hatte sein Mitleid erregt. Er konnte nicht viel für sie tun, ihr lediglich ein Gehege errichten, das etwas menschlicher war, eine kleine Welt, die für sie erträglicher war. Aber in dem Gefängnis, das er mit so viel Eifer gebaut hatte, war sie verbrannt, als die Söldner des Unternehmens kamen und ihr Dorf anzündeten. Upi konnte nicht weg, als sich die Flammen ihrem hölzernen Gehege näherten. Sie hatte in Todesangst geschrien, aber niemand war ihr zu Hilfe gekommen. Denn mich hatten die Söldner entführt und hörten nicht auf meine Bitten. Ich konnte nur hoffen, dass Qualm und Sauerstoffmangel sie bewusstlos machten, bevor die Flammen ihren Körper erfassten. Darf der Mensch keine Rachegefühle haben?
Etwas hatte er nie ausgesprochen: Er hätte das Mädchen gern umarmt, an sich gedrückt, und hätte ihr erlaubt, an seinem Körper einen Orgasmus zu erleben, denn er liebte das Mädchen. Und das hätte sie glücklich gemacht. Nun tat es ihm leid, dass er das nie getan hatte.

Während sie einschlief, hatte Laila das Gefühl, Saman stünde an der Türschwelle und betrachtete sie.
Am nächsten Tag kam Sihar mit dem Motorrad, einem grünen Crosser der Marke Binter, der der Familie von

Hasyim Ali gehörte. Er hatte nicht den Firmenwagen genommen. Obgleich ihn Seismoclypse wegen der Auseinandersetzung mit Rosano nicht entlassen hatte, wollte er wohl die Firma nicht in seine privaten Vorhaben hineinziehen. »Es steht schlecht«, sagte er, als er seinen Helm auf den Tisch legte. Verliebt betrachtete Laila seine Schläfen, die grau zu werden begannen. Graue Haare lassen einen Mann klüger aussehen. »Der Richter ist dem Ersuchen Rosanos nachgekommen und hat ihn während des Prozesses nicht inhaftiert.« Als Sihar seine Jacke ablegte, nahm Laila seinen Geruch wahr. Ein Duft, den ich kenne. Er sah mich zwei Sekunden an, als wollte er sagen, dass er Verlangen nach mir habe, dass er aber im Moment den Kopf voll anderer Dinge habe.

Die drei setzten sich. Laila nahm an der Ecke Platz, während die beiden Männer sich gegenüber saßen. Der eine schlank, fast mager, mit starken Muskeln, weil er sich viel und gewandt bewegte, mit Adern, die an den Unterarmen hervortraten. Der andere eher mächtig, Muskelpakete am Oberarm, eine Folge proteinhaltiger Nahrung und der Gewohnheit, schwere Lasten zu heben. Beides Brillenträger, obwohl Saman die seine selten benutzte. Für Laila zeigten beide jeweils eine eigene Form von Männlichkeit. Saman war nicht so kräftig wie Sihar, sah nicht so gut aus, dafür aber war er couragiert und sein Auftreten verschaffte ihm Respekt. Verlegen stellte Laila fest, dass sie ohne es zu wollen ihre Männlichkeit mit Vergnügen betrachtete, den Schweißtropfen an ihren Körpern folgte und ihren Geruch wahrnahm. Sie hatte es noch nie gewagt und wusste, dass sie es auch nie wagen würde, sich mit einem Mann wirklich einzulassen. Es musste ihr genügen, sie anzusehen und ihren Geruch einzuatmen.

Wie ähnlich sich doch die beiden sind, wie sehr ich sie beide mag. Wie unerreichbar beide für mich sind.

Die beiden Männer teilten sich eine Kretekzigarette. Beide teilten sich auch Zorn und Trauer. Beide hatten durch Willkürakte Menschen verloren, die ihnen nahestanden. Upi war ums Leben gekommen, als das Dorf niedergebrannt wurde. Hasyim Ali war bei der Explosion auf der Bohrinsel getötet worden. Dürfen die Menschen nicht auch ihren Groll teilen? Laila nahm sich eine Zigarette aus ihrer Schachtel und steckte sie sich an. Nur die Streichhölzer lieh sie sich von den Männern. Sihar würde diesmal ihr Outfit nicht weiter beachten, dabei hatte sie sich extra braune Stiefel angezogen und ein Jeanshemd, so dass sie fesch und sportlich aussah. Doch sie war froh darüber, dass die beiden sie in ihre Pläne einbezogen und dass sie sich nützlich machen konnte.

»Wenn man das hört, kann man doch den Eindruck haben, dass der Richter für Rosano Partei ergreifen wird, oder?« Laila brachte ihre Meinung als Frage vor, wie es Leute tun, die ihrer Sache nicht ganz sicher sind.

»Er wird sein Geld einsetzen und seine Beziehungen spielen lassen«, sagte Saman. »Was meint denn unsere Rechtsanwältin – Yasmin?«

»Sie hat gesagt, wir können nicht viel machen, außer dem Prozedere zu folgen, Berufung einzulegen und so etwas.«

Saman seufzte: »Yasmin engagiert sich in der Sache nicht, um zu siegen. Sie denkt nur, dass man für Gerechtigkeit eintreten muss. Wir sind da, um zu kämpfen. – Hast du schon was gegessen?«

Saman ließ nicht zu, dass ihm Laila in der Küche half. Er setzte selbst Reis auf, tat Tempe und Tahu in eine Pfanne und setzte Kecap mit Chili an. Es schien, als wollte er Laila und Sihar Gelegenheit geben, sich ungestört zu unterhalten. Aber vielleicht tat er das auch ohne Absicht. Nachdem sie gegessen hatten, bat er Laila, für alle drei eine Papaya zu schneiden und Kaffee zu kochen. Das tat Laila gern, zumal sie es für eine gerechte Arbeitsteilung hielt. Sie spürte aber auch, dass Saman und Sihar noch etwas Wichtiges zu besprechen hatten, während sie in der Küche war.

NEW YORK, 1. JUNI 1996

Laila glaubt, dass viel Wichtiges zwischen den Freundinnen besprochen wurde, während sie nicht anwesend war. Ihr Ausgeschlossensein verletzt sie.
Was weiß ich eigentlich über die Männer, die ich liebe? Vielleicht ist das alles nur eine Illusion. Es kommt Laila vor, als höre sie Yasmins Stimme. Sie wissen mehr über Saman als ich. Und was Sihar angeht, was habe ich wirklich an ihm?
Laila spürt, wie sich in ihrem Augenwinkel eine Träne bildet, ihr Blick verschleiert sich. Sie steht auf und läuft mit ihrer halbvollen Kaffeetasse in die Küche. Sie will nicht, dass die anderen sie weinen sehen. Aber Shakuntala folgt ihr.
»Ich weiß nicht warum, aber ich bin zurzeit schrecklich empfindlich.«
»Das macht doch nichts. Man muss nicht dauernd standhaft sein.«
»Aber das ist doch blöd.«
»Klugheit ist nicht immer entscheidend.«
Sie kommen überein, den Nachmittag bis zum Abend zu genießen und Laila über ihre kleinen Sorgen hinwegzutrösten. »Zum Teufel mit der Diät! Wir werden uns was

leisten. Es lebe das Essen und das Trinken!« Shakuntala schlägt vor, ins Sake House zu gehen und dort Reiswein zu trinken. »Dazu könnten wir Seetangsalat und Lotus bestellen, danach sollten wir den St. Mark's Place entlangschlendern, den Duft von Ganja schnuppern, das die jungen Leute dort rauchen, und an der Straßenecke in Buchläden stöbern.« Cok meint, man könnte anschließend im Figaro zu Abend essen, in dem italienischen Restaurant, in das ihre anderen Freundinnen immer gehen, wenn sie in New York sind. Yasmin möchte dann gern noch in einem Jazzlokal in der Nähe von Blue Note ein Bier trinken. »Das ist New York: japanisch essen, China Town erleben, Klein Italien besuchen und Jazz hören!« Laila ihrerseits hat keine Vorschläge zu machen. Sie findet nur zögernd Gefallen an ihren Unternehmungen, denkt daran, dass Sihar in diesem Moment anderswo in derselben Stadt ist. Vielleicht wandert er ziellos umher, vielleicht kommt er sogar hier vorbei. Ihre Augen mustern jeden dunkelhäutigen Passanten mit schwarzen Haaren, der ihr im Gewühl der Fußgänger auffällt.

Doch Saman ist auch hier, nicht wahr?

»Heute Abend, bitte Laila, nur diesen einen Abend – zum Teufel mit den Männern, erst recht mit verheirateten«, drängt Cok. Dabei lachte sie belustigt in sich hinein. »Ja, ich kann das sagen, denn ich habe schon mit wer weiß wie vielen Männern geschlafen, mit Unerfahrenen, mit Verheirateten, mit Verwitweten – bis es mir manchmal langweilig wurde. Kurze Beziehungen lehren uns, dass Liebe und Sex nichts Besonderes sind.«

»Und neunundneunzig Prozent aller Männer können dich nicht befriedigen, wenn du dich nicht selbst befriedigen kannst«, wirft Shakuntala ein.
Laila versucht ihr Befremden durch ein Lachen zu kaschieren. Aber ihre Augen wandern umher, mal zu Gästen, die weiter weg sitzen, mal zu den Gesichtern ihrer Freundinnen in der Nähe. Ein Mann gegenüber erinnert sie an Robert de Niro, ein anderer ist die amerikanische Ausgabe ihres Dozenten für Statistik. Dann das hübsche Gesicht von Yasmin mit dem glatten Teint – sie ist die einzige unter ihnen, die nicht raucht und davon überzeugt ist, dass Rauchen eine hässliche Haut macht. Ein einwandfreies Make-up. Glänzende Lippen, gepflegte Augenbrauen, kluge Augen, ein feines Lächeln. Neben ihr Cok, die Haare unordentlich, so als käme sie gerade aus dem Bett. Mit Ohrringen und Halskette. Sie hat kein Make-up aufgelegt, nur die Lippen hellrot geschminkt, was ihr lustiges und helles Lachen noch anziehender macht. Der oberste Knopf ihrer Bluse steht offen, so dass man die Ansätze ihres Busens sehen kann. Schließlich Shakuntala, die neben Laila sitzt. Sie hat blaue Wimperntusche verwendet, die ihrem Gesicht einen besonderen Akzent verleiht, wie ein blauer Strich über einer erdfarbenen Fläche, was Laila an ein Bild von Paul Klee erinnert: Ein Streifen von blauem Himmel über einer Wüstenfläche. Das kurzgeschorene Haar lässt ihre Wangenknochen hervortreten. Auch ihren mageren Hals und ihre starken Schultern. Sie hat ihre Jacke neben sich auf die Bank gelegt und trägt nur ein ärmelloses T-Shirt, so dass Laila

ihre flache Brust sehen kann und ihre muskulösen Oberarme. Sie wirken alle sehr erwachsen und sexuell erfahren.
Sich selbst findet sie viel zu dick. Als sie noch zur Schule ging, war sie diejenige, die am meisten Sport trieb. Bergwandern, zelten, sich an der Kletterwand abseilen, Teeplantagen durchqueren, schwimmen – alles Sportarten in Gruppen, bei denen vor allem Jungs mitmachten. Seite an Seite mit Freunden wandern und im Zelt schlafen. Sie war diejenige, die später als alle anderen erste erotische Erfahrungen mit Männern machte. Damals jedoch war sie stolz darauf, dass sie an der Welt der Jungs teilnehmen konnte, und das hieß: dynamisch sein, alles andere als häuslich sein, die Natur durchstreifen, die Puppenwelt hinter sich lassen, Schminke und Kosmetik ablehnen. (Und – was sie sich selbst nicht eingestand – ihren eigenen Busen verleugnen. Auch nicht zugeben, dass man Menstruationen hatte. Sie verbot sich, über Schwäche oder Schmerzen zu klagen, wenn ihre Tage kamen. Sie hatte immer viele Binden dabei, damit das Blut nur ja nicht auf die Kleider durchsickerte. Sie wusch stets ihre Unterhosen, wenn sie Blutflecken hatten, damit nur niemand etwas von dem merkte, wofür sie sich schämte.) Nicht alle Mädchen konnten ihre Schwäche verbergen, und deshalb fühlte sie sich den anderen überlegen. Jetzt aber ist sie weit entfernt von den damaligen Aktivitäten. Es ist ihr nicht möglich, so einfach in die Welt erwachsener Männer einzudringen. Sicher, sie macht Aufnahmen in der freien Natur oder ab und zu auch in schwer zu

erreichenden Gegenden. Meistens aber fotografiert sie im voll ausgerüsteten Studio: macht Aufnahmen von Lederschuhen, Ketchup-Flaschen, Eiern oder auch von Models. An Sport denkt sie nicht mehr. Yasmin und Cok gehen regelmäßig ins Fitnessstudio, Shakuntala hat ihren Tanz. Sie selbst aber tut nichts für ihren Körper. Und ihre Monatstage sind alles andere als Routineangelegenheiten.

»Beauty is in the eyes of thyself.« Shakuntala ergreift ihre Hand und lacht: »Was für ein Klischee!«

Laila fällt in das Lachen ein. Es ist, als erhielte sie eine Bestätigung von der fülligen Sängerin, die sich an ihrer eigenen Stimme erfreut und auch an ihrer Melancholie. »But not for me.« Sie applaudieren.

»Wie schön Melancholie sein kann«, kommentiert Yasmin. »Diese Sängerin bringt Traurigkeit zum Ausdruck mit eintöniger Stimme, so wie Chet Baker auf der Trompete, während die Klavier-Improvisationen lyrisch wirken wie bei Keith Jarret, gerade durch die langen time-spans und ranges.

»Someone to watch over me.« Ihre drei Freundinnen achten nicht weiter auf ihren Kommentar.

»Du hast ja weiße Strähnen, Tala. Drei, sieben, viele.«

»Sicher, Laila.«

»Das sieht schön aus.«

»Weiße Haare wachsen schneller.«

Laila hatte schon immer etwas für graues Haar übrig. Sie betrachtet Talas Kopf, denkt an Sihar. Shakuntala hat ein schönes Gesicht.

NEW YORK, 6. JUNI 1996

SIHAR
Yasmin hat Saman schon verständigt. Sie hat ihn bereits vor drei Tagen angerufen. Endlich hast du dich bereit erklärt, zum Kaffee zu kommen, am Abend vor Shakuntalas Vorstellung. Denn zwei Tage später wirst du nach Odessa/Texas fliegen. Ich sehne mich nach dir, möchte dich sehen, möchte die Nacht mit dir verbringen. Nun ist die Reihe an mir, nachdem deine Frau abgereist ist.
Vielleicht werden wir uns lieben. Keine Gewissensbisse haben. Deine Frau ist abgereist.
Ich habe mich schon fein gemacht. Cok hat mir die Haare so geföhnt, dass die Enden nach außen schwingen, sie meint, bei meinem runden Gesicht sei das die geeignete Frisur. Sie hat mir auch ein minimales Make-up aufgelegt, passend für ein asiatisches Gesicht, hat sie gesagt. Als junges Mädchen wollte sie immer Friseurin in einem Schönheitssalon werden, sie war aber zu reich für einen solchen Beruf. Ihr Haus in Tanah Mas war an die tausend Quadratmeter groß. Das Zimmer ihrer Eltern war auf der einen Seite des Hauses, ihres auf der anderen. Dorthin konnte sie ihre Freunde mitbringen. Während ich nicht

einmal ein eigenes Zimmer hatte, geschweige denn eins, in dem man sich hätte küssen können. Wir hatten nur ein kleines Haus. Und wir waren fünf Geschwister. Ich war die älteste. Da konnte ich den jüngeren kein schlechtes Vorbild abgeben. Und im Auto habe ich mich nie getraut, sonst hätten einen die Wachleute oder irgendwelche Halunken auf der Straße erpressen können. Deshalb brachtest du mich zur Copa Cabana, wo wir bei klarem Himmel saßen und auf die Tausend Inseln schauten. Denn verabreden konnten wir uns nur tagsüber.

»Zähl mal, wie viele Inseln du erkennen kannst«, sagtest du nach deinem Orgasmus. Dabei hatten wir uns gar nicht echt geliebt. Und ich fühlte mich unbehaglich.

»Vier.«

»Sechs.«

»So viele sehe ich nicht.«

»Meine Hose hat sechs Knöpfe.«

»Oh, du hast sie schon wieder zugeknöpft.«

»Hm'mh. Du fragst gar nicht, warum ich Knöpfe habe und keinen Reißverschluss?«

»Warum?«

»Knöpfe lassen sich umständlicher öffnen.«

Er lachte. Ich hatte noch das Handtuch um, das ich um mich gewickelt hatte, nachdem wir uns umarmt und liebkost hatten. Ich wollte nicht, dass er meinen Körper betrachtete, ich schämte mich. Er drängte mich auch nicht dazu, aber er meinte, ich hätte sehr schöne Brüste. Er hatte die Lampe ausgeknipst und die Vorhänge vorgezogen, als wir anfingen. Hinterher hatte er sich die Hose

wieder angezogen und das Fenster aufgemacht. Aber die ganze Zeit über war ein kleiner Spalt offen geblieben.
»Fahren wir jetzt zurück, Sihar?«
»Ja.«
»Dann ziehe ich mich schnell an.« Ich ging ins Bad und kam angezogen wieder. Da war er schon fertig.
»Hast du an deine Frau gedacht?«
»Nein ... das heißt, nicht direkt.«
»Ich habe sie noch nie gesehen«, sagte ich.
»Sie ist ein guter Mensch. Ein sehr guter Mensch«, sagtest du.
Ob sie wohl schön ist? Das fragte ich nicht.
»Hast du ein Foto von ihr in deiner Brieftasche?«
»Nein.«
Du sagtest nicht viel über deine Frau, außer dass sie kein Kind haben könnte. Aber wie sieht sie aus? Schlank, vollschlank, modisch, elegant oder schlicht?
In meiner Vorstellung ist sie eine liebenswerte Person, vielleicht etwas zu nachgiebig, weil sie darunter leidet, dass sie dir kein Kind gebären kann. Immerhin ist sie ja selbst auch berufstätig. Vielleicht bei einer Versicherung, im Marketingbereich einer Immobilienfirma oder als Beraterin bei Lancôme. Sie verdient sicher genug, um sich schöne Kleider kaufen und regelmäßig in einen Schönheitssalon gehen zu können. Allerdings geht sie wohl vor allem zur Arbeit, weil sie sich sonst langweilen würde, denn du bist ja oft unterwegs. Möglicherweise ist sie eine Frau, die denkt, dass ihr Mann ruhig auch mal fremdgehen kann, vorausgesetzt er tut es nicht zu Hause oder zu

offensichtlich. Sie ist ja eine geschiedene Frau. Vielleicht hat sie sich von ihrem ersten Mann getrennt, weil er eine Geliebte mit nach Hause brachte. Oder sie hatte heimlich einen Liebhaber, und ihr Mann hat sich deswegen von ihr scheiden lassen – oder der Geliebte hat sich von ihr getrennt, weil seine Frau etwas gemerkt und ihren Mann bedroht hatte.
Du bringst doch deine Frau nicht mit hierher ins Café, oder? Ist sie nicht überhaupt schon abgereist?

Du kommst aber doch mit deiner Frau! Sie trägt Stiefel, ganz ähnlich denen, die ich trage, eine eng sitzende schwarze Hose, eine schwarze Bluse mit hohem Kragen und eine enge rote Jacke. Sihar, ich bin überhaupt nicht darauf vorbereitet, deiner Frau zu begegnen. Ich dachte, sie wäre längst nach Jakarta zurückgekehrt. Cok und Yasmin sehen mich besorgt an. Ihr kommt nebeneinander, nicht Arm in Arm, durch die Glastür. Du lässt ihr den Vortritt. Du legst ihr die Hand auf die Schulter.
»Ist das seine Frau?«
»Ich weiß nicht.«
Sie ist schön. Ihr volles schulterlanges Haar passt gut zu ihrer hellbraunen Haut. Sie hat starke Augenbrauen und – aus der Nähe gesehen – einen leichten Flaum auf der Oberlippe. Als du mir deine Frau vorstellst und wir uns die Hände schütteln, kann ich ihre feinen, rot lackierten Nägel sehen, wie sie Frauen haben, die nie Küchenarbeiten erledigen müssen. Ihre Arme haben silberne Härchen. Sie ist wirklich schön. Du hast großes Glück.

Du blickst mich kurz an, kaum länger als zwei Sekunden. Dein Blick ist ganz offen, aber dann scheint er sagen zu wollen: Verzeih mir, Laila.
Sihar, kannst du denn deine Frau nicht einmal für zwei Stunden allein lassen?
»Liebling, das ist Yasmin.«
Du nennst sie »Liebling«. Sie ist schön.
»Das ist Laila.«
Du stellst Yasmin zuerst vor.
»Hey!« Sie wirkt selbstbewusst. »Sihar hat viel von euch beiden in Perabumulih erzählt ... wo ist Saman?«
»Das ist Cok, eine andere Freundin. Saman kommt gleich.«
Yasmin übernimmt das Gespräch, denn sie merkt, dass ich mit einer Antwort zögere.

Sihar, in deinen Worten schwang nicht die geringste Verlegenheit mit. Bist du wirklich so cool? Du hast mich in ein Motel mitgenommen und wir lieben uns schon seit über einem Jahr. Macht dich unser Geheimnis nicht verlegen? Oder hast du es etwa preisgegeben, indem du die Wahrheit verdreht hast? Hast vor deiner Frau angegeben, ich sei verrückt nach dir, während du mich nicht ernst nähmst. Vielleicht hast du gesagt, ich sei eine verschmähte, alt gewordene Jungfrau, scharf auf ein Abenteuer, aber voller Angst, ihre Unschuld zu verlieren. Du hast zu deiner Frau gesagt: »Verzeih mir, Schatz, sie tut mir leid. Sie ist schon dreißig und hat noch nicht die geringsten sexuellen Erfahrungen. Außerdem bist du viel aufregender als sie. Sie ist frigide und naiv. Du dagegen bist eine leidenschaftliche Frau.« Dir ist eine erfahrene Frau lieber als eine unberührte Jungfrau. Du bist scharf auf ihre heißen Umarmungen.

»Du bist Fotografin, Laila?«, fragt mich die Frau.
»Ja.«
»Schwarz-weiß oder in Farbe?«
»Ich arbeite eher in Farbe.«
»Fotografin ist ein toller Beruf ... immer darauf aus, etwas für die Ewigkeit festzuhalten.«
Es verschlägt mir die Sprache. Etwas für die Ewigkeit festhalten, hat sie gesagt.
»Machst du hier Urlaub?«, fragt sie weiter.
»Ich arbeite an einer Dokumentation und einer Fotoreportage über Shakuntala. Nach New York haben wir gemeinsame Auftritte in Jakarta und Yogyakarta. Möglicherweise auch in Bandung. Sie tritt in Performances auf und ich mache Ausstellungen. Vielleicht im Französischen Kulturinstitut, im Goethe-Institut oder im Erasmus Huis.«
Cok sieht verwundert zu mir herüber.
»Oh, ich dachte, ihr macht hier Urlaub.«
»Nein. Ich bin Rechtsanwältin. Ich bin auch beruflich hier. Ich kümmere mich um Menschenrechtsfragen. Und was machen Sie?«
»Ich arbeite bei Star Mobile«
»In welcher Abteilung?«
»Als Direktionssekretärin.«
Cok lacht laut auf. »Offenbar bin ich die einzige, die nur zum Spaß hier ist.«

Die Frau lacht ebenfalls. »Ich bin auch nur zum Vergnügen hier. Übermorgen fliege ich zurück.«
Ich kann meinen Blick nicht zurückhalten und muss zu Sihar hinübersehen, als dieser Satz fällt.
»Ich fliege am selben Tag nach Texas«, bemerkt Sihar.
So ist das also. Meine Hände und Füße werden kalt. Er beantwortet eine Frage, die ich gar nicht gestellt habe.

Dann kommt Saman. Er ist nicht mehr ganz so mager. Auch hat er eine hellere Haut, weil er schon lange nicht mehr der Tropensonne und -hitze ausgesetzt ist. In seinem Pullover sieht er sehr schick aus. Sein Gesicht ist noch dasselbe. Ich könnte nicht sagen, warum mich seine Anwesenheit so freut, mein Herz wie im Fieber schneller schlagen lässt. Wahrscheinlich bin ich einfach geschockt durch den Auftritt von Sihars Frau – ich will nicht einmal ihren Namen wissen. Ich fühle mich leer und allein gelassen. Ich umarme ihn und er tut dasselbe. Als dann meine Wange seine Schulter berührt, sein Ohr, seinen Hals, da breche ich fast in Tränen aus, wie damals, als ich in ihn verliebt war und ihn verehrte, als meinen Bruder, Mentor, lieben Freund, dem ich Briefe schrieb. Frater Wis. Wo bist du die ganze Zeit gewesen? Willst du deine Sorgen nicht mehr mit mir teilen?
Wir gehen zum Theater. Drinnen sitze ich neben ihm. Ich ganz außen, dann Saman, Yasmin. Sihar am anderen Ende. An diesem Abend habe ich das Gefühl, dass mich Saman rettet.

NEW YORK, 10. JUNI 1996

Der vierte Tag nach Shakuntalas Vorstellung. Die Enttäuschung, die ich dabei erlebt habe, quält mich noch immer. Ein Gefühl der Ohnmacht, das mich nicht verlassen will. Der Zorn darüber ist verraucht. Der Saal war klein. Der Duft von Weihrauch, die überall verstreuten Jasminblüten. Shakuntala tanzte Sita, Rama und Rahwana. Sie wechselte die verschiedenen Rollen, indem sie Pirouetten einlegte. Sie hatte die Brust frei, trug lediglich einen Kain um die Hüften und einen schmalen Tanzschal. Sie hat ja keinen Busen, aber ich konnte spüren, wie die Knospen ihrer Brüste wuchsen, als sie Sita verkörperte. Dieselbe Brust wurde stark, ihre Muskeln spannten sich, als sie Dasamuka tanzte. Mich ergriff Sympathie für den Riesen, der im Wayang von alters her verabscheut wird. In dem kleinen Saal konnte ich die winzigsten Bewegungen verfolgen, das feinste Spiel ihrer Muskeln, wie sie ganz langsam Schritt für Schritt den Gang der Handlung entwickelte, wobei sie immer wieder unerwartet innehielt. Sie tanzte die Sita, die in den Flammen umkommt und bis zur Unkenntlichkeit verbrennt – was Saman zu Tränen rührte, weil es ihn an Upi erinnerte. Rama wiederum, an der Sinnlosigkeit von Sitas Tod verzweifelnd, tanzte kraftvoll, aber wie im Wahnsinn. Rahwana beendete seinen Auftritt mit einem Wirbel, wobei er ein Bein nach oben warf, als wollte er davonfliegen. Ich vergaß, dass das meine Freundin war, die ich seit zwanzig Jahren kannte. Für mich war sie nicht mehr Shakuntala, sondern ein androgynes Wesen.

Aber immer noch quält mich der Schmerz über den Verrat. Ich denke an den Moment, als Sihar mit seiner Frau kam, erinnere mich daran, wie er später das Taxi bestieg und sich nicht mehr nach mir umsah. Ich sehe noch immer sein Profil im Taxi, als es wegfuhr. Ich kann nur malen, von Tag zu Tag, auf Bögen von Aquarellpapier. Wellen, die sich entfernen.

Heute Nachmittag war ich allein. Yasmin war nach Washington gefahren, zusammen mit Saman, um an einer Konferenz teilzunehmen. Cok war auch irgendwo unterwegs. Sie hatten gesagt, ich solle doch in Shakuntalas Wohnung bleiben, denn es sei ja nicht ausgeschlossen, dass Sihar aus Odessa anriefe, nachdem seine Frau abgereist sei. Und tatsächlich, als ich schon alle Hoffnung aufgegeben hatte, klingelte das Telefon. Sihars Stimme am anderen Ende.

»Wie geht's dir, Laila?«, fragtest du.

»Was denkst du?« Mir klopfte das Herz.

»Nach deiner Stimme zu urteilen, gut ... Verzeih mir, Laila.« Du versuchtest zu erklären, dass du keine Gelegenheit gehabt hättest, mich anzurufen. Deine Frau habe

gewollt, dass du sie überall mit hinnahmst. Sie habe keine halbe Stunde allein sein wollen. Deine schöne Frau. Und es sei ein Urlaub gewesen, um euren achten Hochzeitstag zu feiern. »Du bist noch nicht verheiratet, Laila. Wenn du nämlich verheiratet wärst, dann wüsstest du, wie schwer es ist, Zeit für sich selbst zu finden.«
»Genau das ist mein Fehler: Ich bin noch nicht verheiratet und bin noch Jungfrau. Dir ist es lieber, du hast eine verheiratete Frau als Freundin, denn das ist sicherer.«
»Sei nicht albern, Liebling! So habe ich es nicht gemeint. Verzeih ...«
Sihar, habe ich dir etwa jemals nicht verziehen? Wenn du mich beleidigt hast und ich böse auf dich war, so habe ich doch immer gedacht, dass die Geschichte für dich nicht so einfach ist. Ein Anruf von dir, warum auch immer, hat mir stets das Gefühl gegeben, dass du ebenfalls darunter leidest, wenn ich traurig bin.
»Ist deine Frau abgereist?«
»Ja. Willst du herkommen?«
»Möchtest du wirklich, dass ich zu dir komme?«
»Laila, deswegen rufe ich dich doch an. Aber wenn du kommst, darfst du nicht im Gästehaus wohnen. Wir suchen uns ein Hotel.«
»Warum?«
»Das ist einfach nicht gut.«
»Wenn ich in ein Hotel gehe und du beim Workshop im Gästehaus beschäftigt bist, dann kannst du nicht so ohne weiteres zu mir kommen. Wozu soll ich also kommen?«

»Ich werde sehen, dass ich jeden Abend bei dir vorbeikomme.«
»Ich sehe mal, ob ich kommen kann oder nicht.«
Telefongespräche mit ihm enden nie mit einem Kuss.

Ich hatte mich noch nicht wieder gefangen, als Shakuntala heimkam. Sie brachte Einkäufe in einem Karton mit. Brötchen und fettarme Milch – sie trinkt viel Milch, um ihre Knochen zu stärken, denn nach ihrer Meinung sollte eine Tänzerin kein Muskelprotz sein. Sie machte sie heiß, goss Kaffee auf und reichte mir ein Glas davon.
»Wie steht's, Laila?«
»Sihar hat angerufen. Aus Odessa«, sagte ich fröhlich.
Sie zog die Augenbrauen hoch.
»Er lädt mich nach dort ein. Was soll ich machen, Tala?«
»Hm.« Sie setzte sich neben mich und schlürfte ihren Milchkaffee. »Laila, du musst wissen, Sex ist für eine Frau nicht immer nur ein Vergnügen.«
Ich schwieg. Ich hatte ja noch keine Erfahrungen.
»Manchmal bringt er auch Schmerzen.«
»Du machst mir Angst!«
Sie zuckte mit den Schultern. »Wenn du mit jemandem zusammen bist, den du gern hast, dann kann Sex etwas Wunderbares sein. Doch wenn du weißt, wie man Sex genießen kann, dann ist er auch schön ohne jemanden, den man mag.«
Ich musste lachen, obwohl ich nicht ganz verstand, was sie meinte. Sie spielt gern mit Worten.

Sie senkte den Kopf, stützte ihre Ellenbogen auf ihre Knie, die Arme gekreuzt, blickte auf den Fernsehschirm, der aus war. »Laila, hast du nie das Gefühl gehabt, ein Mann zu sein? Ein Junge?«
»Nein.«
»Warum nicht?« Sie sah mich an. »Du warst doch früher ein rechter Wildfang. Deine Freunde waren vor allem Jungs.«
»Aber ich war doch kein echter Junge.«
Sie wandte sich ab. »Was heißt schon echt? Sie waren auch keine echten Jungs.«
»Wer?«
»Alle. Und wir sind auch keine echten Frauen. Wir sind alle beides.«
Ich musste lachen.
»Ja, wir sind alle sowohl als auch«, lachte sie.
»Tala! Deswegen kannst du auch einmal wie ein Mann und ein anderes Mal wie eine Frau tanzen!«
Sie lächelte fein. »Ja, ich bin Frau und Mann zugleich.«
Dann sah sie wieder zu mir herüber. Aber ihr Gesichtsausdruck hatte sich verändert. Auf einmal bekam ich Angst. Denn in ihren Augen erkannte ich Sihars Blick. Die Muskeln ihrer Schulter und Oberarme waren stark. Das Wohnzimmer war nur schwach beleuchtet, so dass ein heller Lichtschein aus der Küche ihrem kurz geschorenen Haar einen silbernen Glanz gab. Sie räusperte sich mit einem tiefen männlichen Ton, so als wollte sie mich necken. Ich gab ihr einen Stoß: »Tala!«
Wir mussten lachen. »Du hast schöne Zähne«, meinte sie.

Mir klopfte das Herz.
Sie fragte, warum ich Sihar nicht vergessen könne. Während mich zunehmend Angst überkam, entdeckte ich an ihr das, was ich an Männern wie Sihar oder Saman mochte. Die kräftige Gestalt, die dunkle Haut, den Humor, die Haltung des Beschützers. Und sie hatte mich in den mehr als zwanzig vergangenen Jahren nie enttäuscht, nie im Stich gelassen. Wir haben zusammen immer viel gelacht. Doch diese Gedanken machten mich ganz unruhig, als hätte ich etwas falsch gemacht.
»Tala, deswegen kannst du tanzen wie ein Mann.« Krampfhaft versuchte ich zu verdrängen, was ich eben gesehen hatte.
Sie stand auf, sah mich an: »Ich werde dir Tango beibringen! Damit du tanzen kannst, wenn du mit Sihar zusammen bist und nicht weißt, was du machen sollst.«
Sie stellte Musik an. Astor Piazzolla. Sie machte das Küchenlicht aus, so dass sie wie auf einer privaten Bühne stand, in einem Raum wie auf dem Fernsehschirm, mit mir als der einzigen Zuschauerin.
»Spanischer Tango«, erklärte sie, »inspiriert von den Bewegungen des Stierkämpfers.«
Sie richtete sich in einer stolzen Pose auf. Den Hals gestreckt, ein Hohlkreuz zwischen Schultern und Po. Den einen Fuß etwas gebeugt. Ihre Augen fixierten mich wie einen Stier. Sie lächelte fein, mit dem rechten Mundwinkel, kaum sichtbar, und wurde sofort wieder ernst. Plötzlich machte sie einen Schritt, drehte sich, ging zur Seite, schwang ein Bein hin und wieder zurück, legte die Hand

zurück auf den Rücken, wie ein Dompteur, der Tiger bändigt.
Fasziniert klatschte ich Beifall. Sie lächelte, legte den Kopf zur Seite. Sie hatte etwas Bezauberndes an sich.
»Der Argentinische Tango wird mit den Beinen getanzt.« Sie hörte auf den Rhythmus der Musik. Dann überließ sie sich dem Bewegungsfluss der Beine, stampfte mit den Füßen, wandte sich blitzschnell hin und her, verriet eine solche Kraft, dass ich voller Bewunderung mit der Zunge schnalzte. Sie hob mich zu sich auf und ließ ihre Beine mit meinen Beinen tanzen. »Der Tänzer und die Tänzerin schieben ihre Beine ineinander«, erklärte sie, »von der Hüfte nach unten liegt die Schwierigkeit, aber auch die Eleganz.«
»Das ist wahnsinnig schwierig, Tala!«, rief ich atemlos.
Sie lachte nur und ließ mich los.
»Ich bringe dir was Einfaches bei, den Tanzsaaltango«, sagte sie.
Ich sollte mich neben sie stellen und die langen wie die kurzen Schritte nachmachen, lang und schnell, und auch die Drehschritte. Danach tanzten wir als Paar, meine Hand lag auf ihrem Oberarm, mein Daumen an ihrer Achsel, ihre Hand umfasste meine Taille. Hilflos sah ich sie an und versuchte, die Schritte mitzuzählen und zu behalten.
»Sieh mich nicht an«, befahl sie, »die Interaktionen finden nicht über die Augen, sondern über den Körper statt. Dieser Tanz ist sinnlich, nicht romantisch. Und wenn du deinen Körper der Musik überlässt, das Denken ausschaltest, dann schwingt dein Körper wie von selbst.«

Gedämpftes Licht. Unsere Blicke waren zur Seite gerichtet, ihr Profil jedoch, ihre Nase, die Backenknochen, ihr kurzes Haar flogen in meinen Augenwinkeln vorbei, ein verschwommenes Bild. Auf die Dauer vermochten meine Augen den vorbeiziehenden Schemen nicht zu folgen, dafür waren die Bewegungen zu rasch und das Licht zu dunkel. Auch vermischte sich damit Sihars Gesicht, manchmal auch Samans Gesicht. Es war wie auf einem Foto, das zu langsam aufgenommen wurde, sodass verschiedene Bilder ineinander übergehen.

Die Musik brach ab. Eine Stunde war vergangen. Wir hatten eine ganze Stunde lang getanzt. Wir lösten uns voneinander. Sie schwitzte. Sie riss sich die Bluse vom Leib, wie es Männer tun, wenn ihre Kleidung nass geschwitzt ist. Sie warf sich auf den Bauch. Ich konnte ihre Rückenmuskeln sehen. Die Schweißtropfen. Sie drehte sich um. Auf einmal lag mein Kopf auf ihrem Arm, ich heulte, ich war verletzt durch Sihars Benehmen. Ich wusste nicht mehr, wer er eigentlich war. Tala oder Saman oder Sihar. Ich spürte ihren warmen Atem. Es war dunkel.

NEW YORK, JUNI 1996

Ich habe nur einen einzigen Namen: Shakuntala. Aber oft habe ich das Gefühl, dass ich aus zwei verschiedenen Wesen bestehe. Das eine eine Frau, das andere ein Mann. Beide teilen sich gemeinsam einen Namen, den sie sich nicht ausgesucht haben.

Ich habe vergessen, seit wann ich weiß, dass ich ein Mädchen bin, so wie wir alle eben vergessen, wann wir uns zum ersten Mal erinnern. Ich habe den Verdacht, dass mein Vater und meine Mutter beständig auf mich eingeredet haben – du bist ein Mädchen –, in der Zeit, als ich noch nicht sprechen konnte. Und wie hätte ich mich, da ich ja noch nicht sprechen konnte, dagegen wehren sollen?

Eines Tages jedoch meldete sich der Mann in mir. Er erschien ohne jede Vorankündigung, stellte sich auch nicht vor. Aber ich wusste sofort, das ist der Mann in mir. Ich war damals noch ganz jung. Er erschien in einem Moment, als ich mich im Tanz drehte, wie ein Rotor. Ich ahmte die Derwische nach, drehte mich, bis sich mein Rock aufblähte wie eine Trompetenblume und mein Geschlecht hervortrat wie eine Schmetterlingsblüte. Ich wirbelte mit solcher Geschwindigkeit um mich selbst, dass sich mein Körper wie von selbst auf die Zehenspitzen erhob. Ich fühlte mich so leicht wie der Samen eines Mahagoni-Baumes. Ich fing an zu schweben und ich spürte, dass sich etwas in mir löste: Das war er. Und als ich schließlich zu Boden sank, erblickte ich ihn vor mir. Den Mann in mir. Er liebte mich. Er küsste mich auf die Wange und streichelte mir den Rücken. Und er verließ mich nicht wieder.

Wenn ich mich dann wieder drehte und drehte, schneller und wilder, lösten sich weitere Gestalten von mir ab. Erst zwei, dann drei, dann vier, schließlich immer mehr, alle von unterschiedlichem Geschlecht, weder Mann noch Frau, Gestalten, die jenseits dessen waren, was sich meine Eltern – ja, Eltern überhaupt – vorstellen konnten. Es waren Blüten, die erst aufkeimten, sich aufrichteten, aufspringen wollten, zart und gleichzeitig wild. Aber ich konnte mich damals noch nicht schneller drehen. Noch nicht.

»Der Mensch besteht nicht nur aus einem einzigen Wesen«, rief ich.

»Du hast recht«, flüsterte er. Und dabei legte er vorsichtig seinen Finger auf meine Lippen, ganz lange. »Sag es keinem weiter!«

Er war sicher der erste Mann, den ich liebte, lange bevor der Riese kam. Es war ein Mann, dem ich mich nicht hingab. Ganz einfach weil er immer bei mir war. Warum sollte ich ihm auch meinen kostbarsten Besitz geben, da er nicht darauf aus war?

* * *

»Der Mensch besteht nicht nur aus einem einzigen Wesen«, sage ich.

Ich weiß, in meinen Freundinnen verbirgt sich eine zweite Gestalt, die ich aber nicht sehen kann, so wie ich noch etwas anderes bin, wovon sie keine Ahnung haben. Ich betrachte meine drei Freundinnen auf dem steifen, weißen Sofa, sie sitzen aufgereiht da wie Patientinnen in einem Wartezimmer. Im Hintergrund das Fenster mit Blick auf ein rotes Appartement mit blauer Decke auf der gegenüberliegenden Straßenseite. Ein, zwei Vögel fliegen vorbei, es wirkt wie eine Zeichnung auf einer durchsichtigen Folie, die über ein stehendes Bild gezogen wird.

Meine Freundinnen unterscheiden sich deutlich voneinander. Da ist Laila Gagarina, die Fotografin. Ein Durchschnittsgesicht, bestehend aus Augen, Nase, Mund. Ihr Körper ist nicht mehr so sportlich elastisch wie früher. Sie liest ein Time Out Magazin von New York, sucht aber in Wirklichkeit nur das Programm vom Lincoln Center, um sich an das unerfreuliche Zusammentreffen mit Sihar vor einigen Tagen zu erinnern. Yasmin Moningka mit ihrem schönen, aufrichtigen Blick, die Musterfrau. Rechtsanwältin. Sie ist wie ein naturalistisches Gemälde, wo jeder Strich genau sitzt, so dass es keinen Grund zu einer Interpretation gibt. Sie sitzt neben Laila, ist in einen Artikel im New Yorker vertieft. »Ich schätze den New Yorker ebenso wie Granta«, sagt sie. Cokorda Gita Magaresa. Wenn man den Namen aus dem Hindi in eine andere

Sprache übersetzen wollte, wäre das etwa Cokorda Ode Famiredo. Hotelbesitzerin. In Geschäftskreisen kennt man sie als Cok Gita. Ihr verblassender Lippenstift, ihre ausgelaufene Wimperntusche, ihre feuchten Wangen lassen an jemanden denken, der sich gerade der Liebe hingibt. Sie hat ebenfalls eine Zeitschrift in der Hand, eine alte Ausgabe, aber sie liest nur die Rückseite mit Anzeigen und Angeboten zu Liebe und Schönheitsoperationen. »Es ist nicht zu fassen«, sagt sie, »in Amerika gibt es mehr Frauen, die eine Verkleinerung ihrer Brüste wollen, als solche, die eine Vergrößerung haben möchten.«

Meine Freundinnen: Jede ist eine Persönlichkeit für sich. Wenn ich sie jedoch so schnell drehen lasse wie einen Kreisel, dann findet jede in sich ein anderes Wesen. Und selbst wenn sie sich nicht ganz so schnell drehen würden, dann wüssten sie immerhin, dass da noch ein anderes Wesen in ihnen ist.

»Wie aufregend, wenn wir tatsächlich nicht nur eine einzige Identität besäßen«, ruft Cok und hüpft auf dem Sofa auf und ab, so dass ihr Busen bebt. »Dann könnte ich zwei Kerle gleichzeitig lieben und keiner wäre auf den anderen eifersüchtig.«

»Ja. Dann müsste sich Sihar teilen«, meint Laila, halb traumverloren, halb resigniert. Denn sich selbst teilen, das kann man nur selber tun.

»Du musst versuchen, ihn zu vergessen, Laila«, mahnt Yasmin und wirft die Zeitschrift auf den Glastisch, schielt aber noch kurz nach ihrem Spiegelbild.

»Das möchte ich nur zu gern, aber ich kann es nicht.«

»Nicht dass du's nicht kannst, du willst es nur nicht.« Ich betrachte die beiden. Wahrscheinlich hat Yasmin Recht, doch wie absurd, wenn alles nur mit dem Verstand entschieden würde.

Ich hatte einen Bruder. Er war der Ältere von uns beiden. Meine Eltern glaubten, dass Jungen mehr zu rationalem Denken neigen, während Mädchen eher aus dem Gefühl heraus leben. Männer übernehmen die Führung, Frauen sind fürsorglich. Männer erschaffen etwas, Frauen bewahren es. Männer machen Kinder, Frauen bringen sie zur Welt. Und so lehrte mein Vater meinen Bruder, wie man seinen Verstand benutzt, um seinen Körper zu beherrschen und die Welt zu kontrollieren. Mich hielt er nicht dazu an, weil er meinte, ich wäre dazu sowieso nicht in der Lage. DIE FRAU WURDE AUS DER RIPPE GESCHAFFEN. DAHER IST SIE DAZU BESTIMMT, SICH ZU KRÜMMEN, AUF DASS SIE DURCH DEN MANN GERADE GEBOGEN WERDE. (BRIEFE, XIV, 1266)
Dies nun war die erste Lehre, die uns mein Vater gab: »SOGAR DER URIN DER FRAU RIECHT SCHÄRFER ALS DER URIN DES MANNES (N.S. 1987). Nur ihr Kot ist derselbe. Vergleicht nur den Abort der Frauen und den der Männer. Deshalb, meine Kinder, können die Riesen schon aus der Ferne ihren Geruch wahrnehmen. So wie die Haie die Richtung spüren, wo es Fleisch gibt, wissen sie, wo eine Jungfrau zu finden ist. Und auch, wo die sind, die keine Jungfrauen sind.«

Die zweite Lehre meines Vaters war für seinen erstgeborenen Sohn bestimmt: Klettere auf eine Palme. Damals war mein Bruder erst neun. Mein Vater stellte ihn vor eine Palme, die er als junger Mann selbst gepflanzt hatte und in deren Stamm er jedes Mal, wenn er 30 cm gewachsen war, eine Markierung geschnitzt hatte. Inzwischen war sie 15 Meter hoch. »Der richtige Platz für einen Mann, mein Sohn«, sagte er, »ist DA OBEN.« Dabei zeigte er auf den Fruchtstand im Wipfel. »Bevor ein Soldat Befehlshaber wird, muss er Wächter auf einem Turm werden. Also los, mein Held, lass die Palme dein Wachtturm sein, der Ort, von dem aus du deine kleinen Schwestern vor den Riesen schützt, die im Wald dort hinten lauern.«

Mein kleiner Bruder heulte zum Steinerweichen, denn der Baum war schrecklich hoch. »Meine Schwestern sollen doch selbst auf sich aufpassen!«, schrie er. In diesem Moment fuhr der Wind in den Baum, und ein großer trockener Palmzweig fiel meinem Bruder auf den Kopf. Da heulte er noch viel lauter, denn er hielt das für das Zeichen, dass er hinaufklettern sollte. Dabei würde er sicherlich, wenn er oben angelangt wäre, zu Tode stürzen. Und dann würde er ein kahlköpfiges Gespenst in einem Leichentuch werden, das herumrollte wie eine Kokosnuss. Mein Vater griff nach einem Besen aus Palmrippen und schlug ihm damit von hinten auf die Schenkel, bis sie rote Striemen bekamen, und rief: »Heulen ist Sache von Mädchen. Deine Sache ist es, Mut zu zeigen!«

»Ich will kein Gespenst werden!«, schrie mein Bruder.

»Gespenster gibt es nicht. Was es aber gibt, das sind Riesen.« Das Heulen wollte aber nicht aufhören und so band ihm der Vater die Hände auf dem Rücken zusammen, fesselte ihn an die Palme und drohte, ihn dort stehen zu lassen, bis es dunkel würde und die Riesen kämen, die den Mond auffressen. Und weil an diesem Abend der Mond nicht schien, würden die wilden Kerle das Fleisch kleiner Kinder fressen und ihnen das Hirn aussaugen. Und die Feen auf der Wiese würden zu singen anfangen, wenn sie kämen: Ihr wilden Riesen, was seid ihr für Schufte! So die ganze Nacht lang, bis die Hähne krähen. Und keine Rojanggrang würde den Morgen schneller kommen lassen. Mein Bruder zitterte am ganzen Leib. Der Vater sprach ihm Mut zu: »Wenn du dir selbst Mut machst und immer wieder rufst, ›nicht heulen! nicht heulen! nicht heulen! ...‹, dann hört das Heulen auf, mein Junge. Wenn du dir zurufst ›mutig sein! mutig sein! mutig sein! ...‹ dann kriegst du auch Mut.«
Schließlich folgte mein Bruder dem Rat seines Vaters. Es dauerte allerdings eine Weile. Obwohl seine Augen noch geschwollen waren und ihm die Tränen noch über die geröteten Wangen liefen, begann er, ein Loblied auf seinen Mut anzustimmen. Endlich nahm ihm der Vater die Fesseln ab, und mein Bruder machte sich daran, auf die Palme zu klettern. Ich konnte ihn noch rufen hören: mutig sein! mutig sein! mutig sein! ... Bis er oben angelangt war und seine Rufe unten nicht mehr zu hören waren. Langsam entschwand er auch meinen Blicken. Endlich war er ganz zwischen den herabhängenden Palmwedeln

verschwunden. Und weil ich nicht mehr erkennen konnte, ob er sich noch bewegte, glaubte ich schon, er wäre an verborgenen Bohnenstangen weiter in den Himmel geklettert. Nur einmal ließ ein Windstoß die Palmzweige hin und her schwingen.

Nach einiger Zeit hieß ihn der Vater wieder herunterkommen. Und tatsächlich stieg er ganz langsam wieder nach unten. Jetzt hatten sich seine Beschwörungen geändert: Es tut nicht weh, es tut nicht weh, es tut nicht weh ... Als er unten angekommen war, sahen wir, dass sich ein Gecko in seinen Ringfinger verbissen hatte, der nun blutete. Aber er hatte aufgehört zu weinen.

Nun weiß man, dass ein Gecko, der zugebissen hat, nur bei einem plötzlichen Donnerschlag wieder loslässt, aber da keine Regenzeit war und deshalb auch kein Gewitter kommen würde, führte der Vater meinen Bruder in die dunkle Küche, wo es nach Asche roch. Er hielt seine zitternde Hand auf einem Hackbrett fest, holte mit dem Haumesser aus und teilte mit einem Hieb, der keine drei Millimeter weit von der Fingerspitze niederging, das Reptil in zwei Stücke. Kein Schrei war zu hören. Darauf setzte der Vater ein zufriedenes Lächeln auf, denn mein kleiner Bruder hatte endlich aufgehört zu weinen. (Vielleicht hat er von da an für immer mit dem Weinen aufgehört.) Seitdem jedenfalls war er davon überzeugt, dass der Verstand über den Leib herrscht. Nun war es sein Wunsch, den Körper zu besiegen. Als er später das Fach Biologie bekam, wollte er nicht glauben, dass es Muskeln gibt, deren Zellen willkürlich reagieren, und solche, deren Zellen unwillkürlich reagieren. Er war der felsenfesten Meinung, alle Muskeln unterlägen bewussten Impulsen, egal ob sie glatt oder gestreift wären. Daher kam er in Biologie nie über ein »genügend« hinaus. (Allerdings auch das nur, weil es noch andere Gebiete gab, die seine Note wieder aufbesserten.)

Als er dann in die Pubertät kam, entwickelte er eine neue Angewohnheit. Mindestens jeden zweiten Tag übte er Erektionen. Er ging ins Schlafzimmer oder ins Bad, stellte sich hin oder legte sich auf den Boden und wiederholte dabei die Worte: ngaceng, ngaceng, ngaceng ... Dann erhob sich sein kleiner Penis. Anfangs half er mit der Hand nach. Aber das war ihm nicht sportlich genug. Nach einem Jahr konnte er tatsächlich seinen Penis allein mit Worten zum Stehen bringen. Der nächste Schritt bestand nun darin, die Erektionen nach ihrer Dauer zu bestimmen. Dabei unterschied er drei Kategorien: kurz, mittel und lang. Er übte so lange, bis er sie alle drei beherrschte. Dann steigerte er den Schwierigkeitsgrad, indem er Gewichte an seinen Penis hängte. Von Tag zu Tag erhöhte er das Gewicht, bis er schließlich imstande war, auf diese Weise ein Vorhängeschloss hochzuhalten. Ich weiß das alles, denn ich beobachtete ihn heimlich durchs Schlüsselloch oder auch durch das Luftloch über der Tür. Er behielt diese Angewohnheit bei, bis er erwachsen und sein Schamhaar voll und stark war.

Eines Tages konnte ich mich nicht mehr zurückhalten. Ich sagte zu ihm: »Toll! Du kannst ja ohne Weiteres Gigolo werden.«

»Woher weißt du das?«, fragte er.
»Weil ich dich heimlich beobachtet habe.«
Er war mir überhaupt nicht böse. Aber vielleicht ist er auf diese Weise schließlich schwul geworden.

Wahrscheinlich hat Yasmin recht. Noch heute denke ich, mein Bruder war etwas sonderbar, weil er seinem Körper und seinen Körperteilen Kommandos erteilen konnte wie ein Oberst seinem Regiment oder Bataillon. Umgekehrt war ich in seinen Augen nicht normal, weil alles, was ich tat, von dem unbändigen Verlangen meines Körpers bestimmt war, zu tanzen. Einfach weil für mich tanzen dasselbe bedeutet wie sich verwandeln. Wie mein Bruder kletterte auch ich auf Kokospalmen, aber ich tat das, weil mein Körper das Verlangen hatte, ein Affe zu werden. Ich ließ mich auf dem Fluss treiben wie Unrat, weil mein Körper zu Unrat werden wollte. Mein Körper hatte nur ein einziges Verlangen: sich zu verwandeln.
Ist es etwa ein Fehler, den Wechsel zu lieben, die Verwandlung, die Unbeständigkeit?
»Vielleicht ist das ja eine Möglichkeit für dich, Laila: Wenn du dir selbst sagst: vergiss ihn, vergiss ihn, vergiss ihn ... kannst du Sihar tatsächlich vergessen.«
Doch sie glaubt mir nicht und denkt, ich scherze. Und sie hat auch ein schlagendes Argument auf ihrer Seite. Denn als ich noch zur Schule ging, musste ich einmal zur Strafe tausend Mal den Satz schreiben »Ich werde nie mehr zu faul sein, meine Hausaufgaben zu machen.« Aber davon bin ich nicht fleißiger geworden. Weshalb soll-

te sie mir also glauben? Was ist allerdings schwieriger: Sihar zu vergessen, eine Erektion zu kriegen oder fleißig zu werden? Für mich wäre natürlich das Einfachste, Sihar zu vergessen.
Doch Laila vergisst keineswegs Sihar, den Mann, der verheiratet ist, worunter sie schon seit drei Jahren leidet. Schließlich gelange ich zu der Schlussfolgerung, dass es nicht darum geht, ihn nicht vergessen zu können, sondern dass sie ihn – wie Yasmin gesagt hat – nicht vergessen will. Sie will die Illusion nicht aufgeben, mit der sie lebt.

***

Worin besteht der Unterschied zwischen Illusion und Wirklichkeit?
Meine Mutter heißt auch Shakuntala. Sie war ebenfalls Tänzerin, tanzte vielleicht den Serimpi vor den Gästen des Sultans oder auch nur für sich selbst. Vielleicht war sie eine Fee, die in der Strömung des Wassers ihren Schleier verloren hatte – aber sie wollte das nie zugeben. Vielleicht war sie auch ein Engel, der sein Gedächtnis verloren hat. Mein Vater sagt, sie sei 1939 geboren, obwohl ich ihm das nicht glaube.
Es war 1977. Mein großer Bruder war damals achtzehn Jahre alt. Er sah gut aus, war kräftig gebaut, war ein wagemutiger Kerl, dem die Mädchen nachliefen. Er hatte sich für eine Million Rupiah eine Suzuki GT 380 gekauft, die 200 fuhr, einige Levi's für jeweils achttausend und zwei

Paar Clarks für je zweiundzwanzigtausend Rupiah. Ich hatte den Verdacht, das Geld dafür stammte aus Rendezvous mit verschiedenen Frauen. Aber ich war nicht neidisch auf ihn, obwohl mir noch keiner etwas gegeben hatte, wenn ich mit ihm schlief.

So wie er es von klein auf geübt hatte, trieb mein Bruder alles bis zum Äußersten. Nachdem er die Oberschule absolviert hatte, beschloss er, mit seinem neuen Motorrad quer durch ganz Java zu fahren, immer mit der höchsten Geschwindigkeit, die das Ding hergab. Dabei kam er natürlich ums Leben. Er raste in Serang vor einer Kaserne in einen Militärlastwagen. Seine Leiche kam in einem Sarg, den wir auf keinen Fall öffnen sollten. Der Unfallbericht war angeheftet. Er war mit seinem Motorrad ausgerutscht und unter den Lastwagen geschleudert worden. Wahrscheinlich hatte er die Ampel vor der Kaserne nicht beachtet. Er war ohne Helm gefahren. Auf diese Weise, so der Bericht, war er ums Leben gekommen. Das Motorrad haben wir nie wiedergesehen.

Nachdem meine Mutter den Sarg hatte öffnen lassen, weinte sie einen ganzen Tag lang. Danach behauptete sie: »Er ist nicht tot.«

»Mutter, das ist unmöglich, wir haben ihn doch schon begraben.«

»Er ist nicht tot.«

»Aber Mutter, du hast doch den Sarg geöffnet.«

»Er ist nicht tot.«

Ich konnte dieses Verhalten meiner Mutter nicht lange ertragen. »Es gibt drei Dinge, die sich nicht leugnen las-

sen. Erstens, er ist tot. Zweitens, ich bin auch ein Mann. Drittens, es gibt keinen Gott.« Dabei kam es mir vor allem auf den zweiten Punkt an.
Meine Mutter war zuerst verdutzt. Dann lachte sie. »Er ist nicht tot. Gott existiert. Und du bist ein Mädchen, mein Liebling. Und du bist schön.« Dabei lächelte sie, mit einem Gesicht so rund wie der Mond.
Ich gab mich schließlich geschlagen. Gut, Mutter, ich widerspreche dir nicht länger, wenn es dich glücklich macht. Warum sollte ich sie von der Wahrheit überzeugen?
Eltern glauben stets, dass ihre Kinder schön sind. Das macht sie glücklich. Aber für mich stand fest, es war meine Mutter, die sich einer Illusion hingab, nicht ich. Denn ich wusste ganz bestimmt, in mir steckt ein Mann. Obwohl mich das nicht glücklicher machte.

***

Laila will Sihar nicht vergessen. Ich habe es aufgegeben, sie zur Vernunft zu bringen. Das macht sie glücklich.
»Aber sie ist nicht glücklich«, wendet Yasmin ein.
Laila ist gerade allein losgegangen, um einen Kodak-Laden aufzusuchen, den sie in den Gelben Seiten gefunden hat, und wo sie einen Objektivreiniger kaufen kann. So etwas kann man in Indonesien nicht bekommen. Wir fühlen uns frei, über jemanden zu sprechen, der abwesend ist.
»Sie ist wahrscheinlich nicht fröhlich, aber sie ist glücklich«, widerspreche ich. »Sie ist traurig. Und das macht sie glücklich.«

»Aber sie lässt sich für dumm verkaufen. Nur jemand Dummes fühlt sich glücklich, wenn er an der Nase herumgeführt wird.«
»Vielleicht. Aber darf sich jemand Dummes nicht glücklich fühlen?«
Yasmin schweigt einen Moment lang, dann fragt sie: »Ist sie denn wirklich glücklich?«
»Hmm, aber ist sie denn wirklich dumm?«, hake ich nach. Yasmin wird langsam ungeduldig.
Wie schon in unserer Schulzeit, sind wir wieder einmal unterschiedlicher Meinung. Es wäre also eine dritte nötig, um unseren müßigen Streit zu entscheiden, denn bei dreien gibt es immer eine Entscheidung. Wir wollen beide gleichzeitig hören, was Cok meint, die schon einige Zeit in einem Band »Chicken Soup for the Soul« liest. In Jakarta liest sie meistens Anand Krishna und auf Bali Dale Carnegie. In Holland würde sie wahrscheinlich etwas über die Urin-Therapie von Coen van der Kroon lesen.
Sie legt das Buch nicht zur Seite, sondern schaut nur einmal kurz zu uns herüber: »Ach, Laila ist doch Waage und Waage-Menschen gehen lieber auf die Jagd, als dass sie die Beute verzehren.«
Yasmin ist nicht einverstanden. »Das trifft eher auf Sihar zu. Nachdem er Laila gefangen hatte, war er an ihr nicht mehr interessiert.«
»Ist Sihar tatsächlich Waage? Ich dachte Saman ist Waage.«
»Saman? Stimmt, der ist Waage. Aber deine Sterndeutung trifft überhaupt nicht auf ihn zu. Und Laila hat Sihar

doch noch gar nicht eingefangen. Wie kannst du also sagen, sie möchte ihre Beute nicht verzehren?«

* * *

Meine Mutter wollte einfach nicht glauben, dass ich auch ein Junge war.

Mit meinem Vater sprach ich erst gar nicht darüber, denn ich hatte keine Lust, mein Geheimnis mit ihm zu teilen. Jedenfalls tanzte und drehte ich mich eines Nachmittags wie ein Wirbelwind, als mein Vater noch nicht nach Hause gekommen war. Die Sonne stand tief im Westen und ließ meinen Schatten gen Osten riesig groß erscheinen. Ich drehte mich immer schneller in der Hoffnung, der Schatten würde sich von meinem Körper lösen, damit ich meine Mutter noch vor der Dämmerung überzeugen könnte. Ich beschloss, mein Schattenbild entscheiden zu lassen: Solange es noch eine klare Linie warf, müsste ich mich schneller drehen. Und siehe, je rascher ich mich drehte, desto mehr glich das Schattenbild einer Staubwolke. Doch mein anderes Ich wollte sich nicht zeigen. Wie ein Kreisel, der langsamer wird und schließlich umkippt, verlor ich mein Gleichgewicht und fiel auf die Steine. Er wollte sich einfach nicht zeigen, auch als der Wind sich legte. Ich war enttäuscht. Das war das erste Mal, dass mich der Mann in mir enttäuschte.

So wurde mir schließlich klar, dass es keine Möglichkeit gab, meine Mutter zu überzeugen. Niemals, wenn ich zu ihr sagte, Mutter, ich bin auch ein Junge, fragte sie, wo denn der Beweis dafür sei. Sie wollte mit ihrer Illusion glücklich sein und weigerte sich, mir Glauben zu schenken. Es war klar, sie wollte mir nicht glauben, und – offen gestanden – ich wusste nicht einmal, ob ich froh gewesen wäre, wenn sie mir geglaubt hätte.

Doch der Junge in mir erschien eines Tages, als ich gar nicht an ihn gedacht hatte.

Ich sagte zu ihm: »Warum hast du dich nicht gezeigt, als ich dich gesucht habe?«

»Du bist ja auch nicht immer zu mir gekommen, wenn ich dich erwartet habe.«

Ich fand das komisch, denn ich hatte ja nie den Versuch unternommen, zu ihm zu gehen.

Er erriet meine Gedanken und sagte: »Du kannst dich bloß nicht erinnern, dass du bei mir warst.« Dann erzählte er, dass ich ihn bereits fünf Mal besucht hätte. Einmal zur Zeit der Reisernte, einmal zur Trockenzeit, einmal zu der Zeit, wenn die Früchte reif sind.

»Zur Regenzeit bist du nie gekommen.«

Es war verrückt, ich konnte mich partout nicht daran erinnern. Ich hätte überdies nicht einmal sagen können, wo das gewesen sein könnte.

»Wie ist das möglich?«, rief ich. »Du kannst dich daran erinnern, dass du zu mir kamst. Ich kann mich aber nicht erinnern, jemals bei dir gewesen zu sein.«

Er nickte.

»Wusste ich denn, als ich zu dir kam, wer ich ohne dich war?«

Er nickte.

Dann erzählte er, und es fiel mir wie Schuppen von den Augen, dass nicht er es war, der mich zuerst besucht hatte, sondern ich, die ich zu ihm gegangen war. Ich war es, die zuerst von dem Spinnennetz und den Insekten darin erzählt hatte, bevor er gekommen war und mich auf die Stirn geküsst und von Schwalben und Delphinen gesprochen hatte. Wie kann man so etwas bloß vergessen!
Ich selbst war an einem anderen Ort gewesen, den ich vergessen habe, der sich jedoch an mich erinnerte. Das betrübte mich.
Danach zeigte sich der Mann in mir jahrelang nicht mehr. Da erlebte ich Augenblicke voll Niedergeschlagenheit: dass ich mich nicht erinnerte – mich nicht erinnern konnte –, ob ich ihm in jener Zeit nicht doch begegnete, eng mit ihm zusammen war. Vielleicht war es gestern, vielleicht wird es morgen sein. Was lässt unser Ich eins sein, wenn sich die Teile nicht aneinander erinnern?
Jahre sind seitdem vergangen. Als ich herangewachsen war, traf ich eine Frau, die Sängerin in einem Gamelan-Orchester war. Ich suchte sie auf, um Unterricht bei ihr zu nehmen, denn ich hatte bisher meistens nur meine Altstimme geübt, die Kopfstimme hingegen vernachlässigt. Sie trug mir auch das Serat Centhini vor und sang die Klagen mit trauriger Stimme, wie ein Rebab im Bass. Dhuh, apa dosaning raga. Ach, was ist denn eine fleischliche Sünde. Ich blieb einige Monate bei ihr.
Eines Abends, als ich vor ihr saß und sie bewunderte, weil sie ohne Begleitung sang, erschien der Mann hinter meinem Rücken, wie ein freier Energiestrom. Ich sprach ihn

nicht an, aber die Sängerin sah ihn, und dann sangen sie zu zweit. Dabei kamen sie sich immer näher und umarmten sich. Sie ließen ihre Hüfttücher fallen und schmiegten sich aneinander. Dann riefen sie: »Wie herrlich! Wir beide haben Brüste.«

NEW YORK, 10. Juni 1996

Ich bin Shakuntala.

Du bist Laila. Wir sind zu zweit. Denn Yasmin ist fortgegangen, vielleicht ist sie verstimmt und hat Cok mitgenommen.

Bist du dir schon einmal merkwürdig vorgekommen, weil heutzutage die Verbindung zwischen Ämtern und Namen zu einem Fluch für die Identität geworden ist? Ich kann meinen Namen nicht ändern. Und du kannst deinen Namen nicht ändern. Wir könnten es zwar tun, aber die Beamten im Konsulat oder bei der Einwanderungsbehörde akzeptieren keinen geänderten Namen. Es ist nicht einmal sicher, dass wir ihn selbst akzeptieren würden.

»Und wenn du hartnäckig darauf bestehst, lassen sie dich nicht ausreisen.«

Und dabei macht eine Reise ins Ausland uns doch frei, sagst du.

Nun bist du im Ausland, bist aber gedrückter Stimmung, weil du dich nicht frei fühlst. Sihar wird anrufen, sagst du. Schon mehrere Tage weigerst du dich, vor die Tür zu gehen, weil du seinen Anruf nicht verpassen willst. Aber er ruft wahrscheinlich erst an, wenn seine Frau tatsächlich nach Jakarta zurückgeflogen ist. Vielleicht sogar erst, wenn er weiß, dass sie wieder zu Hause ist.

Aber du willst den verheirateten Mann einfach nicht vergessen. Im Gegenteil, dein Gesicht glüht wie angefachte Kohle.

»Er hat dich nach Odessa eingeladen?«

»Ja.«

»Und du willst hinfliegen?« Du zögerst.

»Was meinst du?«

»Ich mach dir eine Milch heiß. Mit Kaffee oder mit Kakao?«

Du lachst: »Warum zwingst du uns ständig, Milch zu trinken?«

»Weil Frauen nach der Menopause Knochensubstanz verlieren.«

»Da haben wir noch zwanzig Jahre Zeit«, erwiderst du gereizt.

»Du hast also noch zwanzig Jahre Zeit, um deine Knochen zu stärken.«

Dabei ist die Zeit viel kürzer, wenn wir keinen Mann als Quelle von Pheromon haben, der ständig hinter uns her ist. Denn wenn wir den Schweiß eines Mannes riechen, regelt das bestens unsere Menstruation und verlängert unsere Lebenserwartung. Aber das denke ich nur, spreche es nicht aus. Im Übrigen ist es realistischer, Milch zu trinken als auf einen Mann zu warten. Milch können wir uns jederzeit besorgen.

»Meinst du, es ist besser, wenn ich nicht nach Odessa fliege?«

Ich mache Fitmilch heiß und passe auf, dass sie nicht überkocht. »Das musst du selbst entscheiden.« Dabei ist mir gar nicht wohl bei dem Gedanken, dass Sihar da sitzt wie ein Ande-Ande Lumut, während meine Freundin wie Don Lopez de Cardenas quer durch Amerika reist, nur um ihn zu treffen.

»Hier ist dein Milchkaffee. Kakao ist alle.«

Du trinkst ihn. »Was hast du denn da reingetan?«

»Zimt und Nelken. Braunen Zucker. Ein Aphrodisiakum.«

Du lachst. Ich freue mich, wenn du nicht trübselig bist. Ich betrachte dein Gesicht.

»Du hast schöne Zähne. Zeig mal deine Zunge.«

Du streckst sie raus.

»Oh, deine Zunge ist ja ganz weiß!«

»Bin ich etwa krank?«

»Aber nicht doch. Du hast gerade Milch getrunken.«

Du lachst wieder. Ich setze mich neben dich. Du umarmst mich.

»Zähl mal auf, was dich an Sihar reizt.«

Du murmelst: »Seine Haare, seine grauen Haare, die Brille – sein Körper ...«

»Spürst du seinen Geruch?«

»Wieso seinen Geruch?«

»Ist dir sein Pheromon angenehm in der Nase?«

Du siehst mich an und denkst nach.

»Mach die Augen zu, Laila. Hol tief Atem. Stell dir seinen Körper vor ... Du kannst seinen Geruch wahrnehmen. Deine Nasenlöcher werden heiß.«

Du machst die Augen zu und beginnst zu seufzen. Dann schlägst du die Augen wieder auf und starrst mich mit weit aufgerissenen Augen an. »Ach, ich kriege solche Sehnsucht nach Sihar.«
Ich lache. »Du bist wirklich leicht zu hypnotisieren. Los! Vergiss ihn einen Moment. Ich bringe dir das Tanzen bei. Wenn du ihn dann triffst, kannst du ihm zeigen, wie man Tango tanzt.«
Ich stelle die Musik an und nehme dich bei der Hand. Achte auf den Rhythmus: langsam..., langsam..., schnell, schnell, langsam. Ich zeige dir, wie du mich an der Schulter festhalten musst und fasse dich um die Taille. Ich zeige dir die Schrittfolge, die du machen musst, wie du die Taille ruckartig bewegst und den Blick starr von mir abgewandt hältst. Und wie man blitzschnell die Richtung wechselt. Lach nicht, denn dies ist ein stolzer Tanz. Selbst dann, wenn du ins Schwitzen kommst, nachlässt, dich nur noch mitziehen lässt und aufgibst.
Der Schweiß läuft uns den Rücken herunter.
Ich ziehe mein T-Shirt aus und lasse mich aufs Sofa fallen.
Doch du bleibst stehen.
Du betrachtest mich, wie ich auf dem Bauch liege. »Du hast einen schönen, starken Rücken. – Trägst du denn keinen BH?«
»Nicht nötig, oder? Ich habe keinen Busen, da sind nur Muskeln.«
Ich drehe mich um und zeige ihr meine vom Sport gestählte Brust. »Leg dich neben mich, Laila. Ich zeige dir,

wie man die Bauchmuskeln stark macht. Das ist überhaupt nicht schwer.«
Du betrachtest mich.
Ich sehe an deinen Augen, dass du deinen Kopf an meine Brust schmiegen möchtest. Mein Blick sagt dir, tu's doch. Du verstehst mich, aber du hast Angst. Dann liegst du neben mir. Tränen rinnen dir über die Wangen, versickern in deinen Haaren. Der Schmerz über Enttäuschungen, die du zu verbergen suchst. Die Lust, die du bezähmen möchtest. Die Ängste, die du dir nicht eingestehen magst. Du umarmst mich. Meine Hände streicheln deinen Rücken. Ich küsse deine Stirn. Ich bleibe bei dir, verlasse dich nicht. Ich weiß, du hast noch nie einen Orgasmus erlebt. Auch nicht, wenn ihr euch liebtet. Jetzt lasse ich nicht zu, dass du ihn wiedersiehst, bevor du nicht weißt, wie das ist. Erst musst du deinen eigenen Körper erfahren haben.
Dann kannst du gehen.

Denn die Vagina ist eine fleischfressende Blüte, ähnlich dem Kantong Semar. Allerdings ist sie nicht auf Insekten aus, sondern auf ein Tier, das groß ist und töricht, auch keine Wirbelsäule besitzt – indem sie das Aroma einer Flüssigkeit verströmen lässt wie die Lilie Bakung Bangkai. Die fleischfressende Blume frisst in Wirklichkeit kein Fleisch, sondern saugt den Saft dieses Wesens auf, das in dem Loch hinter ihrem warmen Kelchblatt gefangen ist. Die starken Sehnen, die dichte, enge Wölbung, die feuchte Öffnung des kleinen Loches pressen das Tier aus, wenn es eindringt und sich hin und her bewegt, bis die Blüte den Saft, nach dem sie dürstet, aufnimmt. Stickstoff für die fleischfressende Pflanze, Sperma für die Vagina. Aber die Klitoris der Blüte weiß, wie sie sich laben kann an dem Zittern, das der Wind ihr bringt.

JAKARTA, 20. JULI 1996

Saman, Liebster,
es ist zwei Wochen her, dass ich mich von dir verabschiedet habe. Die politische Lage in Jakarta ist äußerst gespannt. Bereits seit einem Monat halten Megawatis Anhänger die Zentrale der PDI im Jalan Diponegoro besetzt. Jeden Tag gibt es Kundgebungen gegen die Regierung, von der es heißt, dass sie ein Ultimatum vorbereitet und dabei ist, ein Datum für den Angriff festzulegen. Und ich bin mittendrin in den Auseinandersetzungen.
Ich habe Sehnsucht nach dir.
Obwohl wir uns ständig Mails schicken, habe ich das dumme Gefühl, dass ich bald in die Wirklichkeit zurückkehren muss. Dabei frage ich mich, warum wir etwas, das sich nicht mit unseren Wünschen verträgt, »Realität« nennen müssen. War es denn nicht auch Realität, dass wir zusammen waren, dass ich dich umarmt habe, wenn auch nur einen Monat lang?
Wie soll ich die zwei Seiten meines Lebens zusammenbringen, die miteinander im Widerstreit liegen? Was ich erträume auf der einen Seite und was ich loswerden möchte auf der anderen? Was früher war, was jetzt ist und was möglich

wäre? Ich meine nicht das, was eines Tages kommen wird. Denn wir wissen nicht, was passieren wird. Wir können nur darüber reden, was einmal war oder – aus dem Blickwinkel des Jetzt – über das, was kommen könnte.
Ich muss gestehen, manchmal fühle ich mich schuldig wegen unserer Beziehung – das darf dich aber nicht belasten. Denn ich bedauere nichts, unsere Liebe macht mich vielmehr glücklich. Liebe ist ja nichts, was man planen kann wie eine Hochzeit. Liebe ist für mich wie ein Dickicht jenseits des Gartenzauns, in dem Zikaden singen.
Aber es ist paradox, und darin liegt das Problem. Deshalb schreibe ich dir diesen Brief, der mich ein paar Nächte gekostet hat. In mir sind widerstreitende Gefühle, die ich noch nie miteinander in Einklang bringen konnte und immer vor mir verborgen habe: Saman, ich sehne mich nach deinem Körper, der voller Wunden ist, gefesselt, männlich und zugleich machtlos. So wie ich früher das Verlangen hatte, meinen Körper darzubieten, schön und widerstandlos.
Ich kann nicht vergessen, wie du auf dem Rücken lagst, wie das Licht Schatten auf deinen Körper warf, deine Schweißperlen glänzten. Deine nackte Brust bekam meine leidenschaftlichen Liebkosungen zu spüren. Ich war erregt. Wie du dich hin- und herwandest. Du warst der heilige Sebastian, die Arme an den Pfahl gebunden, den Pfeilen ausgesetzt. Die heilige Agnes, deren jungfräulicher Leib die Begierde ihres Henkers erregte. Aber da war niemand, der dich hätte retten können vor der Erregung, mit der ich deinen Körper bis an die Grenzen erkundete. Du stöhntest wie

Theresa, als der göttliche Pfeil sie in die Brust traf. Hast du da nicht gleichzeitig vor Schmerz und Lust gezittert?
Andere unterwerfen ebenso wie selbst unterworfen werden, beides erregt die Leidenschaft.
Es gibt Augenblicke, da kann ich nicht zwischen Schmerz und Lust unterscheiden. Schmerzen erreichen ihren Höhepunkt in der Sekunde des Todes, während Sex in den drei Sekunden des Orgasmus gipfelt. Wenn wir bei der Ejakulation an den Fortbestand des Lebens denken, ist dann nicht Sex eine Erregung zwischen Leben und Tod, die beide in einem Moment zusammentreffen?
Aber Frauen haben ja keine Ejakulation. Daher erregen mich Schmerz und Tod umso mehr.
Fühlst du das nicht, Saman, die Schönheit im Leiden? So als wäre der Tod der siamesische Zwillingsbruder der Lust, beide wachsen im selben Körper. Beide, Tod und Begierde, sind wie die weiblichen Teufel im Keller von Draculas Schloss in den Karpaten. Wunderschön und blutgierig. So wie Lilith, die aus der Unterwelt der östlichen Vulkane geflogen kam und im Mittelalter die Mönche in ihren Träumen besuchte und erregte. Wunderte sich nicht auch Freud über die Verwandtschaft von Eros und Tod? Und Bataille über Tod und Leidenschaft in der Erotik? Sind also nicht Tod und Lust uralte Erfahrungen ein und desselben?
Was ich jedoch mit dir erlebt habe, hat mich erstaunt. Du hast mir erlaubt, dich wie ein Versuchskaninchen an das Bett zu binden. Du hast zugelassen, dass meine Finger mit deinem Körper spielten, so wie die Liliputaner den gestrandeten Gulliver erkundeten. Du hast mir erlaubt, dich zu

quälen, wie es die Geheimpolizei mit gefangengenommenen Spionen macht. Du konntest nichts dagegen tun, dass ich deinen Orgasmus aufgehalten, dich durch einen coitus interuptus im wahrsten Sinne des Wortes gequält habe. Saman, das hatte ich noch nie gemacht. Ja, ich hatte sogar schon längst mein Verlangen vergessen, einen Mann bei einem körperlichen Experiment zu beobachten, das das Maß seiner Abhängigkeit an der Qual und Erniedrigung misst, die er erleidet. Damit hatte ich mich in meiner sexuellen Fantasie seit meiner Kindheit beschäftigt.

Ich frage mich, wann ich mich zum ersten Mal sexuell von Männern angezogen gefühlt habe? Vielleicht in meiner phallischen, vielleicht auch schon zum Ende der analen Phase – ich kann mich ja nicht daran erinnern, was ich als Dreijährige gedacht und empfunden habe. Aber ich erinnere mich an einen Jungen im Kindergarten. Julian. Er war im zweiten Jahrgang und ich im ersten. Er war für sein Alter ziemlich groß. Er hatte lange Beine und trug meistens Ringelsocken. Ich war stets hinter ihm her, wenn es nach draußen zum Spielen ging. Ich musste immer an seinen Pimmel in der kurzen Hose denken, an der Stelle, wo seine dünnen Oberschenkel zusammenkamen.

Natürlich nennt Freud das die phallische Phase, wenn die Kinder sich für die Genitalien interessieren. Die Jungen sind stolz, während die Mädchen neidisch werden und denken, ihnen würde was fehlen, weil sie keinen Penis besitzen. Ob ich auch neidisch war und mir minderwertig vorkam, weiß ich nicht mehr. Was ich allerdings noch weiß, ist, dass ich Julians Penis sehr interessant fand. Doch nicht nur das. Mein Interesse mündete in dem Wunsch, ihn zu kastrieren, ihn zu beschneiden, jedenfalls ihm wehzutun. Mein anfängliches sexuelles Vergnügen bestand darin, mir vorzustellen, wie Julian in die Hände von feindlichen Jungen fiel, die sich mit Erwachsenen verbündet hatten, und wie er schrie, weil sie ihm das Geschlecht zusammendrückten und ihn quälten.

Als ich klein war, wusste ich natürlich nichts von Sex zwischen meinen Eltern, zwischen Ehepartnern oder Menschen, die sich lieben. Ich hatte keine Ahnung, dass es so etwas gab wie Geschlechtsverkehr. Sex spielte in meinen kindlichen Vorstellungen von Liebe keine Rolle. Ich hatte damals von Sex noch keine klare Vorstellung, brachte ihn in Zusammenhang mit Gewalt, Unterdrückung und Schmerz. Das war es, was damals in meinen Vorstellungen gegenüber jungen Männern, die mir gefielen, Schulkameraden oder anderen eine Rolle spielte. In der Nachbarschaft hatte ich einen Favoriten, der war damals von mir aus gesehen eher ein Onkel, der sah so ähnlich aus wie du.

Als ich älter wurde, fing ich an, mich für meine erotischen Fantasien und die Freuden, die sie mir machten, zu schämen. Ich erlebte eine merkwürdige Veränderung. Ob ich mich selbst bestrafen wollte oder ob es davon kam, dass ich dabei war, die patriarchalisch geordnete Welt zu betreten, die Welt draußen, die voller Zwänge ist und in der Frauen nur sexuelle Objekte sind? Mir kam das Selbstgefühl als eigenes Subjekt abhanden und ich fühlte mich als Objekt. Ich verlor meine Weiblichkeit und wurde eine Frau. In diesem Prozess, der mir unverständlich war, begann ich all-

mählich die Rolle derjenigen zu akzeptieren, die schuldig ist, die einfach wegen ihrer Existenz als Frau verwünscht wird.

Vielleicht hat Deleuze recht, wenn er in seinem Kommentar zu Leopold von Sacher-Masoch sagt: Im Masochismus wird das Über-Ich in die äußere Welt versetzt und wird Teil davon. Mit anderen Worten, die Rolle des Richters und der Ort der Disziplinierung wird auf eine andere Instanz verlegt, getrennt vom eigenen Ich. Gleichzeitig wird die Stelle des Über-Ichs leer und – das sage ich nun selbst, nach Deleuze – der Unterdrücker, in Masochs Erzählung ist es die Frau, die die Peitsche schwingt, überträgt das Über-Ich auf den, den sie auspeitscht. Das Über-Ich wird also zwangsläufig zum Opfer. Auf diese Weise erreicht sie das verbotene Vergnügen. Genauso kommt in der Parodie der befreiende Witz zustande. Masochismus und Humor machen die Macht verächtlich, indem sie die Unterdrückung zur Lust erklären. Beide sind in Wirklichkeit der listige Ausweg, der dem Gefangenen bleibt.

Deleuze und viele andere haben jedoch nur den Masochismus von Männern untersucht. Sie sprechen nur von »ihm«, nicht von »ihr«. Sie sprechen von Masochismus als einer Verirrung, die sich bei Männern findet. Ich denke, bei Frauen ergibt er sich auf viel natürlichere Weise. Deswegen vielleicht betrachten sie ihn auch nicht als Verirrung. Denn das Über-Ich, die Vaterfigur, die disziplinierende Instanz, ist in der patriarchalisch geprägten Gesellschaft ja bereits außerhalb konstituiert. Wir brauchen also keine Umdrehung. Wir brauchen dem Spiel der männlichen Dominanz,

dessen höchste Ausprägung die Lust am heterosexuellen Sadismus der Männer darstellt, lediglich zu folgen.
Gibt es denn einen Unterschied zwischen der Idealisierung der Rolle, die die Ehefrau spielt, wenn sie sich unterwirft, und dem Masochismus? Das ist die Internalisierung der Ungerechtigkeit. Die Frau rettet sich, indem sie die Dominanz des Mannes akzeptiert, wie es in vielen Religionen betont wird, und ihn verehrt. Deswegen behaupte ich, sind neunzig Prozent aller Frauen in der Welt Masochistinnen.
Und was ist mit mir geschehen?
Ich habe meinen kindlichen Sadismus verloren und habe mich zur Frau entwickelt wie die Protagonistin in der Histoire d'O, einer Frau namens O, die in einem Schloss von ihrem Liebhaber gezwungen wird, sich zur Sexsklavin zu machen und den Mitgliedern eines Klubs zur Verfügung zu stellen. Sie macht das alles aus Liebe, im Gefühl der Aufopferung und übermäßigen Traurigkeit.
Seit meiner ersten Menstruation sehne ich mich nach einer Bestrafung. Als ich zum ersten Mal mit Lukas geschlafen habe, lange vor unserer Hochzeit, habe ich wohl gedacht, er könnte meiner Vorstellung von einem dominanten Mann entsprechen. Wahrscheinlich habe ich das damals getan, um ein Verbot zu übertreten. Denn damit konnte ich zu Recht eine Strafe erwarten wie das Mädchen im Alten Testament, das im Haus ihres Vaters zur Hure wird. Denn ein Verbot zu übertreten und dafür bestraft zu werden, bereitete mir erotisches Vergnügen.
Aber niemand bestrafte mich. Lukas besaß keinen Hang zur Grausamkeit, nicht einmal in der Fantasie. Lukas in-

teressierte sich vor allem für Stellungen und körperliche Positionen, weniger für die psychische Seite unserer Beziehung. Für ihn hatte sie sexuell keine Anziehungskraft. Vielleicht hatte er auch keine Vorstellung davon, welche erotischen Fantasien ich hatte. Für ihn war ich die selbständige Yasmin, die rationale Entscheidungen traf, die geachtete Rechtsanwältin und die Aktivistin für Menschenrechte – zu denen auch die Rechte der Frauen gehören.
Das war ein Widerspruch, ein Problem.
Doch in Wirklichkeit war ich gar nicht auf Widerspruch aus. Mein Unterbewusstsein war allerdings schlau. Obwohl Klugheit nicht immer darauf aus ist, Frieden zu stiften, sondern eher Gegensätze zu verschärfen. Was mich von anderen Frauen unterscheidet, die das Patriarchat anerkennen, ist dass ich es zum Gegenstand meiner sexuellen Fantasien mache. Die meisten Frauen nehmen die Dominanz der Männer hin und betrachten sie als totale und reine Idee, eine Idealvorstellung. Ich nehme sie hin, mache aber aus ihr ein sexuelles Motiv. Sie verstehen sie als moralische Forderung, ich verstehe sie als ästhetisches Element.

Saman, wie auch immer. Manchmal macht mir meine Fantasie Angst. Wie ich dir einmal erzählt habe, war mein erster Kriminalprozess ein Fall von Vergewaltigung, verübt an einem weiblichen Häftling auf einer Polizeiwache. Die junge Frau war in einer Diskothek unter dem Vorwurf aufgegriffen worden, Marihuana bei sich zu haben. Sie sah sehr gut aus und so war es kein Wunder, dass die Polizisten scharf auf sie waren. Einer von ihnen hatte sie mit dem

Versprechen erpresst, er werde das Protokoll für sie günstiger abfassen, wenn sie sich mit ihm einließe. Es war natürlich klar, dass sie in ihrer Lage darauf eingehen musste. Doch am Ende wurde die junge Frau von fünf Männern, die damals Nachtwache schoben, in erniedrigender Weise vergewaltigt.
Als ich das Geständnis hörte, war ich dermaßen aufgebracht, dass ich am ganzen Leib zitterte. Wie sehr ich die brutalen, zügellosen Polizisten verachtete, die die patriarchalische Welt repräsentierten. Oh, wie ich die Männer hasste. Ich wollte sie alle hängen sehen. Doch nein, im selben Moment erregte mich das Verbrechen sinnlich, das sie der jungen Frau angetan hatten. Je ekelhafter ich die Tat fand, desto mehr fühlte ich mich erotisch erregt. Ekel und Erregung quälten mich in gleicher Weise.
Manchmal macht mir das Angst. Wie kann ich bloß meine sexuellen Empfindungen mit meinem Gewissen versöhnen, das Gerechtigkeit verlangt?
Saman, seit Jahren habe ich mit diesen Fantasien gelebt, ohne sie verwirklichen zu können. Bis zu dem Tag, als ich dich wiedersah. Du hast meine kindlichen Fantasien wiedererweckt, die ich lange verdrängt hatte. Unbewusst hast du meine Weiblichkeit, die ich fast zwanzig Jahre lang eingesperrt hatte, befreit. Nun kehrte sie mit alten Erinnerungen zurück. Es war wie eine Rückbesinnung auf die orale Phase, als mein Körper noch nicht vergiftet war von der Außenwelt, die den Phallus verehrt und die Reinheit der Frauen zum Mythos verklärt. Sie kam mit einer unschuldigen, reinen Aggressivität, ohne Hintergedanken, als Begier-

de, zu verzehren, einzusaugen, zu konsumieren, zu erkunden, sich Dinge einzuverleiben, die einen reizen. Auch das männliche Geschlecht.
Was steckt hinter dem Penisneid der Frau? Nichts anderes als die Begierde, sich etwas Fremdes einzuverleiben, das Andere, etwas das ähnlich ist, aber verschieden vom Eigenen. Wenn dieses Verlangen bei ihr auf natürliche Weise wachsen kann, abseits vom männlichen Chauvinismus, dann erlebt sie eine klitorale und eine vaginale Phase – keine phallische – sobald sie den Mund in beiden Phasen entdeckt, mit dem sie den Penis verschlucken möchte. Sie kennt nur den »Konsum«. Und sie hat keine Angst. Denn die Erektion ist nur der Ausdruck der Angst vor dem Tod.
Saman, in deinem hageren Körper liegt eine spirituelle Kraft, die durch jahrelange Abstinenz gestählt ist. Deine Einsamkeit verleiht dir besondere Kräfte, da du im Zölibat gelebt hast, sowohl in religiöser wie in weltlicher Hinsicht. Ich denke, du wirst immer allein sein. Stets in Einsamkeit und Besitzlosigkeit. Dein Sündenfall, der Ehebruch, ist der Fall dessen, der das Kreuz den Berg hinauf trägt, ohne jemals anzuhalten. Vielleicht wie Sisyphus, der weiß oder auch nicht weiß, ob er den Gipfel jemals erreicht, wenn er überhaupt existiert. Ich habe dich jedoch vergewaltigt, weil du ein stolzer Einsiedler bist. Durch dich bin ich zu mir selbst gekommen. Ich habe Sehnsucht nach deinem hageren Körper.

In Liebe
Y

NEW YORK, 25. JULI 1996

Alles schien vorbei zu sein.

Das Laken war glatt gezogen, und sie hatte sich die Schweißtropfen von der Stirn gewischt und die Haare gekämmt. Sie hatten sich mit dem erregenden Gefühl geliebt, etwas Unerlaubtes zu tun. Das war vor einem Monat gewesen. Nein, vor über einem Monat.

Saman hat sich ausgezogen und steht unter der Dusche. Der Sommer ist gekommen, deswegen hat er das Fenster offen stehen lassen, das kalte Wasser erfrischt ihn am frühen Morgen. Er lässt es sich über den Kopf laufen. Es fließt ihm über den Körper, über den Rücken, die Brust und tropft wie Regen von seinen Fingerspitzen. Das sind die Momente, in denen er seinen Gedanken freien Lauf lassen kann und seinen Körper spürt, mit den Händen voller Shampoo befühlt er seine Muskeln. Sie sind nicht mehr so straff, aber etwas runder als früher. Er ist kein junger Mann mehr. Er ist nun achtunddreißig. Er bückt sich, lässt sich vom Wasserstrahl die Kopfhaut massieren und betrachtet seine Füße, auf die das Wasser im Becken plätschert. Er hat dieselben behaarten braunen Unterschenkel wie sein Vater, ebenso die Behaarung zwischen den Beinen und am Kinn. Die Männlichkeit eines Erwachsenen, die er zum ersten Mal am Körper seines Vaters gesehen hatte, früher – besitzt er nun selbst, schon seit vielen Jahren. Jedes Mal wenn er ganz allein ist und seinen Körper beim Duschen betrachtet, denkt er, dass das Leben etwas Wunderbares ist. Geboren werden, heranwachsen und schließlich sterben. Die Haare an seinem Körper sind doch erst heute Nacht gewachsen und haben sich erst heute Nacht gekräuselt. Vorgestern war er noch der kleine Junge, dem seine Mutter die Haare wusch, hatte kleine, gerade Füße und beim Pissen brachte er noch keinen festen, geraden Strahl zustande.

Er denkt an seine Mutter, die ihm vor dem Einschlafen immer den Bauch streichelte und von einer Krähe erzählte, die immer wieder kam, um sich im Wasser einer Quelle zu spiegeln. Danach gab sie ihm ihren Segen und küsste ihn auf die Stirn, damit er gut einschlafen konnte und ihn sein Schutzengel bewachte und vor bösen Geistern behütete. Es betrübt ihn, dass sich später niemand an ihn in dieser Weise erinnern wird, denn wenn er sich nicht mehr beherrschen kann und im Seifenwasser masturbiert, muss er sehen, wie sein Samen heruntertropft und vom Duschwasser einfach in den Abfluss gespült wird.

Yasmin ist nicht schwanger geworden. Sie hatte ihre Menstruation auf dem Flug nach Jakarta, möglicherweise über Alaska. Unmittelbar nach ihrer Ankunft hat sie Saman eine Mail geschickt: »Ich war wirklich total geil. Wie eine überreife Tomate kurz vor dem Platzen.« Saman hat sich erleichtert gefühlt, war zugleich aber gegen jede Vernunft

enttäuscht, dass er im Leib der Frau, die er liebt, keine Spur hinterlassen hat. Keine Zelle ist geblieben, außer dem Sperma, das längst abgestorben ist.
Sie haben sich weiter E-Mails geschrieben. Eine Zeitlang voller Erotik, aber danach ging es doch um den Stand einiger geheimer Projekte, die im Untergrund laufen. Das Zusammensein mit Yasmin und die einmonatige Zusammenarbeit mit ihr hat ihn den Verlust seiner indonesischen Heimat fühlen lassen. Er sehnt sich nun zurück, vor allem vermisst er seine Kampfgefährten. Er spürt immer noch Yasmins Lippen, hört ihr Lachen, noch bevor er an ihren Bauch denkt und ihr Stöhnen. Er hat es genossen, wie sie ihm Klapse auf die Wangen gab oder ihn in die Brust zwickte. Aber er denkt auch an die stechende Sonne, die ihm Arme und Gesicht verbrannte, als er durch die Wälder zwischen Palembang und Lampung reiste, die inzwischen kahlgeschlagen und in Plantagen umgewandelt worden sind. An den Staub und den Schweiß der Leute in den klapprigen Sammeltaxen, an die Musikanten in den Bussen mit ihren herzzerreißenden Liedern. An das raue Medan. An die feuchtheiße Jahreszeit und an die verqualmten Städte, wo seine Gefährten geboren sind, wo sie leben und arbeiten. Er sehnt sich nach ihrer Traurigkeit und nach ihrer Heiterkeit. Denkt an die Seelen der Verstorbenen, die in den Wipfeln der Bäume herumschweifen und auf keine Frage antworten. Wie weit weg ist das alles!
Er ist nun seit zwei Jahren in New York, hat schon zweimal den Herbst erlebt, den er liebt. Die feuerroten Blät-

ter, die wie Papierschnipsel auf die Erde segeln. Die Bäume mit ihren Lampen. Tatsächlich fühlt er sich bereits wie zuhause mit seiner täglichen Arbeit, ist mit der Subway-Station vertraut, hat sich an das Rattern der Züge gewöhnt, an den Dreck und die Straßenmusikanten, die die Stadt lebendig machen. Aber in der ganzen Zeit ist er nicht einmal zu Hause gewesen. Anfang des Jahres hätte es eine Gelegenheit gegeben, für eine kurze Stippvisite nach Jakarta zu fliegen und seinen Vater zu besuchen. Auch hätte er gern seinen Neffen gesehen, der mittlerweile krabbeln kann. Aber ein Freund warnte ihn. Die Blacklist werde nur selten revidiert, auch wenn ein Fall schon abgeschlossen sei. Er müsse damit rechnen, dass sein Name immer noch, auch nach fünf Jahren, auf den Listen der Immigrationsbehörde verzeichnet sei. Wohl würde er einreisen können, es sei aber keineswegs sicher, dass er wieder nach New York zurückkehren dürfe, um seine Arbeit hier fortzusetzen. Sei es wegen der Trägheit der Bürokratie, sei es wegen der Nichtachtung gegenüber normalen Bürgern. Daher hatte er sich dafür entschieden, erst einmal nicht hinüberzufliegen und die wichtigsten Projekte hier abzuschließen. Aber momentan fühlt er sich sehr frustriert. Jetzt im Sommer öffnet er morgens seine E-Mails gewöhnlich nach dem Duschen. Die Sonne steigt rasch höher und es wird dann unangenehm heiß. Die Sonnenstrahlen, die in die Häuserschlucht fallen, werfen ein merkwürdiges Fleckenmuster auf die Mauern aus Klinker und auf die Fenster. Sie hellen das eintönige Grau auf, es blendet zwar, ist aber nicht weiter störend. Die Fensterscheiben spiegeln die Sonne weißleuchtend. Gegen Mittag werden allmählich wieder Farben erkennbar, gleichzeitig dringen das Hupen und die Fahrgeräusche von Lastwagen herauf, die ab und zu durch diesen ruhigen Teil der Bedford Street fahren. Er kann die rote Turmspitze der katholischen Kirche St. Vinzenz von Paul sehen, die zwischen den hohen Häusern etwas verloren wirkt. Manchmal fliegen weiße Tauben oder ein Sperbertäubchen – eins mit gesprenkeltem Hals – am Haus vorbei und lassen sich in der Regenrinne nieder. Sie spähen nach unten wie Engel, die etwas beobachten wollen. Er sitzt nun in der Fensternische, hat seinen Computer vor sich, daneben ein Glas frisch aufgegossenen Kaffee, zwischen den Fingern eine Zigarette. Die Kretekzigaretten und der Kaffee sind Reste, die Yasmin, Laila und Cok dagelassen haben. Reste – er lacht in sich hinein. Die Mädchen sind schon wieder nach Indonesien zurückgeflogen. Er ist jetzt allein. Ferouz, mit dem er zusammengewohnt hatte, hat vor drei Monaten seinen Vertrag beendet und arbeitet zurzeit in London an Verstößen gegen Artikel 19 der Allgemeinen Erklärung der Menschenrechte. Er möchte sich eine andere Wohnung suchen. Aber selbst in Brooklyn ist es praktisch unmöglich, etwas für 500 Dollar im Monat zu finden, außer man täte sich mit jemand anderem zusammen. Yasmin hat ihm vorgeschlagen, doch mit Shakuntala zusammenzuziehen. Er glaubt aber, noch nicht so weit zu sein, mit einer Frau eine Wohnung zu teilen, schon gar nicht mit einer bisexuellen. Er hat gerade erst erfahren, dass sich Shakuntala in diese Richtung entwickelt hat. Yasmin hat

ihm nämlich voller Empörung erzählt, dass Shakuntala mit Laila geschlafen habe. Aber Homosexualität ist ihm zu fremd, als dass er darüber nachdenken würde. Auf dem Tisch liegen Berichte über Menschenrechtsverletzungen, außerdem Wohnungsanzeigen – eine für 800 Dollar hat er angekreuzt.
Gelegentlich blickt er zum gegenüberliegenden Fenster hinüber. Dort versorgt eine Schwarze ihre Blumentöpfe auf dem Fensterbrett, Begonien und Astern, auch Veilchen sind dabei. In Orange und Blau, mit kleinen herabhängenden Blättern. Er geht ins Internet. Das kratzende Geräusch in der Leitung, das Auf und Ab mit Unterbrechungen, wenn die Verbindung zum Netz aufgebaut wird, ist er gewohnt, und er empfindet es als angenehm. Er stellt sich dabei kleine digitale Glöckchen vor, aneinandergereiht in einer leuchtenden Kette. Die Technologie ist bereits eine Verlängerung seines Bewusstseins geworden. Er hat das Gefühl, ein Teil der Impulse in seinem Gehirn wäre mit dem digitalen Code verbunden, der seine Erkundungen beginnt, sobald er das Geräusch wahrnimmt. Das Gleiche gilt für die weibliche Stimme im Computer, wenn sie meldet »you have mail«. Heute Morgen sind 86 Mails eingegangen. Ein Teil davon enthält die Polemiken, die Apakabar, Berita dari Pijar, Siar und eine Reihe von Periodika anderer Pressestellen aus dem Untergrund verbreiten. Deren Aktivitäten haben zugenommen, seitdem die Regierung vor zwei Jahren die Zeitschriften Tempo, Editor und Detik verboten hat. Verrückt, wie viel in diesen beiden Jahren passiert ist! – Er seufzt, weil er nur von

außen zusehen kann, aber auch, weil die Situation in Indonesien immer repressiver wird. Er macht sich daran, die Posteingänge zu überprüfen.

Von Yasmin keine Nachricht. Das enttäuscht ihn. Aber eine Mail von larung@komodo.org mit einem Bericht über die Suche nach einem geeigneten Ort für eine Druckerei im Untergrund ist gekommen. Er öffnet sie und liest, das Kinn auf seine Hand gestützt, die Zigarette achtlos auf dem Aschenbecher liegengelassen, wie es seine Art ist. Auch sein Kaffee ist kalt geworden. Er hat den Mann bisher nicht persönlich kennengelernt, larung@komodo, doch die Adresse sagt ihm, dass er von der Gruppe um Yasmin akzeptiert ist. Nach seinen Mails zu urteilen, muss es sich um einen Menschen handeln, der sehr fantasievoll und einfallsreich ist. Wie er aussieht und wie er redet, ist ihm eigentlich egal. Das Medium E-Mail besitzt mittlerweile eine eigene Dimension im zwischenmenschlichen Umgang, hat dazu geführt, andere Menschen, ja sich selbst mit einer Adresse zu identifizieren, die das Zeichen @ enthält. Ohne physische Erscheinung, nur als Buchstaben auf einem leuchtenden Bildschirm. Er kann sich selbst als Adresse mit einer Buchstabenreihe sehen.

Er steht mit diesem Mann seit etwa einem Jahr in E-Mail-Verbindung. Damals hatte es auf Bali ein schlimmes Verbrechen gegeben, an dem ein ausländisches Unternehmen beteiligt war. Eines Tages traf eine Mail von einem Larung Lanang ein, der im Ausland einen Rechtsbeistand suchte. In der ersten Mail berichtete er davon, dass man einem Bauern den Bauch mit einem Bajonett aufgeschlitzt habe, so dass er noch am Tatort starb. Der Nieselregen habe einen Teil der Blutlache in den Graben gespült. Sein Gedärm sei hervorgequollen, habe graugelb ausgesehen – und wenn man genau hingesehen habe, sei der Unterleib in fünf Richtungen auseinandergerissen worden, wie eine Krone. Wenn man so etwas sehe, komme es einem vor, als ob unser Leib nur aus einer vielfarbigen Maserung bestünde. In seiner zweiten Mail war es um einen Reporter gegangen, der von drei Sicherheitsleuten misshandelt worden war, vor einer Gruppe nackter Frauen, die sich vor einen Bulldozer gestellt hatten, um ihren Bananenhain zu verteidigen. Dem Mann hätten sie mit Rottanstöcken seitlich auf den Kopf gehauen, seinen Kiefer ausgerenkt und mehrere Zähne aus dem Oberkiefer ausgeschlagen, Schneidezähne, den Eckzahn und einen Backenzahn, so dass er eine Menge Blut schlucken musste. Blut und Schleim sei ihm aus dem Mund geflossen, und er habe auch Splitter von der Wurzel seines Backenzahns verschluckt. Dabei sei der Backenzahn ganz gesund gewesen und die anderen Zähne hätten keinen Belag gehabt. Elfenbeinfarbene Zähne seien gewöhnlich fester als weiße, die wie Porzellan aussehen.

Larung hatte sich als Inhaber und Geschäftsführer einer zweisprachigen Zeitschrift für Tourismus vorgestellt, Bali Age, und hatte hinzugefügt, er stehe der Allianz unabhängiger Journalisten nahe, ebenso wie dem Journalistenforum Surabaya. Auch schrieb er, dass er Samans Mailadresse, <saman@hrw.org> von »der lieben Yasmin« habe. Und

dass er »die liebe Yasmin« durch Journalistenkollegen kennengelernt habe, vor allem aber durch Cok. Mit dieser sei er gut befreundet, seitdem sie sich vor fünf Jahren bei einer Feier zur Leichenverbrennung getroffen hätten. Cok sei damals unvermittelt aus den Rauchwolken aufgetaucht.
Obwohl Saman der Hintergrund des Mannes und die Art, wie er sich bekannt gemacht hatte, reichlich merkwürdig vorgekommen war, hatte er doch keinen Grund gesehen, ihm mit Misstrauen zu begegnen. Außerdem drängte Yasmin ständig darauf, Informationen auch an Leute außerhalb der Gruppe der Aktivisten auszustreuen und unter diesen Mitstreiter zu rekrutieren – mit der Begründung, sie müssten die Bewegung stärken und erweitern, vor allem auf die apolitische Mittelklasse: Touristen, Kleinunternehmer, Angestellte. »Und noch etwas: Larung ist nicht ehrgeizig, arbeitet aber sehr schnell. Und sein Umgang mit Geld ist vorbildlich. Die meisten Aktivisten haben ja keinen Sinn für Finanzen. Ich muss allerdings zugeben, dass er, wie Cok sagt, persönlich wohl etwas Geheimnisvolles an sich hat. Mal ist er auffallend extrovertiert, dann wieder ganz in sich gekehrt«, hatte Yasmin geschrieben. »Aber du kennst ja Cok, sie nennt jeden Mann, der noch nicht mit ihr geschlafen hat, geheimnisvoll. Nach dem Sex ist das Geheimnis verschwunden.«
Saman fügte sich. Sicher, er wollte das nicht bezweifeln. Yasmin und ihr Freundeskreis in Indonesien vermochten mit Sicherheit genau zu erkennen, ob einer vom Geheimdienst war oder nicht. Sie waren schon an Agenten des

Militärs gewöhnt, die in legerer Kleidung auftraten. Und der »Geheimdienstler im eigenen Kreis« war eine Figur, über die bei fast jedem Treffen Witze gemacht wurden. Trotzdem wunderte sich Saman doch sehr, dass Larung bereits zwei Monate nach der ersten Kontaktaufnahme eine @komodo-Adresse bekommen hatte, die sonst eigentlich nur an den engsten Kreis vergeben wurde, in dem die Nachrichten – damit sie nicht heimlich abgegriffen werden konnten – nur verschlüsselt an bestimmte Adressaten gingen. Dieses Verfahren war vor zwei Jahren, kurz nachdem er geflohen war, von den Freunden in Indonesien entwickelt worden, natürlich ohne es registrieren zu lassen. Yasmin und er selbst hatten eine solche Adresse. Er überlegte, ob es nicht vielleicht eine voreilige Entscheidung war, Larung daran teilhaben zu lassen. Aber der Bursche, den er noch nie gesehen hatte, war offenbar ein sehr engagierter Mensch und ein begabter Organisator, so dass er sich rasch das Vertrauen seiner Freunde erworben hatte.

Seitdem jedenfalls ist Larungs Rolle in dem Kreis ständig bedeutender geworden. Alles läuft reibungslos. Der Gedanke beruhigt Saman. Manchmal denkt er, es wäre gut, ihn einmal zu sehen. Diesmal steht die Mail von larung@ komodo fast an letzter Stelle. Der Betreff lautet ganz kurz: 11. Ausgabe. Es ist die elfte Nachricht über das Fortkommen der Druckerei im Untergrund, ein Projekt, das sie zu dritt miteinander verbindet. Yasmin hat das Projekt als Vorwand benutzt, um länger, als eigentlich nötig gewesen wäre, nämlich einen Monat, in New York und Washington DC. zu bleiben. Sie hatte anscheinend große Sehnsucht nach Saman gehabt. Larung kommt in der Sache die wichtigste Rolle zu: Ein Haus zu errichten und zu verwalten, in dem später eine Druckmaschine aus der Volksrepublik stehen soll. Er besitzt einschlägige Erfahrungen von einer kleinen Druckerei für sein Touristenmagazin her. Und diesen Betrieb kann er als Tarnung benutzen. Yasmin und Saman haben in dem Team die Aufgabe, Geld zu besorgen und ein Netzwerk aufzubauen. Seit etwa vier Monaten fließt mittlerweile aus einer geheim gehaltenen Quelle – vielleicht auch aus mehreren, das braucht er gar nicht so genau zu wissen – das nötige Geld, ist ein Standort gefunden und steht ein Trupp von Leuten bereit, um mit der Arbeit anzufangen. Mit dem Bau soll im August begonnen werden, das heißt also nächste Woche. Die Mail schließt mit der knappen Bemerkung, dass das Distributionsnetz – vor allem außerhalb von Java – noch sehr schwach sei. Die Verteilung von Material auf der Straße sei sehr riskant und könnte leicht bei einer Razzia entdeckt werden. »Wir benötigen ein Dutzend PCs und Printer. Auf diese Weise könnten einfache Drucksachen in den jeweiligen Regionen gedruckt werden.« Wie es mit der Bereitschaft von Seiten des Free World Forum stehe, dies zu finanzieren.

Da muss Saman seufzen. Er bläst den Zigarettenrauch durch das offene Fenster und verjagt damit die Taube von der Ventilatorhaube.

Die schwarze Frau betrachtet noch immer am Fenster gegenüber zärtlich ihre Blumen und besprüht sie voller Hingabe. Saman lobt sie: »Was für schöne Blumen«, ruft er hinüber, als sich ihre Blicke treffen. Die Frau bedankt sich.

Er seufzt noch einmal. Er ist wütend auf diese Leute. Der Antrag, den er mit Yasmin gemeinsam ausgearbeitet hatte – es ging um einen Alternativen Medienverbund, der dazu dienen sollte, mit Hilfe von Computern und Printern in einer Reihe von Orten ein Informationsnetz aufzubauen – ist vom Free World Forum abgelehnt worden. Er hat sich vorher dreimal mit Greg Thomson, einem der dortigen Direktoren getroffen, um ihn von der Wichtigkeit des Programms zu überzeugen, aber vor zwei Tagen hat er eine abschlägige Antwort erhalten. Er fühlt sich verraten, im Stich gelassen. Bisher hat er sich mit Greg gut verstanden. Im vergangenen Jahr hatte Greg ihn gebeten, einen indonesischen Journalisten, der den Award of Courage bekommen sollte, als Dolmetscher zu begleiten. Die Feierlichkeit machte es notwendig, dass sie in einer ermüdenden Tour von einer Woche nach Los Angeles fuhren, nach Kalifornien, nach Washington DC und New York. Sie mussten auf allen möglichen luxuriösen Cocktail-Partys sprechen, um schließlich zu erfahren, dass Eintrittskarten dafür verkauft wurden und die Veranstalter deswegen Spenden erhielten, weil sie beide gekommen waren.

»Diese Organisation«, schreibt er schließlich, »verfügt angeblich über keine 15.000 Dollar für ein Fünfjahresprogramm mit 15 Computern in 15 indonesischen Städten! Dabei geben sie pompöse Feste und präsentieren dort Leute aus der Dritten Welt, die von ihren Regierungen verfolgt werden, als Schaustücke. Damit wollen sie ihre soziale Einstellung unter Beweis stellen und heimsen Spenden ein. Letzten Monat haben sie in Hongkong für Presseleute ein Seminar veranstaltet, auf dem Niveau der Business Class! Siehe da, fünfundsiebzig Prozent der Teilnehmer waren Geschäftsleute aus dem Medienbereich, die die Organisation finanziert haben. Viele Firmen geben nicht etwa Spenden, weil sie sich um die Wahrung der Demokratie in Entwicklungsländern Sorgen machen, sondern weil sie dadurch Steuererleichterungen für die Unterstützung philanthropischer Zwecke in Anspruch nehmen können. Und sie genießen natürlich selbst die Annehmlichkeiten luxuriöser Reisen. Wir sollen für sie arbeiten, aber sie selbst denken nicht daran, etwas für uns zu tun. Das Free World Forum stinkt zum Himmel!«

Wütend wirft er die Zigarettenkippe aus dem Fenster. Aus dem vierten Stock segelt sie nach unten, die Aschenreste hinterher.

»Man, you're not gonna do that again!«

Die Frau am gegenüberliegenden Fenster schüttelt den Kopf.

Saman entschuldigt sich betreten. Er hat Glück, denn unten ist niemand als der Rollschuhfahrer, der einen Helm aufhat und gleich wieder um die Ecke verschwindet. Dann setzt er seine Mail fort: »Hat dir denn Yasmin das nicht erzählt? Um die Sache voranzutreiben, sagt sie, habe sie Akiko und Natsuko (kennst du die?) kontaktiert und gebeten, gebrauchte Computer in Japan aufzutreiben. Das

Problem seien nur die Tastaturen mit den japanischen Schriftzeichen.«

Nur zu gern würde er sich nach Yasmin erkundigen, die sich seit drei Tagen nicht gemeldet hat. Aber er ist sich nicht sicher, ob larung@komodo von seiner Beziehung zu Yasmin weiß. Wahrscheinlich ja, denn in seinen Mails spricht er öfter von »der lieben Yasmin«. Gut möglich, dass Cok schon alles ausgeplaudert hat. Egal. Wie auch immer, alle Leute im Internet sind für ihn lediglich eine Adresse mit @, haben weder Gestalt noch Stimme. Außer natürlich Yasmin.

In dem Moment meldet der Computer eine neue Mail.

»You have mail.«

Er sendet erst die Nachricht an larung@komodo ab. Danach öffnet er seine Mailbox.

Diesmal ist es eine Mail von Yasmin. Er lächelt.

»Hey! Dies ist eine Nachricht aus dem Gefängnis in Cirebon. Angeblich hättest du eine neue Mail-Adresse: Saman@ org.asm.crt.crt.«

Saman muss lachen. Ihm ist wohl ums Herz.

JAKARTA, 27. Juli 1996

Die Ereignisse des 27. Juli
Pressemeldung (zusammengestellt vom Institut für Unabhängige Information, 21:30 Uhr)

Nachdem die Anhänger von Megawati über einen Monat lang im Hauptsitz der Demokratischen Partei im Jalan Diponegoro ausgehalten und ein offenes Forum geboten haben, greifen die Einheiten des Regimes schließlich an.

Zur Chronologie

27. Juli, Samstag früh, gegen 6 Uhr, neun gelbe Lastwagen, getarnt als Wagen der Müllabfuhr, fahren am Büro der Demokratischen Partei vor und lassen Hunderte von Jugendlichen aussteigen. Sie tragen rote T-Shirts mit der Aufschrift Unterstützer des IV. Parteikongresses in Medan – das war der Parteitag, auf dem Megawati abgewählt und Soerjadi zum Parteivorsitzenden erhoben wurde – und sind mit Steinen und Schlagstöcken bewaffnet. Ein Teil von ihnen stämmige Kerle mit kurz geschorenen Haaren. Sie greifen ohne Zögern sofort an und werfen

Steine auf das Büro, wobei sie Megawati und ihre Unterstützer auf das Übelste beschimpfen.
Augenzeugen berichten später, dass Oberstleutnant Zul Effendi, Bereichskommandant von Jakarta Mitte, dort gesehen worden sei und die ersten Minuten des Einsatzes überwacht habe.
Zehn Minuten später sind circa 500 Mann der Sondereinheiten, die bei Unruhen eingesetzt werden, in voller Ausrüstung zur Stelle. Der Polizeichef von Jakarta Mitte, Oberstleutnant Abu Bakar, ist ebenfalls anwesend. Die Einsatzkräfte teilen sich in zwei Züge und sperren den Schauplatz des Geschehens zwischen Megaria und Jalan Surabaya ab. So wird verhindert, dass Unterstützer von Megawati von außerhalb Hilfe leisten können. Am Ort selbst ist der Angriff auf das Hauptquartier der Demokratischen Partei in vollem Gange. Nach weiteren zehn Minuten sind zwei Panzer der Armee unter der Eisenbahnbrücke aufgefahren.
Gegen 7:30 verhandelt Oberstleutnant Abu Bakar mit Megawati telefonisch über den Abzug ihrer Unterstützer aus der Parteizentrale. Die Verhandlungen scheitern, weil der Polizeichef Megawati nicht erlaubt, zum Ort des Geschehens zu kommen. Unterdessen stimmen Megawatis Anhänger, die sich noch im Gebäude befinden, Kampflieder an.
Etwa halb neun gibt Oberstleutnant Zul Efendi abermals den Befehl zum Angriff. Nach Augenzeugenberichten soll er die Leute mit den roten T-Shirts beim Steinewerfen angefeuert haben, während die Einsatzkräfte der Poli-

zei Steine besorgten. Schließlich gelingt es ihnen, den Zaun zu überwinden und das Parteibüro zu stürmen. Die Anhänger von Megawati werden in LKWs abtransportiert, die Verletzten auf Tragen zur Ambulanz gebracht. Es gibt jedoch keinerlei Nachricht, wohin die Betreffenden gebracht wurden. Bis zur Abfassung dieser Meldung gab es jedenfalls weder vom Cipto Mangunkusumo Krankenhaus noch von St. Carolus eine Bestätigung, dass dort Verletzte eingeliefert worden wären. Beide Krankenhäuser liegen in einem Umkreis von einem Kilometer vom Schauplatz des Geschehens.

Zwischen 11.00 und 14.00 Uhr
Noch am selben Morgen verbreitet sich die Nachricht von dem Angriff in den umliegenden Vierteln. Vor Megaria versammeln sich eine aufgebrachte Menge und eine große Zahl von Schaulustigen. Die Anhänger von Megawati halten Reden von einer improvisierten Tribüne und bemühen sich bei den Sicherheitskräften um die Erlaubnis nachzusehen, wie es in ihrer Parteizentrale aussieht. Die Situation spitzt sich zu.

Gegen 14:30 rücken die Sicherheitskräfte an und treiben die Menge mit Schlagstöcken auseinander. Aus der Menge werden Steine geworfen. Es kommt zu regelrechten Gefechten zwischen der Menge und den Ordnungskräften. Ein wilder Haufen von wütenden Menschen zündet drei Omnibusse an.

Zwischen 15:00 und 20:30 Uhr
Lawinenartig ballt sich die Menge und bewegt sich nach Osten. Im Jalan Salemba, im Jalan Kramat und im Jalan Proklamasi werden eine Reihe von Regierungsgebäuden und Firmensitzen angesteckt: das Gebäude von Persit Chandra Kirana, der Frauenorganisation des Heeres, das Generaldirektorat für Fischereiwesen, die Bank Swansarindo, das Honda-Zentrum, der Showroom von Toyota, die Bank Mayapada, das Gebäude der Palmölfirma Darmex, die Staatliche Handelsbank, ein Gebäude von Pertamina sowie zahlreiche Geschäfte. Die Menge bringt im Jalan Pramuka einen Zug zum Stehen und verbrennt zwei Autos. Sie folgt jedoch dem Aufruf einiger Aktivisten und lässt davon ab, die Nationalbibliothek anzuzünden.
Einheiten des Strategischen Kommandos und der Marine werden zum Jalan Kramat befohlen. Es kommt aber nicht zu gewaltsamen Auseinandersetzungen zwischen der Menge und den Marinesoldaten, da diese sich freundlich verhalten.
Der durch die Ausschreitungen angerichtete Schaden wird auf hundert Milliarden Rupiah geschätzt (ca. 60 Millionen Euro). Die Zahl der Todesopfer und der Verletzten lässt sich noch nicht abschätzen, da die Sicherheitskräfte das gesamte Gebiet hermetisch abgesperrt haben. Bis zum späten Abend herrscht Angst in der Stadt. Es droht eine Ausgangssperre.

Zum Hintergrund

Obwohl sich die Leute, die die Parteizentrale der Demokraten angriffen, als Parteiangehörige ausgaben, gibt es doch genug Hinweise, dass das Militär beteiligt war. Der Name Megawati Sukarnoputri war zum Symbol des Widerstands gegen Suharto geworden, seitdem sie beim außerordentlichen nationalen Parteitag in Surabaya de facto zur Parteivorsitzenden erhoben und 1993 vom III. Parteikongress in Kemang, Jakarta, bestätigt worden war. Seitdem stellte die schweigsame Frau für Suharto bei den kommenden Wahlen 1997 eine potenzielle Bedrohung dar. Die Regierung Suharto versuchte deswegen, die Tochter des früheren Präsidenten zu stürzen, indem sie einen innerparteilichen Widerstand inszenierte, der im Juni 1996 auf dem IV. Parteikongress in Medan seinen Höhepunkt erreichte. Der Kongress erhob Soerjadi, den für seinen Bart bekannten Kandidaten der Regierung, zum Parteivorsitzenden. Megawatis Anhänger, die die Mehrheit innerhalb der Partei bildeten, gingen jedoch gleichzeitig in Jakarta zu Tausenden auf die Straße und besetzten das Parteibüro im Jalan Diponegoro. Seitdem war das Gebäude zum Zentrum von Aktionen und Kundgebungen gegen die Regierung geworden. Am 25. Juli empfing Präsident Suharto Soerjadi als Parteivorsitzenden der Demokraten im Palast. Am 27. Juli griffen die Truppen unter dem Vorwand an, Soerjadi zu unterstützen, was die geschilderten Unruhen zur Folge hatte.

NEW YORK, 26. JULI 1996

Saman empfängt den Bericht, während er dem Xylophon lauscht. Ein Lied aus Osteuropa, möglicherweise die »Katjuscha«, oder auch ein jüdisches Volkslied. In der Grand Central Station, die gerade renoviert wird, hat er die Kassette gekauft, bei einem griechischen Straßenmusikanten, der in der Nähe der Green Line spielte. Eigentlich macht er sich nicht viel aus solcher Musik. Im Labyrinth der U-Bahn jedoch, wo es von Menschen wimmelte, von denen die meisten vorüberhasteten, einige aber auch stehenblieben und den Musikanten betrachteten, der – wie er selbst – aus einer anderen Zeit zu kommen schien, hat er sich angerührt gefühlt und ist ebenfalls stehengeblieben. Niemand hat den Mann zum Singen aufgefordert oder gar zum Spielen, niemand die Leute gezwungen, ihm zuzuhören. Aber vielleicht ist die Musik einfach ein Ruf ohne Worte, ein Widerhall, der die Menschen in der Einsamkeit verbindet. Ihre Blicke trafen sich, im gegenseitigen Verständnis. Er hat diesen Augenblick festhalten wollen, hat sich die Visitenkarte des Musikanten eingesteckt und für zehn Dollar eine Kassette von ihm gekauft. Musik ist anders als Worte, die einem etwas aufzwingen.

Aus dem Anrufbeantworter kommt Yasmins Stimme. Sie klingt drängend: »Wo bist du denn? Ich habe im Büro angerufen, aber niemand hat abgenommen.«
Es ist Freitag. Ein kurzer Tag. Die Leute gehen alle früher nach Hause. Saman will die Akten auch lieber zu Hause lesen. Der Anrufbeantworter hat Yasmins Nachricht mittendrin abgebrochen. Daher öffnet er sein Mailprogramm und findet drei Nachrichten zu demselben Ereignis vor. Es kommen noch weitere Mails, alle zu dem, was in Jakarta passiert ist. Ihm wie allen anderen, die ihr Augenmerk auf den Jalan Diponegoro richten, ist klar, dass die folgenden Tage spannungsgeladen sein werden. Aber bereits der Bericht von Yasmin hat ihm die Gewissheit vom Ernst der Lage gegeben. Ihm ist, als hätte das Warten auf die Geburt des lang ersehnten Babys nun ein Ende. Es ist geboren und damit die Gefahr, es könnte sterben, vorüber. Eines lässt ihn aufatmen, Yasmin ist nichts passiert, obwohl sie am selben Abend noch zum Büro der Rechtshilfe gefahren ist.
Saman steht am nächsten Morgen früh auf. Er ist in Schweiß gebadet. Hitze ist nur ein subjektives Empfinden, sagt er sich. Dennoch ist ihm zu heiß und so stellt er die Klimaanlage an, obwohl ihm eigentlich die künstliche Kühlung zuwider ist. Die Kühle kriecht ihm in die Ärmel seines Hemdes, erreicht die ausgestreckten Hände. Na, murmelte er zu sich selbst, was bleibt denn von dem subjektiven Empfinden, wenn etwas von außen, wie ein Klimagerät, mich offensichtlich zu kühlen vermag? Er fühlt sich erschöpft. Gestern Abend schon und die ganze

Nacht über hat er alle möglichen Leute kontaktiert, einen Bericht über die letzten Ereignisse verfasst. Die Schwierigkeit besteht darin, dass er zwölf Stunden von Indonesien entfernt ist. Es handelt sich um die größten Unruhen seit den schrecklichen Ausschreitungen vom Januar 1974. Es sind die schlimmsten Krawalle seit dem Presseverbot vom Juni 1994. Er wundert sich, ist aber gleichzeitig froh darüber, dass der Zorn der Massen diesmal nicht in rassistische Ausschreitungen ausgeartet ist, wie im April 1994 in Medan, als ihn die Ereignisse nach New York vertrieben hatten, in das Büro in Manhattan und in das Haus in Brooklyn. Er hatte sich gestern Nacht total erschöpft aufs Bett gelegt, aber seine Gedanken waren weiter durcheinandergewirbelt wie Funken bei einem Kurzschluss, der nicht aufhören wollte.

Aber dann kam der Moment, in dem die Funken immer chaotischer herumtanzten. Die sonderbarsten Vorstellungen wechselten einander ab. Er sah Menschen, die den Himmel anstrichen, eine riesige Kuppel mit den Sternbildern der Tierkreiszeichen, der Himmel erstrahlte in grünem Licht. Er schaute in dem flachen grauen Innenraum nach oben, wunderte sich, dass er die Stellung der Tierkreiszeichen ohne Mühe erkennen konnte, so als läse er in einem astrologischen Buch. In ihren Formen ganz einfach, als Frauen, Männer und Tiere. Aus einer dünnen Wolke löste sich ein Regentropfen und fiel ihm auf die Augenbraue, die anfing zu wachsen. Ein Straßenmusikant spielte auf Angklungröhren aus blinkendem Metall, die einen hellen Klang von sich gaben, und sang dazu. Er war in ein griechisches Kostüm gekleidet und trug eine Ballade von einer indischen Göttin vor, die bitterlich weinte, weil Götter ihr Haar an die Decke genagelt hatten. Saman merkte, dass die Regentropfen Tränen waren. Er sah, dass Yasmin oben angebunden war, ihre Lider feucht waren wie Blumen vom Morgentau. Die Menschen, die zuvor den Himmel angestrichen hatten, befestigten Stecknadeln am Kleidersaum seiner Geliebten, die in der Himmelswölbung hing. Die Enden ihres schwarzbraunen Haars wurden hell, weil Lichtstrahlen darauf trafen. Sie war so schön wie eine trauernde Heilige mit einer Gloriole über dem Kopf. Sie vergoss Tränen.

Saman schrie auf: Mutter! Mutter! Lamasabachtani – Warum hast du mich verlassen?

In großer Eile kletterte er ein stählernes Gerüst hoch, zu dem Ort, wo die Leute Farbe, Nadeln, Pinsel und Dosen zusammenräumten. Eine schwarze Frau mit einem Hut aus Begonien zerrte jedoch an seiner Hose und hielt ihn schon nach wenigen Leitersprossen fest. In Panik und Ärger rief er: »Was soll das? Was wollen Sie?«

»Do you have time, Mister?« fragte die Frau und packte ihn am Handgelenk.

Er sah auf die Uhr. »Mein Gott! Es ist ja schon Punkt 27! Genau der 27. Juli.«

Hahaha. Die Leute lachten und riefen: »Hier ist die Grand Central Station, Mann. Die Kuppel wird gerade zu einem Planetarium umgebaut.«

Er fragte: »Aber warum habt ihr meine Geliebte an der Decke festgenäht?«

Sie antworteten: »Das da? Das ist nur die Reklame von Garuda Indonesian Airways.«
Das wollte er nicht glauben: »unmöglich«, aber da bemerkte er, dass das Mädchen in der Wolke nur zweidimensional war. Er stutzte einen Moment. Aber wo war die echte Yasmin? Wo war Yasmin? Wo war Yasmiiin? Er brach in Tränen aus wie ein kleiner Junge, dem seine Katze im Regen abhandengekommen ist, und packte den Mann, der vorhin zu ihm gesprochen hatte, den Straßenmusiker, an den Schultern und schüttelte ihn, so dass das metallene Angklung Töne von sich gab.
Aber die Menge wurde böse, weil er sich so verrückt aufführte. Die Leute umringten ihn mit Schlagstöcken, die die Form von Fragezeichen hatten.
»Was für eine Yasmin?«, wollten sie wissen. »Welche Yasmin? Yasmin@Moningka oder Yasmin@komodo? Weißt du denn überhaupt, wie man das @ liest? Hey, du Blödmann! Du! Weißt du, was @ ist? @ffe? @rschloch?«
Sie fingen an, ihn anzuspucken und auf ihn einzuschlagen. Aber die Schmerzen und die Beleidigungen minderten seine Angst nicht. Er fuhr fort, den Namen seiner Geliebten zu rufen. Sein Verhalten erregte nur weiter den Zorn der Umstehenden, und wenig später konnte er nicht mehr zwischen Männern und Frauen unterscheiden, denn die Leute hatten begonnen, Ku Klux Klan-Kleidungsstücke untereinander zu verteilen, Kutten und Kapuzen, teils in Weiß, teils in Schwarz, blau gesäumt, dazu Fahnen der Südstaaten, vermutlich von Georgia, so dass nur die Löcher für die Augen übrig blieben, um die Hautfarbe zu

prüfen, und ein Loch für den Mund, um spucken zu können.
Der Himmel verdunkelte sich, ohne dass er es merkte. Sie führten ihn ab, nachdem sie ihm an Händen und Füßen Ketten angelegt hatten, und entzündeten mit einer Fackel inmitten von Bäumen ein riesiges Kreuz und rezitierten »Christus hat blondes Haar und blaue Augen!« Das Feuer loderte auf.
»Hängt ihn auf, den mit der dunklen Haut, der der Hirte der weißen Rasse sein möchte!«
»Hängt den Vergewaltiger auf! Hängt den Vergewaltiger auf!«
Er war betrübt, weil er von seiner Geliebten getrennt werden sollte, bevor er sie noch gefunden hatte. Wo ist Yasmin – war das einzige, was er immerfort wiederholte, als die Leute das Seil an einen Eichenbalken hängten, das ihn erdrosseln würde, sobald dieser Cadillac losfuhr. Er fühlte sich so schwach, dass er nicht einmal mehr das Fragezeichen an das Ende seines Satzes setzen mochte.
»Du suchst Yasmin?«, höhnte einer. »Da! Sie steckt im Maul von dem Komodo!«, – sagte ein Mann, indem er das schwarze Tuch von seinen Augen nahm. Eine Krähe kreiste lange um einen Brunnen. Saman sah weit in der Ferne hinter dem Schatten der Bäume, mitten im See, in dem sich das Feuer spiegelte, eine Insel, auf der Ankylosaurier herumliefen. Zwei Schenkel, der Rest von Yasmin, von Blut befleckt, hingen einem großen Komodowaran schlaff aus dem Maul. Ihre Schuhe waren runtergefallen. Er weinte, die Tränen strömten über sein Gesicht, denn

seine Trauer und sein Schmerz waren mit nichts zu vergleichen. Und er begriff, dass das Untier, das seine Geliebte verschlungen hatte, larung@komodo war.
Dieser Traum endete mit der plötzlichen bitteren Erkenntnis: »Oh, Larung ist ein Komodo.«

NEW YORK, 5. AUGUST 1996

Merkwürdig. Wie ein Traum ein Gefühl von Sorge und Unruhe zurücklassen kann. Er schrieb an Yasmin. Das sei nicht bloß eine subjektive Empfindung, sondern der physische Eindruck einer Fantasie.

Du musst die Traumdeutungen von Freud lesen – schrieb sie zurück.

Sie ließ sich dann weiter über das Unterbewusstsein aus, das während des Schlafes die Träume beeinflusse (wobei sie nicht zugab, dass ihre Zuneigung zu ihm mit einer erotischen Fantasie ihren Anfang genommen hatte, ganz plötzlich eines Nachts, und in ihr ein heftiges Verlangen geweckt hatte). Saman war keine Shakuntala. Er war sich sehr wohl bewusst, dass er damit eine Analyse erhielt, die er schon lange kannte. Er liebte Yasmin. Für ihn besaß sie keinen Fehler. Selbst wenn sie verheiratet war. Er wollte ihr sagen, wie sehr er sie liebte, wie sehr er sie vermisste und besorgt war, so dass Verlangen und Erinnerung seine Träume in der Weise wie zuvor geschildert, beeinflusste. Er war in Tränen aufgewacht. Im Traum darf ein Mann weinen.

Inzwischen sind seit dem Angriff und seit dem Traum zehn Tage vergangen. Und es gibt einen Grund zu einem Treffen mit Larung. Yasmin hat geschrieben:

Liebster,
wir haben drei Aktivisten versteckt, nach denen das Militär fahndet. Sie werden beschuldigt, die Unruhen vom 27. Juli inszeniert zu haben, gemeinsam mit der PRD. Ihnen wird Subversion vorgeworfen.
Saman liest mit Besorgnis weiter.
Es sind Mitglieder von Solidarlit, der Vereinigung »Solidarität mit dem kleinen Mann«, die sich für die Rechte von Arbeitern und Hausangestellten einsetzt. Ich habe große Sympathie für sie, denn es gibt ja nur wenige, die sich der kleinen Leute annehmen. Solidarlit hat aber in Wirklichkeit keine Verbindung zur »Demokratischen Volkspartei«, wenn auch einige Aktivisten der Organisation damals am 8. Juli in Surabaya an der Protestaktion der Arbeiter teilgenommen haben, die zur Verhaftung von Dita Indah Sari und Coen Husain Pontoh führte.
Solidarlit stützt sich auf Kader aus Surabaya und Denpasar. Die Führung besteht aus einem Triumvirat. Da ist erstens ein balinesischer Student von der Universität Airlangga. Er hat sich den Kampfnamen Wayan Togog zugelegt. Eigentlich heißt er Ketut Alit Kertapati. Er ist auf den Namen Togog gekommen, weil der im Wayang der Widersacher von Semar ist, der für ihn die Neue Ordnung repräsentiert. Er war der Erste, den wir versteckt haben. Der zweite nennt sich Bilung und kommt aus Kediri. Der Dritte

ist ein Batak, er hat den Namen Koba angenommen. (Weißt du, dass Koba der Deckname von Stalin war?)
Wayan Togog, Bilung und Koba waren im Juli in Jakarta. Und wie Budiman Sudjatmiko und andere waren sie aufgefordert worden, auf dem freien Forum am Jalan Diponegoro vor dem Büro der Demokratischen Partei zu reden und unter den Gegnern Stimmung zu machen. Dabei hat die Geheimpolizei ihre Namen notiert und ihre Gesichter aufgenommen. Seit den Unruhen vom 27. Juli ist für Regierung und Militär die Demokratische Volkspartei das schwarze Schaf und Solidarlit wird ebenfalls verfolgt. Die Aktivisten der Demokratischen Volkspartei wie die von Solidarlit sind untergetaucht. Wo sich Budiman und seine Freunde aufhalten, weiß ich nicht, die Leute von Solidarlit sind jedenfalls bei uns untergekommen.
Doch die Lage wird für sie immer gefährlicher. Der militärische Geheimdienst hat eine hinterhältige Kampagne gestartet, indem er gezielt Falschmeldungen an Organe lanciert, die der Armee nahestehen. Und du weißt ja, alles was vom militärischen Geheimdienst kommt, wird sofort von den Massenmedien als Topinformation gewertet. So ist zum Beispiel verbreitet worden, das neo-kommunistische Netzwerk in Indonesien sei Teil des internationalen, welches seine Zentrale in Paris habe. Dabei wurde der Name von Aidits Bruder erwähnt (wenn auch in falscher Schreibweise).
Die Demokratische Volkspartei heißt es, stehe ebenso wie Solidarlit unter dem Kommando der kommunistischen Internationale.

Das ist natürlich eine Verleumdung, um die öffentliche Meinung entsprechend zu manipulieren. Das Problem ist, dass das Militär nicht verpflichtet ist, für seine Verdächtigungen Beweise vorzulegen. Die Armee wird ihre Beschuldigungen durch Menschenraub und Folter bekräftigen. Auch diesmal ist der Befehl ergangen, die Leute standrechtlich zu erschießen, wenn man ihrer habhaft würde.
Wir sind nun aufs Äußerste besorgt. Einige Aktivisten sind bereits verschwunden. Möglicherweise sind sie geschnappt worden und man hat sie gezwungen, Hinweise zu geben. Doch vielleicht sind einige von ihnen auch Spitzel.

Saman,
wir haben beschlossen, Wayan Togog, Bilung und Koba auf schnellstem Weg ins Ausland zu bringen. Je länger sie hier bleiben, desto größer ist das Risiko, dass sie gefasst werden. Wir haben bereits einen Fluchtplan entworfen. Aber wir benötigen einen Helfer, der sich schon im Ausland befindet. Vielleicht bist du bereit. Die Flucht hier im Land wird Larung organisieren.
Wenn du dich bereit erklärst, dann schicke ich dir umgehend unseren Fluchtplan.

Meine Liebe zu dir wird in Momenten wie diesen immer inniger.
Y

PS: Weißt du? Dita und andere Frauen dürfen im Gefängnis keine Monatsbinden verwenden. Die Gefängniswärte-

rinnen sagen, viele Häftlinge würden ihre Monatsbinden ins Klo werfen und es damit verstopfen. Jetzt müssen sie welche aus Stoff benutzen. Aber du kannst dir nicht vorstellen, wie umständlich es ist, die zu waschen. Du hast ja nie eine Menstruation gehabt. Aber frag deine Mutter.

***

Samans Mutter ist schon lange tot. Yasmin hat das vielleicht vergessen. Aber nein! Samans Mutter lebt ja weiter in seiner Erinnerung, wie zum Beispiel durch ihr Abendmärchen von der Krähe, die ohne Unterlass den Brunnen umkreist. Wie sammelt sich bei einem Menschen Erfahrung, wenn nicht durch Erinnerung? Er hat nie ein Foto von ihr bei sich, weil seine Erinnerung an sie so lebendig ist. Seine Mutter war eine schöne Frau. Selbst am Tag, als sie starb. Obwohl ihr nach der Chemotherapie, die sie auf sich nehmen musste, weil sie an Gebärmutterkrebs litt, sämtliche Haare ausgefallen waren und sie schrecklich abgenommen hatte – sie war immer noch schön. Am Tag ihrer Beisetzung hatten ihr Mann und ihr Sohn ihren Leichnam eingekleidet, obwohl die Wärme schon seit zwei Tagen aus ihrem Körper gewichen war und sie ihr Lächeln nur mit Hilfe von Formalin und Eiswürfeln bewahren konnten. Allerdings wäre es unpassend gewesen, ihr eine Kebaya anzulegen, da ihr Kopf dafür zu kahl war. Sie kleideten sie in ein weißes Gewand, zogen ihr einen Schleier über die Stirn, gaben ihr einen großen Rosenkranz aus Hiobstränen in die Hand, so dass sie aussah wie

Maria Magdalena als Einsiedlerin. So als wären ihr bereits alle Sünden vergeben.
Zu der Zeit hatte Saman noch Wisanggeni geheißen.
Jene Tage erscheinen ihm in letzter Zeit häufig im Traum. Auf der Schwelle zum Schlaf nimmt er unzusammenhängende Eindrücke wahr. Er spürt in Mund und Kehle einen Kloß. Ihm ist, als könne er eine große, schwere Masse verschlucken, die größer ist als sein eigener Körper – eine Empfindung, an die er sich aus kindlichen Fieberträumen erinnert. Eine schwarz-weiße Masse, die aufquillt, es kommt ihm vor, als schwölle sie immer weiter an, in dem Moment aber, wo sie die Grenze erreicht und explodieren müsste, wacht er auf. Aufgeregt, in Schweiß gebadet. In letzter Zeit ist ihm das häufiger widerfahren.
Nach Yasmins Abreise ist es mehrfach vorgekommen, dass er vor dem Einschlafen das Gefühl gehabt hat, sie läge neben ihm. Dann konnte er ihre Haare berühren, die unordentlich auf dem Kissen lagen. Ab und zu wachte er auf und war enttäuscht. Oder er schlief ein und geriet in einen traumartigen Zustand, wo er nicht mehr zwischen Yasmin und seiner Mutter unterscheiden konnte.

Er erinnert sich – oder vielleicht ist es gar keine Erinnerung – an einen Brunnen hinter dem Haus. Er sah eine Krähe, die sich nicht niederlassen konnte. Wenn er auf das Wasser blickte, tief unten, war es nicht nur seine Stimme, die widerhallte. Es war auch sein Gesicht, das sich widerspiegelte. In der Höhlung erblickte er ein vielfach gebrochenes Spiegelbild von sich. Es war wie ein

Echo, das in der Ferne verhallt. Und die durstige Krähe, vielleicht, ja vielleicht ließ sie sich deshalb nicht auf dem Brunnenrand nieder, weil auch sie dort ihr vielfaches Spiegelbild sehen würde.

Dann kam seine Mutter von der gegenüberliegenden Seite. Er vernahm ihre Schritte, sah ihren Schatten im Grünen und fragte:

»Mutter, will sich der Vogel immerfort hier hinsetzen, weil er sich gern selbst im Spiegel sieht, oder ist es umgekehrt so, dass er Angst bekommt, wenn er sich sieht?«

Seine Mutter schüttelte den Kopf. »Ich weiß es nicht.«

Er war sehr verwirrt. »Mutter, aber du hast doch angefangen, diese Geschichte zu erzählen.«

Mutter hat mir immer Märchen erzählt und mich dabei gestreichelt.

»Sicher. Aber muss ich sie auch beenden?«

»Da bin ich traurig, Mutter. Ich will das Ende wissen.«

»An dieser Stelle«, sagte die Mutter schließlich, »wiederholt die Geschichte sich selbst wie die vielfache Spiegelung im Brunnen.«

Sie schwiegen.

Dann wusste er auch, dass seine Mutter außer ihm einen anderen liebte. Er sah es ihrem Gesicht an. Sie wollte nicht lügen, aber sie wollte es auch nicht aussprechen. Sie hatte Angst vor ihren Worten. Worte binden für die Ewigkeit. Aber ihr trauriges Gesicht verriet die Wahrheit – obwohl er hoffte, die Wahrheit wäre nicht für ewig. Die Eifersucht darüber, dass er nicht der einzige war, schluckte er herunter. Er sagte zu sich selbst, ich weiß von Kindheit

an, wie es ist, betrogen zu werden, denn ich bin als Ältester geboren.
Meine Mutter hat jüngere Geschwister geboren, die ich nie gesehen habe. Sie trug sie in ihrem Leib, liebte sie mit echter Hingabe: meine jüngeren Geschwister, die ich nie gesehen habe, die niemand je gesehen hat. Man konnte sie nicht berühren, aber ich konnte sie spüren. Ich wusste nicht, ob ich sie lieben oder hassen sollte, denn meine Mutter hatte mich betrogen und sie geliebt. Wenn man klein ist, hat man ja sonst niemanden. Konnte ich da die Mutter hassen?
Sie ging in den Wald hinter dem Brunnen. Sie verbarg sich dort nicht, aber niemand wusste, ob sie wirklich dort war. Doch mit meinen feinen Sinnen konnte ich sie wahrnehmen. Und sie wusste auch, dass ich es wusste. Ich habe diese feinen Sinne von ihr geerbt. Im innersten Teil des Waldes befand sich eine Quelle, deren Plätschern man nicht hören konnte, da die Feen und Geister, die sie bewachten, nicht wollten, dass Menschen davon wussten. Dort, am glitzernden Wasser, plauderte Mutter mit den Wesen, die für Menschen sonst unsichtbar waren. Sie scherzte mit ihnen und lachte frohen Herzens. Vielleicht liebkosten sie einander auch. Jedenfalls waren sie glücklich. Ich war der einzige, der wusste, dass sie fortgegangen war. Ich durfte es niemandem sagen, denn ich wollte nicht, dass die Leute sie verabscheuten. Ich liebte sie.
Doch – sie kehrte aus dem tiefen Wald zurück, bevor die Sonne unterging. Durch die Abendsonne, im goldenen Licht, das durch das Laub schien und auch durch ihre

zarte und vornehme Gestalt, kehrte sie in ihren Körper zurück, der die ganze Zeit über dagesessen und mich angeblickt hatte, auf der hinteren Terrasse, in Gedanken versunken. In dem Augenblick wurde mir bewusst, dass ich gelitten hatte, denn mich erfasste ein Glücksgefühl, als ich sie wiederhatte, und mir kamen die Tränen, wenn auch kaum wahrnehmbar. Doch ihre Augen waren traurig, weil sie mich verraten hatte.

Er schließt die Augen, schläft aber nicht. Draußen fällt ein leichter Sommerregen. Auf der Schwelle zum Einschlafen fühlt er eine Frau an seiner Seite liegen. Halb auf dem Bauch liegt sie, schräg neben ihm. Ihr Gesicht ist zum Teil von ihrem Haar bedeckt. Er hat das Verlangen, die Hand nach ihr auszustrecken und sie an sich zu ziehen. Ihre Wärme zu spüren, sich an sie zu schmiegen. Ihren Namen zu flüstern. Yasmin, ich habe nie eine Frau für mich selbst gehabt. Aber als Erstgeborener weiß ich seit frühester Jugend, wie es ist, wenn man allein gelassen wird.
In einem anderen Bewusstseinszustand küsst er ihre Stirn. Aber sie ist so kalt wie ein Fels im Gebirge. Dann sieht er das Gesicht seiner toten Mutter vor sich, wie es aussah, als nach zwei Tagen die letzte Wärme ihren Körper verlassen hatte. Nur durch Formalin und Eisbrocken hatte sie ihr Lächeln behalten. Da war noch der Leichengeruch geblieben und das Requiem, gesungen bei Kerzenschimmer.

PHILIP STRAIT, 12. AUGUST 1996

0:30 Uhr
Das Licht des Leuchtturms ist nur noch schwach zu sehen.
Saman hört fast nichts anderes als das ohrenbetäubende Rattern des Motors und das Schlagen der Wellen. Er und Anson wechseln keine Worte miteinander. Er will nicht schreien. Es ist eine geheime Tour. Die Sicherheit verlangt, dass er nur mit gedämpfter Stimme spricht, aber dann ist er bei dem Lärm, den der Motor verursacht, nicht zu verstehen. Also schweigt er, als wolle er etwas aufschieben. Anson schweigt ebenfalls, blickt angestrengt in die Fahrtrichtung. Saman kann nur die Gesichtshälfte sehen, die damals bei dem Brand verletzt worden ist, die mit dem Auge, das nicht mehr sehen kann. Er kann darin nicht die geringste Gefühlsregung wahrnehmen. Ob Anson ebenso aufgeregt ist wie er, ist nicht zu erkennen.
Das Boot verlangsamt seine Fahrt. Plötzlich erstirbt das Motorengeräusch. Ist etwa Seegras in die Schraube geraten? Nein, er sieht, wie Anson den Motor anhält. Etwas stimmt nicht.
»Warum tust du das, Anson?«

Sein Bruder, wie er ihn nennt, antwortet nicht. Er schaut sich um.
»Was ist los?«
»Wir warten hier erst einmal.«
»Was ist?«
»Ich erklär's dir nachher, Bang.« Anson dreht sich nicht zu ihm um, sondern blickt in die Ferne.
Er schaltet den Scheinwerfer des hölzernen Bootes aus, das von zwei 500 PS-Motoren angetrieben wird. Die Stille ist unheimlich. Saman kommt sich vor wie ein Punkt mitten im Ozean, der keinen Himmel über sich hat. Von weit her dringt das Geräusch von Wellen herüber und kündigt Wind an, der über das grenzenlose Meer herannaht. Es ist kalt, die Kälte wird sich ausbreiten wie schon seit Millionen Jahren. Saman fühlt sich unbehaglich. Zorn steigt in ihm auf, aber Anson beruhigt ihn. Sie sitzen, von den Wellen geschaukelt nahezu eine halbe Stunde stumm da. Saman kommt der Gedanke, Anson könnte etwas vorhaben, das nicht verabredet war. Er denkt schon an Verrat. Verrückt, es ist undenkbar, dass ihn sein Bruder an die Polizei verrät.
Dann, nachdem sich seine Augen an die Schwärze der Nacht gewöhnt haben, nimmt er Schatten ringsum wahr. Da sind dunkle Linien, die sich mit den Wellen auf und nieder bewegen. Er versucht sie zu zählen und kommt auf fünf. Saman sieht zu Anson hinüber und bemerkt, dass dieser dasselbe wahrgenommen hat. Da er nichts sagt, kommt Saman zu dem Schluss, Anson müsse bereits darauf gewartet haben. Er ahnt Schlimmes.

»Wer ist das, Anson?«, fragt er aufgebracht.
Anson bückt sich und holt etwas unter der Bank hervor. Er reicht Saman einen Dolch und steckt sich einen zweiten in seinen Gürtel. Saman entdeckt, dass Anson auf der anderen Seite noch ein Messer stecken hat.
Saman kann es kaum glauben. Zum Teufel! »Was soll das bedeuten?«
»Sei ganz ruhig«, kommt es in einem Ton, als wolle Anson sich entschuldigen.
Bei den Schatten handelt es sich um Motorboote. Darin Leute, die er noch nie gesehen hat. Ihm bleibt nichts anderes übrig, als wachsam zu sein. Aber er fühlt eine unbändige Wut. Er weiß nicht, wie das enden soll. Er weiß auch nicht, wie es dazu gekommen ist. Zum Nachdenken bleibt keine Zeit.
Südlich von ihnen entdeckt er die Lichter eines Schiffes, rechts rot und links grün. Das Schiff nähert sich und wird in Kürze ihren Kurs schneiden. Es kommt geräuschlos auf sie zu, lässt auch keinen Sirenenton hören, ein Zeichen, dass die Mannschaft die kleinen Fischerboote in Fahrtrichtung nicht sieht. Plötzlich heult an einem der Boote der Motor auf, durchbricht die Stille des Meeres. Auch Anson zieht an der Leine und wirft den Motor an, gleichzeitig mit den anderen Booten. Alle sechs drehen ab, jedes für sich, sie behalten aber den Sichtabstand bei. Ihr Boot und zwei weitere sind in der Mitte, die drei anderen etwas außerhalb. Keines setzt Licht. Die Motoren werden wieder ausgeschaltet. Zehn Minuten später fährt das Frachtschiff zwischen den Booten durch. Als der Kiel des Schiffes vor ihren Augen

vorbeigleitet, wie ein riesiger Wal, der auf eine Falle zuschwimmt, merkt Saman, dass sich Anson eine schwarze Balaklava übergezogen hat, die sein leicht wiederzuerkennendes Gesicht verhüllt. Ein Zittern überfällt ihn. Der Alptraum ist wieder da, der Henker mit der Ku-Klux-Klan-Kappe, mit dem kegelförmigen Hut, der nur die Augen frei ließ, nur die Augen, dann die Leute, die Yasmin den Ankylosauriern zum Fraß vorwarfen und sie an einer Eiche aufhängten. Diese schreckliche Szene. Es läuft ihm kalt den Rücken hinunter. Anson dreht sich nach ihm um, seine Augenhöhlen machen ihm Angst. Er ist drauf und dran zu rufen, Anson, leg die Maske ab, aber er steht nur benommen da. Als ihm Anson einen langen Schal zuwirft, wacht er aus seiner Verwirrung auf. Er weigert sich jedoch, den Schal anzulegen. Ich bin doch kein Seeräuber! Er ist geschockt. Aber seinen Bruder kümmert das nicht. Geschickt wendet er das Boot in Richtung Schiff und macht an der Wand fest. Ein etwas größeres Boot mit einigen Leuten Besatzung legt in ein paar Metern Abstand ebenfalls bei.
Saman beobachtet das Ganze. Anson schwingt eine lange Bambusstange zum Deck hoch und der Haken an deren Ende verfängt sich in der Reling, so dass Schiff und Boot nun durch die Stange verbunden sind. Anson bittet Saman, die Stange festzuhalten. Saman hat keine andere Wahl, als die Stange zu übernehmen. Er verflucht die Situation. Sein Bruder klettert hinauf, prüft die Lage und gibt den Leuten auf den anderen Booten ein Zeichen. Sie befestigen eine Strickleiter, und fünf Mann steigen behän-

de nach oben. Zwei von ihnen tragen Gewehre, im Dunkeln sehen sie aus wie Kalaschnikows. Sie entern das Deck. In diesem Moment wird alles still um Saman, so still, dass er sein Herz schlagen hört, noch bevor er das Rauschen der Wellen wahrnimmt. Er blickt nach oben, wo Anson und seine fünf Komplizen verschwunden sind. Er sieht nur Masten, die in einen unheilschwangeren Himmel ragen, Wimpel und eine herabhängende thailändische Flagge. Er glaubt verflucht zu sein, glaubt in die Hände von Seeräubern geraten zu sein. Besorgt blickt er auf das offene Meer hinaus. Seine Unruhe nimmt zu, als er den Schatten von zwei Booten sieht, die ganz in der Nähe kreuzen. Wenn sie ein Patrouillenboot der Marine hier erwischt, wird er als Krimineller gelten, den man auf frischer Tat ertappt hat. Vielleicht würde seine Strafe nicht so schwer ausfallen, wie die wegen eines politischen Vergehens, aber er weiß, was es heißt, vom Geheimdienst gefoltert zu werden. Um sich selbst hat er keine besondere Angst. Aber gefasst zu werden hieße, dass sein Unternehmen, den drei Aktivisten von Solidarlit zur Flucht zu verhelfen, scheitern würde. Der ganze Plan wäre verdorben. Ihn plagt vor allem die Sorge, die drei könnten gefasst werden. Die beiden Boote halten jedoch Abstand und setzen keine Lichter. Es handelt sich gar nicht um Patrouillenboote, sondern sie sind Teil der Bande.

Rundum Stille, nur die Scheinwerfer des Schiffes erhellen die Nacht.

Vom Heck des Schiffes sind mehrere Schüsse zu hören. Saman ist aufs Äußerste beunruhigt, seine Aufmerksamkeit wechselt zwischen dem Frachter und den beiden Booten der Seeräuber neben ihm. Das Motorboot kommt näher. Plötzlich erscheinen die sechs Männer wieder, die vorhin hinaufgeklettert sind und steigen mit Säcken auf dem Rücken die Strickleiter herunter. Anson springt ins Boot. Reflexartig hilft ihm Saman dabei. Anson steuert ihr Boot an die Seite eines Bootes, das vorhin in einigem Abstand angehalten hat, und wirft seine Beute hinüber. Alle tragen schwarze Gesichtsmasken. Nur die Augen sind zu sehen, funkeln im Widerschein der Schiffsbeleuchtung in den Wellen. Saman kommt es vor, als wären alle Augen auf ihn gerichtet, denn er ist der einzige ohne Maske. Die Leute sind jedoch voll mit ihrer Beute beschäftigt, zumal die Zeit zur Flucht drängt.

Die Motoren heulen auf, alle stieben auseinander. Nur weg von hier! Im Nu sind sie nur noch eine dunkle Linie, sind bald hinter den Wellenkämmen verschwunden. Die Kiso Maru 2 wird ohne Kapitän weiterfahren, bis es der Mannschaft gelingt, sich von ihren Fesseln zu befreien. Wenn das zu lange dauert, wird der Frachter seine Fahrt in unbestimmte Richtung fortsetzen und in der Meerenge möglicherweise ein entgegenkommendes Passagierschiff rammen. Sie haben auch auf den Lotsen geschossen, vielleicht haben sie ihn ins Bein getroffen, vielleicht auch nicht ins Bein, sondern in den Kopf.

AUF DER INSEL MAPUR

5:10 Uhr
Im ersten Morgenschimmer beginnen See und Himmel sich allmählich zu unterscheiden. Und blinkende Gischt. Sie sind von der Phillip Strait weit nach Westen gefahren, bis zur Natunasee. In dreißig Minuten wird der Morgen anbrechen und dann werden die Spitzen der Kokospalmen klar zu erkennen sein. Saman kann bereits ihr Rauschen hören, wenn der Wind auf der kleinen Insel durch die Palmenwipfel streicht. Schon kann er hören, fast schon sehen, wie die Brandung ans Ufer schlägt und wieder zurückfließt. Ein Zeichen, dass sie das offene Meer hinter sich gelassen haben.
Sie schweigen beide.
Saman ist wütend.
Kurz zuvor hat Anson ihn um Verzeihung gebeten. »Das war mein dritter Versuch, Bruder, in ihrer Gruppe akzeptiert zu werden«, erklärt er in schuldbewusstem Ton. »Ich konnte doch die Gelegenheit nicht vorübergehen lassen. Und außerdem war es ja nur ein kleiner Fischzug, Bruder. Wir haben nur das Geld genommen und ein paar Waren, nicht das ganze Schiff.«

Saman blickt ihn voller Zorn an, verbirgt dann aber sein Gesicht.
»Und außerdem war es ein thailändisches Schiff«, fährt Anson fort.
Saman sieht zu ihm hinüber: »Warum gerade ein thailändisches Schiff?«
»Sie beuten unsere Fischgründe mit Schleppnetzen aus. Sie haben auch erst kürzlich wieder einen Fischer bei Bengkalis erschossen. Vor einigen Wochen. Sie trauen sich bis nach Bangka.«
Das waren aber nicht dieselben, die ihr heute Nacht überfallen habt. Vielleicht war der Kapitän der Kiso Maru ein Japaner und die Mannschaft besteht aus Filipinos. Das willst du nicht wahrhaben. Saman spricht es jedoch nicht aus. Er blickt wieder auf das offene Meer hinaus nach Süden, in Richtung Indonesien, auf Sumatra, wo er seine Kindheit verbracht hat. Stets ist es mit Unerfreulichem verbunden, wenn er Anson begegnet. Anson bin Argani, den er vor zwölf Jahren in Südsumatra kennengelernt hat. Sie haben sechs Jahre gemeinsam verbracht, haben zusammen ein Räucherhaus gebaut und eine Latexproduktion eingerichtet. Mutter Argani hatte Saman damals als ihren ältesten Sohn angenommen und hatte ihn vergessen lassen, dass sie keine wirklichen Blutsverwandten waren. In jenen Jahren war er noch ein junger Pastor, hieß Wisanggeni, aber das Zusammensein mit den Arganis führte dazu, dass er lieber in der Kautschukplantage tätig war als seiner Gemeinde bei Gottesdienst und Katechismus zu dienen. Damals warf er sich Egoismus vor, war jedoch

nicht stark genug, dem Verlangen zu widerstehen, immer wieder in die Plantage zurückzukehren, zur Familie der Kautschukbauern, zu Upi, die er auf merkwürdige Weise liebte, in den Wald, in dem das Geheimnis seiner Mutter verborgen war. Die Mutter. Meine schöne Mutter.

Ihr Dorf wurde von der Miliz überfallen, die im Dienst der Palmölgesellschaft stand. Sie wurden an verschiedenen Orten gefangengenommen. Wisanggeni wurde entführt und konnte sich früher befreien als Anson, legte danach die Soutane ab und nahm eine neue Identität als Saman an. Anson hatten sie ins Gefängnis geworfen, aus dem er nach einem Jahr zusammen mit einigen seiner Zellengenossen fliehen konnte. Von denen hatte er eine neue Lebensweise gelernt, die er nun praktizierte. Seitdem war der bescheidene Kautschukbauer Anson zum Vagabunden geworden, der in Sumatra von einem Ort zum anderen zog, sich als Holzdieb betätigte, beim illegalen Holzeinschlag mithalf, bei einer Schmugglerbande mitmachte und am Ende im Archipel von Riau und in der Malakkastraße als Seeräuber Schiffe überfiel.

Saman ist klar, dass Anson nicht viel anderes übrig blieb. Sie stammen beide aus verschiedenen Schichten. Für mich ist Gerechtigkeit ein Ideal. Doch für Anson ist das nur ein Traum, ein weit entfernt liegender Luxus. Folglich besitzt Anson einen anderen Sinn für Gerechtigkeit in einem Land, in dem das Recht nicht überall gilt. Und habe ich nicht selbst gegenüber Rosano ähnlich gehandelt? Saman ist sich bewusst, dass er selbst nicht frei von Wut und Rachegelüsten ist.

Aber er kann seinem Bruder die Dreistigkeit nicht verzeihen, ihn in dieser Nacht in den Raub verwickelt zu haben. Anson muss doch wissen, dass er, Saman, in geheimer Mission unterwegs ist. Welcher Leichtsinn von dem Burschen, mein Schicksal bei dieser Seeräuberei aufs Spiel zu setzen! Obwohl es ja noch einmal gut gegangen ist. Sie schweigen, jeder mit seinen eigenen Gedanken beschäftigt.

Je näher sie der Insel kommen, desto mehr legt sich sein Zorn auf Anson. Die Kokospalmen winken den Menschen zu, wie es im Kinderlied heißt. Die Hütten im Fischerdorf. Eine Freude erfasst ihn, wie schon lange nicht mehr. Es ist, als wollten ihn die Wellenkämme begrüßen. Anson verankert das Motorboot in dem engen, flachen Hafenbecken. Große Schiffe können hier nicht anlegen. Saman läuft über die Planken und springt ans Ufer. Fast übermannen ihn seine Gefühle. Er kniet sich nieder und küsst den Sand. Am liebsten würde er seine Freude hinausschreien, aber er traut sich nicht. Herr, das ist meine Heimat. Wie doch der uralte Satz in diesem Moment eine besondere Bedeutung bekommt! Ihm ist zum Weinen zumute. Als er Indonesien verließ, wusste er nicht, wann er wiederkommen könnte. Zwei Jahre sind eine unendlich lange Zeit. Wie die ersten zwei Schritte ins Ungewisse. Es ist merkwürdig, wir messen die Zeit an den Erwartungen, die wir an die Zukunft haben. Doch jetzt bin ich zurück. Er liegt mit dem Rücken auf dem Sand, der das Wasser vom Land trennt, das Meer zur Rechten, den Palmenhain zur Linken. Mit großen Augen schaut er nach oben, lächelt breit. Die Wipfel sind ungewöhnlich hoch, ein Zeichen, dass die Palmen ihre natürliche Kraft entfalten konnten. Die Wipfel wiegen sich gleichmäßig im Wind. Ein Wipfel ist schwarz, vom Blitz getroffen. Ein Baum steht abseits für sich. Das Rauschen des tropischen Meeres.

Er fühlt es nur zu deutlich, er ist kein Stadtmensch. Er hat sich in New York nie sehr wohl gefühlt, obwohl Yasmin geradezu verrückt nach der Stadt ist. Ich bin auf dem Dorf zu Hause. Unter Bäumen und Pflanzen lebe ich auf, ich liebe den Wind, der den Geruch vom Gebirge bringt oder den Duft von Salz.

Wie es jedoch oft passiert, auf dem Höhepunkt seiner Wiedersehensfreude meldet sich ein bitterer Gedanke. Wie ein Peitschenknall. Er ist nicht zurückgekehrt, um zu bleiben. Er ist gekommen, um ihnen zur Flucht zu verhelfen, den Dreien, die jetzt vom Militär verfolgt werden, so wie er damals. Er wird auch Yasmin nicht treffen, oder seinen Vater, und wird auch nicht das Grab seiner Mutter besuchen und ihr sagen können: »Mutter, ich bin zurück.« Er darf nicht den Boden küssen, darf nicht auf dem Rücken daliegen und in den Himmel schauen, wie er es gerade tut. Er darf keine Bewegung machen, die Aufmerksamkeit erregen könnte. Obgleich die Insel sicher ist. Hier gibt es lediglich ein Fischerdorf und Hütten für Angler. Ohne Strom, ohne Telefon. Saman richtet sich auf und setzt sich. Er sieht zu Anson hinüber, der das Boot angebunden hat und zu ihm herüberkommt. Seine Haare und sein Rücken sind voller Sand.

Wie auch immer, das Wiedersehen mit Anson ist wie ein Wunder, das er sich nicht hat vorstellen können.
Sein Bruder hat inzwischen ein Leben für sich begonnen.
»Ich habe noch nie jemanden umgebracht, Bruder«, sagt Anson.
Saman nickt. Er würde ihm nur zu gern glauben.
»Aber eins der Rettungsboote ist in den Wellen gekentert, bevor sich die Insassen von ihren Fesseln befreien konnten. Die Leute, die ich in ein anderes Boot gesetzt habe, die haben aber alle überlebt.«

Jemand klopft an die Tür. Saman dreht sich erschrocken um. Er versucht sich zusammenzunehmen und seine Unruhe zu verbergen. Ein Mann kommt mit einem Reisbehälter, einigen Stücken gebratener Makrelen und Wasserspinat. Er verneigt sich und bittet um Verzeihung, dass die anderen Fische gestern nach Kijang gebracht worden seien. Er habe nicht gewusst, dass heute Gäste kämen. Für die beiden ist es jedoch nicht so wichtig, was ihnen angeboten wird. Als sich der Mann wieder zurückzieht, lassen sie die Tür offenstehen, denn so können sie sehen, ob jemand in der Nähe ist und sie eventuell belauscht. Sie befinden sich in einem Gästehaus, das einem Unternehmer aus Australien gehört. Es hat die Form eines Langhauses, steht am Strand und ist die einzige Gäste-Unterkunft auf der Insel. Das Haus dient Anglern aus Singapur als Aufenthaltsort. Anson kommt öfter hierher, denn er zeigt gern Anglern die Fischgründe, weil er auf diese Weise Gelegenheit hat, auf unverdächtige Weise Schiffe aus-

zuspähen, die Schmuggelware durch die Meerenge bringen.
Anson muss seinen Bruder beruhigen, er sagt, zu diesen Anglertreffen kämen ausschließlich Ausländer, die die Unterkunft vorher gebucht hätten. Nicht ein einziger komme von Batam oder Bintang, sie kämen alle aus Singapur. Saman nickt, er hofft, dass ihm sein Bruder die Wahrheit sagt. Es macht ihn traurig, dass er derzeit keinem trauen kann. Anson hat inzwischen nicht mehr viel gemein mit dem jungen Mann, den er vor zwölf Jahren kennengelernt hatte. Seine Haut ist durch die Sonne auf See tiefdunkel geworden und kontrastiert scharf mit seiner einen Gesichtshälfte, die von dem Unfall mit Schwefelsäure, die zur Lösung von Kautschuk benutzt wurde, hellrot gefärbt ist und ihn zu einem Wesen mit zwei Gesichtern gemacht hat. Ein menschliches Aussehen hat nur die dunkle Hälfte seines Gesichts, während die helle Seite starr und furchterregend wirkt. Es scheint, als wäre seine gute Seite unter der alten Wunde verborgen. Immerhin hat er bereits Menschen umgebracht, wenn auch nicht mit eigenen Händen. Die Besatzung eines Schiffes, das er mit überfallen hat, Leute, die ihre Fesseln nicht haben lösen können, bevor ihr Boot in den Wogen kenterte. Vielleicht ist er noch stolz darauf und gibt die Schuld dem Schicksal und ihrem Unvermögen, sich selbst zu befreien. Er ist schon wie die Milizionäre, die sich – bezahlt von der Palmölgesellschaft – männlich vorkamen, als sie Dörfer niederbrannten, um die Einwohner zu vertreiben, und die den Tod von Upi, die dort eingesperrt war, deren Dummheit zu-

schrieben, wenn sie dies nicht überhaupt nur als Spaß ansahen. Saman wagt nicht, das laut zu sagen. Er erschrickt vor seinen eigenen Verdächtigungen.

Der Wind weht das Rauschen der Brandung herüber. Er tröstet sich mit der Entschuldigung, dass er ja gerade erst angekommen ist. Vorurteile will er sich lieber versagen.

»Du hast mir noch nicht erzählt, Anson, wie meine Freunde dich gefunden haben.«

»Deine Freundin kam zu meiner Mutter, als ich bei meiner Frau und den Kindern vorbeischaute. Das war kurz, nachdem dich die Polizei verfolgte.«

»Welche Freundin?«

»Yasmin.«

»Ist Mutter gesund?«

»Gottseidank! Allen geht es gut. Jetzt habe ich schon vier Kinder.«

Saman geht nicht auf Ansons Bemerkung über die Kinder ein. Er denkt an Yasmin. Wie liebevoll sie ist. Yasmin kümmert sich um alles: Sie hat seinen Vater kontaktiert, damit er Internet installiert, sie hat die alte Frau Argani besucht, deren Adresse sie wahrscheinlich im Haus in Prabumulih gefunden hat. Er hatte seine Papiere nicht mehr ordnen können, als er Hals über Kopf das Land verlassen musste. Yasmin hat auch die Aktivisten in Palembang gebeten, ab und zu nach der Familie Argani zu sehen, sich zu vergewissern, dass alles in Ordnung ist, ihnen gelegentlich etwas Geld zukommen zu lassen und darauf zu achten, dass die Verbindung erhalten bleibt. Saman macht sich vielleicht nicht klar, dass Yasmin auch

deswegen so handelt, weil sie das alles an ihn erinnert. Denn die Arganis sind sozusagen seine Adoptivfamilie und damit ein Teil ihres Geliebten, der nicht bei ihr sein kann. Ich danke dir, Yasmin, denkt Saman mit einem warmen Gefühl im Herzen. In Gedanken sieht er ihr Gesicht, ihre Bewegungen, hört sie sprechen. Ob diese Frau ihrem Mann gegenüber ebenso liebevoll ist? Charmant und frech zugleich, ob sie ihn wohl auch beißt? Wahrscheinlich schon, damit er nicht auf die Idee kommt, dass da noch ein anderer Mann in ihrem Herzen wohnt. Er zündet sich eine Zigarette an. So viele Fragen, so viele Antworten – er muss sie zurückdrängen. Yasmin hat ihm einmal gestanden, dass sie zu Lukas nicht gemein sein könne. Bei Saman könne sie sich auslassen, wenn sie gereizt sei, bei ihm könne sie auch ihre Aggressionen gegen Männer loswerden. Langsam lässt er den Rauch aus seiner Lunge entweichen, genießt den bitteren Geschmack, der sich in seiner Kehle ausbreitet.
Das Verlangen, Yasmin anzurufen, ihr mitzuteilen, dass er da ist, lässt sich kaum noch unterdrücken. Allerdings gibt es auf der Insel keine Telefonverbindung, und selbst wenn ein Mobilfunknetz verfügbar wäre, dürfte er die Frau, die er liebt, niemals anrufen. Gestern Abend gegen elf Uhr, noch in Singapur, war er ins Netz gegangen und hatte erfahren, Budiman Sudjatmiko und einige seiner Freunde seien zwei Stunden zuvor gefasst worden. Gerade erst. Sie hatten sich im Haus einer ganz normalen Familie versteckt. Ihr Kurier war am selben Tag geschnappt worden, wahrscheinlich weil ein Anruf per Telefon oder

Funk abgehört worden war. Das ist ein schwerer Schlag. Er ist niedergeschlagen, aber auch wütend. Er muss vermeiden, dass ihm Ähnliches passiert, oder gar Yasmin. Sie sind übereingekommen, sich die Arbeit zu teilen, und er will die Absprache auf jeden Fall einhalten. Larung wird die drei Aktivisten nach Kijang bringen, in den Hafen von Bintan. Er selbst wird sie in der Stadt erwarten und ihre Flucht organisieren. Währenddessen dürfen sie keinerlei Kontakt zu Jakarta aufnehmen. Sämtliche Details hat er im Kopf, damit im Falle seiner Verhaftung bei ihm keine schriftlichen Notizen gefunden werden können. Saman ist noch nie mit einem der Vier zusammengetroffen: Larung, Togog, Bilung und Koba. Ebenso wenig hat er Fotos der Aktivisten von der Solidarlit zu Gesicht bekommen. Die jungen Männer sind bisher auch unbekannt geblieben, so dass die Zeitungen keine Fotos von ihnen gebracht haben. Und der Name Larung ist bislang nirgendwo in den Medien aufgetaucht. Er ist offenbar niemandem aufgefallen. Da Yasmin ihn jedoch persönlich kennt, hat sie mit ihrer Digitalkamera eine Aufnahme von ihm gemacht und Saman per Mail zugeschickt. Vom Verhältnis seiner Schultern zu seinem Kopf her zu schließen, muss er von kleiner Statur sein, was Yasmin auch bestätigte. Saman versucht sich sein Gesicht vorzustellen. Er hat das Gefühl, dass Larung etwas Merkwürdiges an sich hat, kann es aber nicht erklären. Vielleicht liegt es am Blick, oder daran, wie er seinen Mund verzieht. Aber er will es nicht näher ergründen, will nichts vorwegnehmen.

Vielleicht haben ihn seine Träume überempfindlich gemacht. Yasmin hatte Larung Samans Foto gezeigt und ihm Näheres von den drei Aktivisten mitgeteilt. Wayan Togog, 25 Jahre alt, 175 cm groß, Brillenträger, helle Haut, gut aussehend, lange Haare. Bilung, 26 Jahre alt, untersetzt, 160 cm groß. Koba, 25 Jahre alt, etwas größer als Togog, leidet an Akne. Saman stellt sich ihre Erscheinung vor und wie es wäre, wenn er bei ihnen auftauchte. Die drei Aktivisten sind Mitte zwanzig, so alt wie ich war, als ich meine Aufgabe in Perabumulih übernahm. Ich damals, sie heute, jung, frisch und kräftig, wie Triebe, die gerade fest werden. Voller Opferbereitschaft, ohne die Erfahrung, dass man auch scheitern kann und Schmerzen erleiden muss. Der Unterschied zwischen ihnen ist, dass er bereits geschlagen worden ist, sie aber noch nicht. Niedergeschlagenheit befällt ihn. Er denkt an die Kautschukkultur, die er mit Anson und den Bewohnern von Sei Kumbang angelegt und gepflegt hat, die dazugehörige Latexstation – das ist nun über zehn Jahre her. Er durchlebt noch einmal die Tage, als ihnen die Palmölgesellschaft die Kultur, die gerade die ersten Erträge abwarf, weggenommen hat. Er bekommt Herzklopfen und die Hände werden ihm jedes Mal feucht, wenn die Erinnerung daran und die damit verbundenen Gefühle wiederkehren. Sie sind wie eine Stadt, die erobert wird, deren Häuser niedergebrannt, deren Frauen vergewaltigt und deren Männer ins Gefängnis geworfen werden. Wer weiß, in Kürze werden die drei Aktivisten möglicherweise dasselbe erleben: besiegt zu werden.

Doch er versucht, diese Gedanken abzuwehren.
Was bringt die Menschen dazu durchzuhalten, wenn sie besiegt werden? So fragt er sich selbst. Die Liebe? Freunde? Yasmin? Idealismus? Anmaßung? Yasmin? Rachsucht? Vielleicht ein Lieblingstier.
Saman zieht Hemd und Hose aus und wirft sie auf den Sandstrand. Anson tut dasselbe. Sie stürzen sich beide ins klare blaue Wasser in der Bucht in Richtung Natuna-See. Dort treiben kleine Abfallteile von Schiffen an, eine orangefarbene Ente aus Plastik, die vielleicht Tausende Kilometer entfernt ins Wasser gefallen und monatelang im Meer geschwommen ist. Fliegende Fische springen ab und zu zu dritt oder viert wie Silberpfeile aus dem Wasser, tauchen wieder unter und hinterlassen Kringel auf der Wasseroberfläche. Saman will den Tag genießen, nach Nächten voller Nervosität und Niedergeschlagenheit, weil er keinem mehr voll vertrauen kann. Es bleibt ihm nichts, als darauf zu hoffen, dass er sein Zutrauen und seinen Glauben wiederfindet.

KIJANG, 12. AUGUST 1996

Der Pelni-Hafen ist wie üblich nicht sehr belebt. Die Sonne erhebt sich hinter den kleinen Inseln gegenüber dem Hafen, Buton, Poto und Kelong, und lässt den salzigen Duft des Meeres aufsteigen. Die Wipfel der Mangroven glänzen golden im Morgenlicht. Drüben im Hafen bewegen sich die Menschen gelassen und warten auf die ankommenden Schiffe. Lediglich die Lastkähne ziehen langsam, aber nahezu unablässig ihre Bahn auf der schmalen Wasserstraße, bringen Sand nach Singapur. Wahrscheinlich ist das seit 1978 so. Schiffe kommen ständig an und fahren wieder ab, holen Tonnen von Sand von den vier privat betriebenen Häfen an der Küste von Kijang, der Stadt am Südwesten von Bintan. Die Sonne ist inzwischen etwas weitergewandert, brennt nun mit Glanz und Hitze auf die Zinkdächer der Verkaufsbuden – ihre Besitzer wollen keine Dachziegel anbringen, weil der starke Wind sie nur wegfegen würde.

Vom Fenster seiner Kabine verfolgt Larung das Anlegemanöver. Das Lotsenboot hat sie bereits abgeholt und zieht nun die Sirimau in den Hafen. Die Schiffssirene heult wiederholt auf, ihr Ton lässt kleinere Gegenstände erzittern. Der Lotse kündigt an, dass das Schiff in dreißig Minuten festmachen werde. Man solle seine Sachen in Ordnung bringen, denn dies sei die Endstation. Larung weckt die jungen Männer, die auf dem Zwischendeck schlafen. Zu viert hatten sie sich zwei Betten teilen müssen und abwechselnd geschlafen. Es stinkt aus den Abfalleimern im feuchten Waschraum, das Dreckwasser fließt bis zur Ebene der Kabinen, der Geruch der Speisereste aus den Blechnäpfen dringt in ihre Nasen.

Wayan Togog stutzt einen Augenblick, holt rasch seine Brille aus der Tasche und setzt sie auf, so als ob er damit den Gestank schärfer sehen könnte. Schon gestern ist ihm klar geworden, dass die Sirimau mit ihrer Fäulnis und ihrem Gestank das ganze Land Indonesien in Miniatur darstellt. Es gibt etwa vierzig oder fünfzig Kabinen der ersten und der zweiten Klasse, im Übrigen einen Saal für neunhundert Passagiere, aber in Tanjung Priok hat das Schiff insgesamt ungefähr zweitausend Personen aufgenommen – von denen jedoch ein Teil bereits am Mittag des Vortages in Mentok ausgestiegen ist. Sie sind alle in Gängen und auf dem Deck zusammengepfercht gewesen, auf Matten oder einfach auf alten Zeitungen. Die Küche musste das Essen für eine Zahl von Passagieren bereitstellen, die das Fassungsvermögen des Schiffes weit überstieg, und produzierte gleichzeitig Abfall in einem größeren Tempo, als das Küchenpersonal bewältigen konnte. Die Abfälle türmten sich auf und verbreiteten einen Gestank wie auf einem Großmarkt, überall verfaulter

Kohl und sauer gewordener Reis. Auf dem Oberdeck der feine saubere Speisesaal für die Passagiere der ersten und der zweiten Klasse – Wayan Togog hat am Vortag einen Blick durchs Fenster geworfen. Weiß gedeckte Tische, darauf Gläser in Form von Kelchen. Die Fahrgäste ohne Klasse waren wie in einem Stall untergebracht. Vollgestopft mit Gepäck und selbst produziertem Dreck.
Am Vortag hat er darüber nachgedacht. Wenn die Verhältnisse in Indonesien mit denen auf dem Schiff vergleichbar sind, dann entstammt er der zweiten Klasse. Natürlich gehört er nicht einer der drei oberen Kasten auf Bali an, aber er ist der Auffassung, dass die Einteilung in Kasten im heutigen, von der Wirtschaft bestimmten Gesellschaftssystem nicht mehr viel bedeutet. Seine Eltern haben ihm den Namen Ketut Alit Kertapati gegeben. Sein Vater ist plastischer Chirurg in Surabaya, seine Mutter Dozentin für Staatsrecht. Sie sind gebildet und wohlhabend. Seine Eltern unterstützen eine Reihe von Familienmitgliedern auf Bali, haben ihr Haus und ihren Familientempel ausgebaut und verschönert, so dass sie prächtiger sind als die ihres Nachbarn, Ida Bagus, eines Brahmanen, eines Absolventen der technischen Oberschule. Ketut Alit erinnert sich, dass seine Eltern, wenn sie von einem Besuch dort zurückkehrten, vor allem nach Feiertagen, sich oft lustig machten über die Brahmanen, die nicht klüger seien als die Sudras der untersten Kaste. »Aber nur sie erhalten den ›Pass‹, um Priester zu werden.« Allerdings lebt Ketut Alit nicht mehr auf Bali. Die Frage, ob jemand hoher Priester oder nur Tempeldiener werden

kann, berührt ihn wenig. Er hat sich immer eher für das Alltagsleben des Personals im Salon und in der Hautklinik seines Vaters interessiert. Fünfzehn Leute stammen aus dessen Dorf, die meisten von ihnen sind seine Verwandten. Sie arbeiten wie Hausangestellte, ohne festen Urlaub, von morgens bis abends ohne Pause, für einen Lohn von weniger als hunderttausend Rupiah im Monat, allerdings bei freier Kost und Logis, wenn auch eng zusammengepfercht in einem Nebenraum ohne Betten. Es sind alles ganz junge Leute. »Vater, ist das nicht Ausbeutung?« Aber sein ehrenwerter Vater entgegnete auf eine solche Frage nur kühl, er habe auch nur zwei Hände. Alle seine Angestellten unterstützten ihre Familien im Heimatdorf. Wenn er mehr zahle, könne er nicht so viele Leute beschäftigen und damit sei nur wenigen Haushalten geholfen. »Langsam wird jedoch das Leben besser, Alit.«

Je älter er wurde, desto weniger war er davon überzeugt, dass sein Vater recht hatte. »Sukarno hat die Einstellung langsam aber sicher scharf kritisiert«, korrigierte er nun seinen Vater. Zu dem Zeitpunkt hatte er »Jarek« aus der Bibliothek seiner Mutter gelesen – »Bung Karno ist halb Balinese«, sagte seine Mutter immer. »Deswegen besaß er auch einen sehr feinen Sinn für Kunst.« Im selben Regal, in einer verstaubten Ecke, fand er auch »Die Bauern zerschlagen die Teufel des Dorfes« von D. N. Aidit aus dem Jahr 1964. Er nahm das Buch mit Herzklopfen in die Hand. Des Namens wegen, der gleichgesetzt wurde mit dem Teufel. Die Sichel und das Gesicht eines Bauern auf dem Einband vermittelten den Eindruck von Rohheit. Und der Titel enthielt die Wörter »Teufel« und »zerschlagen«. Unter Sukarnos großem Porträt, das seine Eltern im Wohnzimmer aufgehängt hatten, las er darin wie in einem uralten Zauberbuch. Das war die Heilige Schrift, die vor der »Neuen Ordnung« geheim gehalten werden musste. Eine der Schriften, die die Wahrheit verkündeten. Ein Mantra, das ihn dazu anhielt, das Leben der Bauern zu erforschen, mit ihnen zu leben, mit ihnen sein Essen zu teilen, auf demselben Boden zu schlafen. Die geheime Schrift, die ihm zeigte, welche Schritte unternommen werden mussten, um die Welt zu verändern. Damals war er siebzehn. Die »Vorläufige Verfassung Indonesiens« von 1950, die in einer anderen Ecke stand, nahm er jedoch nicht zur Hand. Stattdessen las er eine dünne Broschüre mit dem Titel »Die Entwicklung des Sozialismus in Indonesien« von H. Roeslan Abdulgani, stellvertretender Vorsitzender im Obersten Rat von 1960.

Später hörte er, dass sich bei der Leichenschau der in Lubang Buaya ermordeten Generäle kein Hinweis darauf ergeben hatte, dass sie misshandelt wurden, wie es in dem Monument und in dem Diorama dargestellt wird. Ihre Haut war unverletzt, ihre Penisse waren es ebenso, ihre Augen nicht ausgestochen. Sie wurden »nur« ermordet, sagte er zu sich selbst, »wie im Krieg«. Er fühlte sich getäuscht. Wenn ein Regime Geschichte in kleinem Stil fälscht, dann kann sie das auch im großen Stil. Wenn ein Regime die Geschichte zurechtbiegt, dann muss der Fehler, der korrigiert werden soll, sehr schlimm sein. Wenn

also eine solche Regierung den Kommunismus verabscheut und ihn auszumerzen versucht, dann ist der Kommunismus zweifellos eine gute Sache.
Er war stolz darauf, Widerstand zu leisten, und fing an, alles zu lesen, was er über Marx, Engels, Lenin und auch Tan Malaka bekommen konnte. Er glaubte, damit das Werkzeug gefunden zu haben, um die Missstände in Indonesien analysieren zu können. Er machte sich mit größtem Eifer an die Frage, was dagegen getan werden musste. Allerdings vermochte er die Angestellten in der Hautklinik seines Vaters nicht dazu zu bewegen, höhere Löhne zu verlangen. Sie waren im Gegenteil seinem Vater dankbar dafür, dass er sie in die Stadt geholt hatte. Sie hatten nicht länger Bauern sein wollen. Er hielt sie für dumm. Sie dagegen meinten, er kenne keine Dankbarkeit. Er aber blieb bei seinem Urteil. In der Folgezeit zog er es vor, sich außerhalb aufzuhalten. Er nannte sich nun Wayan Togog. Denn Semar, der getreue Diener der Pandawas, war das Symbol Suhartos und der »Neuen Ordnung«. Togog dagegen, der Diener der Kurawas, war selbstverständlich deren Gegner. Er interpretierte die Bedeutung des Wayang Purwa, des javanischen Schattenspiels um: Die fünf Pandawas stellten die Elite der Politik dar, während die hundert Kurawas die Mehrheit repräsentierten, das Volk.
Er hat etwas gegen Larung. Ketut Alit Kertapati alias Wayan Togog kann in Diskussionen nicht kühl bleiben. Er ist stets emotional beteiligt, wenn er für seine Ansichten und seine Lebensweise eintritt. Er ist immer mit Feuerei-

fer dabei. Er hat scharf geschnittene Gesichtszüge; dicke Augenbrauen, eine vorspringende Nase und sein breiter Mund lassen seinen Gesichtsausdruck schon von weitem deutlich erkennen. Sein dichtes Haar fällt bis auf die Schultern herab. Sein Engagement macht seine Reden ungemein lebendig. Deswegen erregt er bei Demonstrationen und Aktionen stets Bewunderung und wird von Frauen angebetet, obwohl seine Gedanken nicht sehr tief sind und er Liebe für Sentimentalität hält (heimlich geht er zu Nutten, wo er seine Erbitterung ohne Liebe loswerden kann). Er ist das jüngste von fünf Geschwistern und ein Dickkopf. Er kann sich furchtbar aufregen, wenn jemand seinen Gedanken nicht folgen kann. Deshalb hat er einen Zorn auf sein Land und auf die Angestellten seines Vaters. Auch auf Larung.

»Dieses Schiff ist ein Abbild von Indonesien«, hatte Wayan Togog gestern Abend in einem Gespräch mit Larung gesagt. Sie hatten in der offenen Kantine gesessen, sich über die Brise gefreut, die vom Meer kam, und darüber, dem fauligen Geruch der Kabinen entflohen zu sein. »Weißt du, die Klassenunterschiede!«

Larung hatte, ohne ihn anzusehen, erwidert: »Und wieso meinst du, dass der Sozialismus ein Ausweg ist?«

Wayan Togog hatte die Augen zugekniffen, als könnte er nicht glauben, dass jemand, der ihnen half, eine solche Grundanschauung in Frage stellte.

»Der Sozialismus hat die Klassenunterschiede abgeschafft«, hatte er erwidert, mit einem Unterton, als wollte er sagen: Weißt du das denn nicht?

Wie gewöhnlich hatte Larung bloß gelächelt, als ginge ihn das nichts an. Er hatte interessiert auf eine übervolle Abfalltonne geblickt.
»Dieses Schiff von Pelni ist mies, nicht weil es hier keinen Sozialismus gibt, das Schiff ist mies, weil die Gesellschaft ein Monopol hat.« Er hatte mit etwas in seinem Mund gespielt, vielleicht dem Rest von einem Zahnstocher, der vom Abendessen übrig geblieben war. »Wenn du noch glaubst, man müsste gegen das Privateigentum sein, dann möchtest du ein System haben, das mit diesem Schiff endet.«
Wayan Togog war irritiert gewesen. Er hatte gedacht, dieser Larung macht Gedankensprünge, die weit über das Ziel hinausschießen. Aber er hatte den Punkt nicht finden können, an dem dieser gegen die Logik verstieß. Zu sehr hatte ihn der Umstand verunsichert, dass der Mann, der ihnen zur Flucht verhalf, nicht seiner Meinung war. Er hatte immer an den Spruch geglaubt: Wer nicht auf deiner Seite steht, ist dein Feind.
Mit erhobener Stimme hatte er entgegnet: »Der Kapitalismus hat das Transportproblem auch nicht gelöst. Schau dir nur an, wie die Kleinbusse in der Stadt herumrasen, um ihren Tagessatz herauszuholen! Das ist ein Beispiel für Dienstleistungen von privater Hand.«
Sein Gegenüber hatte sich das angehört und dann eingeworfen: »Habe ich etwa gesagt, dass der Kapitalismus die Lösung ist? Der Antimonopolismus ist der richtige Weg. Aber eine antimonopolistische Verfassung ist keine neue Erfindung des Sozialismus.«

Larung hatte fast ohne Betonung gesprochen. Darum hatte Wayan Togog seinen Ärger zunächst noch unterdrückt, obwohl es ihn hart angekommen war. Er hatte einen Moment nachgedacht, aber keine passende Entgegnung finden können.

»Oh«, hatte Larung plötzlich hervorgestoßen – die Augen immer noch auf die Abfalltonne gerichtet. »Oh, es ist gar keine Ratte, sondern eine Eidechse!«

Zum ersten Mal hatte Wayan Togog eine Betonung in seinen Worten vernommen. Der junge Mann schaute ebenfalls zu der blauen Tonne hinüber. Die Eidechse sprang aus den raschelnden Plastiktüten hinter die Umzäunung des Decks, als ob sie sich ins Meer stürzen wollte. Die Tonne stand wieder still da.

»Wie kommt die bloß an Bord?«

»Woher kommen wohl Eidechsen? Vielleicht ist sie vom Mond gefallen.« Wayan Togog war ärgerlich geworden, da er es nicht der Mühe wert fand, auf solche Nebensächlichkeiten einzugehen.

Larung hatte leise gelacht und gehüstelt.

»Ja«, hatte er gesagt und dann: »Oh ja. Ihr seid nur etwas wert, wenn ihr tot seid. Wie eine Impfung. Wenn sie nicht gegeben wird, bricht die Krankheit aus.«

Ganz neutral hatten seine Worte geklungen. Weder zynisch, noch scherzhaft. Wayan Togog erstarrte. Was für ein Mensch war das bloß? Der Mann, der uns retten soll, schenkt unseren Idealen nicht den geringsten Respekt? Der Schuft sagt einfach, der Sozialismus ist bloß der Impfstoff für den Kapitalismus. Und denkt, es wäre besser, wir

wären tot. Wayan Togog hatte keine Worte gefunden. Er war aufgestanden, hatte sein Gesicht von Larung abgewendet, der sich nicht rührte, und war fortgegangen, um seine beiden Freunde zu suchen.
Larung blieb sitzen. Er betrachtete die Tonne, die Leute, die vergeblich versuchten, weiteren Müll in die Tonne zu stopfen und schließlich Kippen und Blechdosen ringsum verstreuten. Nein. Er machte eine Bewegung. Er sah einen Moment lang hinter dem jungen Mann her, ihm gefiel die schlanke Gestalt in der abgerissenen Kleidung, sein Zorn. Wenn dich nun ein mysteriöser Schütze am Straßenrand abknallen würde und dir deinen Ausweis wegnähme, dann wärst du eine Leiche, die nicht identifiziert werden könnte. Ein schöner Leichnam. Noch frisch. Welches Glück für die Studentin, die auf dem Obduktionstisch an deinem Leichnam lernen dürfte. Deine Augen geschlossen. Dein Mund leicht geöffnet, deine Haare aufgelöst, dein Geschlecht ganz schlaff. Du würdest dich nicht zur Wehr setzen, obwohl dein Bauch aufgeschnitten würde, in dem schwachen Licht, das durch die trüben, hohen, alten Fenster fiele.

Wayan Togog trifft sich mit Bilung und Koba im Gang vor der Brücke, nicht weit vom Navigationsraum, den Unbefugte nicht betreten dürfen. Er berichtet.
»Vielleicht ist er vom Geheimdienst«, schließt er seine Erzählung.
»Du bist verrückt, Mann! Wenn er vom Geheimdienst käme, wären wir schon seit gestern eingelocht«, hält Bilung dagegen.

»Wer weiß, vielleicht wollen sie den schnappen, der uns in Bintan abholt.«
Sie schweigen.
»Ach was!«, meint Koba. »Es ist doch klar, lieber einen laufen lassen, als drei wieder verlieren, die sie schon haben. Im Übrigen, wenn sie uns schnappen, werden wir mit Sicherheit gefoltert, damit wir unser Netzwerk verraten.«
Sie schweigen wieder.
»Ja ... Vielleicht hat er sich nur so verhalten, um jemanden in die Irre zu führen. Wer weiß, vielleicht hat euch ja jemand belauscht«, fängt Koba wieder an. Er sieht sich nach links und rechts um, flüstert: »Wir dürfen nicht zu viel über unsere Vorstellungen sprechen. Sonst wissen die Leute, wer wir sind.«
»Richtig. Und wir sollten überhaupt nicht zu dritt beisammenstehen, so wie jetzt«, meint Bilung.
Wayan Togog ist jedoch alles andere als zufrieden. Er ist enttäuscht, dass seine Kameraden ihm nicht sofort beigepflichtet haben. Entsprechend der Absprache, die sie getroffen haben, bevor sie an Bord gingen, muss er sich von seinen beiden Freunden trennen. Zu Larung zurückzukehren hat er keine Lust. Er beschließt also, in die Kabine hinunter zu gehen und sich hinzulegen. Er streckt sich aus, schläft aber nicht gleich. Er misstraut Larung. Daher will er dessen Gepäck durchsuchen, um zu sehen, ob es nicht Dinge enthält, die etwas über den Mann aussagen, der sich auf der Reise langsam als Feind entpuppt hat. Er erinnert sich, dass Larung bei der Abreise zwei Trage-

taschen mithatte sowie eine Gürteltasche, die er stets umgeschnallt trägt. Die Taschen waren prall gefüllt, Larung hatte sie beim Bett abgestellt. Wayan Togog findet sie noch genauso vor. Er streckt sich also aus und tut, als wollte er sich ausruhen, vergewissert sich jedoch, dass Larung nicht in der Nähe der Kabine ist. Ein Mann auf dem Bett nebenan will ihm heißes Wasser aus einer Thermosflasche verkaufen. »Um Kaffee zu machen, Junge.« »Dankeschön«, er schüttelt den Kopf und blickt sich im Raum um. Als er sich sicher fühlt, nimmt er die blau gestreifte Tasche mit weißen Karos und öffnet den Reißverschluss. Obenauf findet er einen Packen Falttaschen, noch in Plastik verpackt, wie sie die Verkäufer auf dem Schiff anbieten und die man als Rucksack, als Schultertasche oder auch als Babytasche benutzen kann. In bunten Farbmustern, wie sie für Sarongs verwendet werden. Vielleicht ein oder zwei Dutzend. Darunter stößt er auf Spielzeugpistolen und einige Armbanduhren, billige Imitate teurer Marken wie Bulgari, Cartier, C. J. Pierre Cardin als Handelsware. Ratlos macht er die Tasche wieder zu und wendet sich der zweiten Tasche mit einem braun-gelb-weißem Muster zu. Sie ist nicht so vollgestopft wie die erste. Er findet einige Hemden, eine lange Hose sowie ein Dutzend aufziehbarer Spielzeughunde, die springen und Saltos machen können. Er greift noch einmal hinein, findet aber nichts weiter. Enttäuscht verschließt er die Tasche wieder. Nichts gibt irgendeinen Hinweis.
In der Zwischenzeit sind sie auf der Insel Bintan gelandet.

* * *

»Wir bleiben höchstens drei Tage hier. Wenn ich ihn in dieser Zeit nicht getroffen habe, ziehen wir anderswohin weiter«, erklärt Larung den drei jungen Männern, die im Eingangsraum des einfachen Hotels auf einem Sofa mit Plastikbezug und den üblichen Faltstühlen sitzen.

»Wer ist er?«

Larung zuckt mit den Schultern.

»Ich kenne ihn nicht. Aber er kennt mich. – Und ihr braucht ihn ja auch gar nicht zu kennen«, fügt er hinzu.

Wayan Togog schaut zu Koba, dann zu Bilung, als wolle er sagen: Ist das etwa keine Beleidigung? Sind wir denn Hunde, die nicht wissen dürfen, wohin sie gehen und mit wem? Es ist ja, als wäre der Schuft nicht zufrieden, wenn er einer Erklärung keine Beleidigung anhängen könnte – wie ein giftiger Skorpion. Wollt ihr mir immer noch nicht glauben?

Von diesem Augenblick an suchen auch die beiden Freunde, die wie er seit drei Wochen in ständiger Anspannung gelebt haben, nach Anzeichen von Unaufrichtigkeit bei Larung. Dieser ist gerade dabei, am Hotelschalter eine Anzahlung zu leisten. Sie haben sich im Wisma Saleh, in der Jalan Barek Motor, zwei Zimmer genommen. Die Unterkunft ist für eine Hafenstadt wie Kijang relativ gut. Larung hat sie ausgesucht, weil sie kein Restaurant und auch keinen Club hat, so dass es dort kaum Rumtreiber und leichte Mädchen gibt. Sie laufen also nicht Gefahr, vielen Leuten zu begegnen.

Koba erklärt sich bereit, ein Zimmer mit Larung zu teilen, denn ihm ist klar, Wayan Togog will seinem Beleidiger möglichst aus dem Weg gehen. Koba kennt Wayan Togog gut genug, um zu wissen, dass dieser sehr empfindlich ist und sich schnell gekränkt zurückzieht. Feinden gegenüber jedoch macht ihn seine Sensibilität zum Choleriker. Das trägt ihm zwar bei Aktionen in der Öffentlichkeit Bewunderung ein, aber zum Führer einer Untergrundbewegung ist er nicht geeignet.
Koba ist da anders. Er ist ruhig und besonnen, wenn er auch gern ein Streitgespräch führt. Er erhebt nie die Stimme, wirkt beinahe weise. Er lächelt gern, zeigt seine geraden, schönen Zähne. Er wird nicht ausfallend, wenn seine Argumente zerpflückt werden. Gewöhnlich ist er dazu bereit, die Gegenreden zu überdenken, bleibt aber doch meistens bei seiner eigenen Auffassung. Bis zum nächsten Tag hat er dann oft Gründe gefunden, die für seine Meinung sprechen. Bei Demonstrationen ist er nicht so mitreißend wie Wayan Togog, versteht es aber sehr gut, die Aktivitäten zu koordinieren. Er kann auch gut schreiben. Er ist es, aus dessen Feder nicht nur regelmäßig Artikel für Solidarlit stammen, die sehr kritische Äußerungen gegenüber der Regierung Suharto enthalten, sondern auch Flugblätter und Aufklärungsschriften für Arbeiter und Hauspersonal in einfacher Sprache.
Sein eigentlicher Name ist Wapangar Kogam Sebayang. Vor acht Jahren ist er mit dem Schiff von Medan nach Surabaya gekommen. Es war nicht seine erste Reise nach Java, denn er hatte zuvor bereits zwei Jahre Grundschule

und drei Jahre Mittelschule in Cimahi absolviert, wohin ihn sein Onkel mitgenommen hatte, der dort beim Militär diente – in der Zeit hatte sich seine Ausdrucksweise herausgebildet. Zu Hause lebte sein Vater als pensionierter Hauptmann mit seiner Mutter in einem Wohnkomplex der Polizei – sie züchteten Orchideen, hielten in einem kleinen Teich Goldfische und Barsche und betrieben eine Wäscherei. Sie lebten bescheiden. In Cimahi jedoch wohnte er in der Armeekaserne. In deren hinterem Teil ziemlich weit unten, wohnte einer seiner Schulfreunde, Sohn eines Korporals. Dessen Familie teilte sich eine Reihe von Baracken mit sechs anderen Familien, wie es für Unteroffiziere und niedrigere Dienstränge üblich war. Vorn standen die Häuser der Offiziere mit schönen roten Palmen im Vorgarten. Wenn er und sein Freund dort vorbeikamen, versuchten sie zu erraten, was für Möbel und Einrichtungen da drinnen sein mochten. Vielleicht Kristalllüster aus Tschechien. Er und sein Onkel wohnten in der Mitte. Sie hatten am Eingang eine Hängelampe und am Gartenzaun Ziersträucher.
Dann ging er als Student nach Surabaya, reiste auch nach Jakarta. Die zunehmende Entfernung zwischen ihm und seiner Familie ließ ihn immer deutlicher erkennen, wie verschwenderisch das Leben der Generäle war. Er hatte das ärmliche Haus seines Freundes vor Augen, roch den Gestank des Abwasserkanals, den Qualm des Petroleumkochers und fand es unfassbar, dass ein General für ein Abendessen mit seiner Familie in einem japanischen Restaurant sieben Millionen Rupiah verprasste.

Er notierte in seinem Tagebuch: »Klassenunterschiede existieren nicht nur zwischen dem Kapitalbesitzer und dem Arbeiter, sondern auch innerhalb des Militärs. So wie die Bourgeois die Proletarier aussaugen, so leben die höheren Offiziere von der Ausbeutung der Unteroffiziere und der niedrigen Ränge. Wenn die bürgerliche Gesellschaft durch ihr Kapital Unabhängigkeit und Individualität besitzt, die Arbeiter aber nicht, dann verhält es sich bei der Armee folgendermaßen: Waffen machen unabhängig und sichern Individualität, während die Unteroffiziere und die niedrigeren Ränge abhängig sind und keine Individualität besitzen.«
»Sapta Marga, das Gelöbnis des Siebenfältigen Pfads ist Opium für die Soldaten, so wie die Religion Opium für das Volk ist.« Er war schon einmal zehn Stunden verhört worden, weil er diese Tagebuchnotiz in einem Leitartikel ihrer Zeitschrift verwendet hatte.
Den Namen Koba hat er sich nicht etwa zugelegt, weil er Stalin mag. »Nur ein Verrückter kann Stalin mögen – von seiner äußeren Erscheinung her wie von seinen Ideen«, pflegt er zu sagen. Er ist ein Bewunderer Lenins – seiner Person wie auch seiner Ziele und ist der Meinung, dass für alle Fehler der Sowjetunion Stalin verantwortlich war. Stalins Spitznamen Koba hat er nur deswegen angenommen, weil ihm der Klang gefällt. Außerdem ähnelt er seinem eigenen Namen Kogam.

Nun hat er sich also angeboten, das Zimmer mit Larung zu teilen. Er tut es nicht nur Wayan Togog zuliebe, son-

dern um auf diese Weise Larung objektiver zu beobachten als Wayan Togog, der nicht in der Lage ist, seine Gefühle unter Kontrolle zu halten. Auch er ist mittlerweile Larung gegenüber etwas misstrauisch geworden. Allerdings ist er durchaus bereit, dieses Misstrauen gegebenenfalls wieder zurückzunehmen.
Sie beziehen ein einfaches Zimmer im oberen Stockwerk. Ein Fenster geht in Richtung auf einen Bolzplatz, auf dem Kinder spielen und Ziegen grasen. Als er die Neonlampe anknipst, leuchten die orangefarbenen Wände grell auf. Die Fugen zwischen den weißen Bodenfliesen sind verdreckt. Der Schrank ist aus Spanplatten, die sich wellen, wenn sie mit Wasser in Berührung kommen. Das Bad hat keine Lüftung. Das Bett quietscht und das flanellene Laken riecht nach Urin – vielleicht von einem kleinen Jungen, der Bettnässer war, und die Wäscherei hat sich nicht die Mühe gegeben, die Spuren zu beseitigen. Dazu noch der Geruch von frisch gesprühtem Mückenmittel, der sich vermischt mit synthetischem Blumenduft.
Koba beobachtet Larung dabei, wie er seine Sachen im Schrank unterbringt, dessen Fächer mit Zeitungspapier ausgelegt sind. Zwei Taschen. Er leert beide Tragetaschen. Koba fragt zunächst sich selbst, schließlich fragt er Larung:
»Das ist ja wahnsinnig viel. Was hast du denn da alles dabei?«
Larung dreht sich zu ihm um. Er antwortet nicht sofort, sondern entnimmt einer der Taschen einen Gegenstand,

tritt beiseite, drückt auf einen Knopf und stellt einen Spielzeughund auf den Boden. Der bellt woff, woff, woff, macht vier Sprünge und dann einen Salto. Danach bellt er wieder und wiederholt seine Sprünge.
»Ein Spielzeughund, lustig, nicht?« Er stemmt die Arme in die Hüften und beobachtet das Ding mit seinen Bewegungen und seinem Gebell.
Koba betrachtet das Spielzeug. Er kann sich allerdings nur darüber freuen, wenn er sich in die Zeit zurückversetzt, als er noch ein kleiner Junge war. Und das kostet ihn einige Mühe. Larung muss sich wohl noch etwas von seiner Kindlichkeit bewahrt haben.
»Was willst du damit?«
»Das ist ein Mitbringsel.«
»Für wen?«
»Für uns.«
Koba schweigt und denkt darüber nach, was Larung damit wohl meinen könnte.
Der Spielzeughund bellt und kobolzt weiter, wobei er sich Koba nähert.
Larung greift in die andere Tasche und holt eine Armbanduhr heraus.
»Weißt du«, sagt er, »einige Aktivisten sind eingelocht und nicht wieder entlassen worden. Sie sitzen schon über ein Jahr im Gefängnis, ohne zu wissen, wann sie wieder frei kommen oder ob sie umgebracht werden. Die Spielzeughunde sind für uns, damit es uns im Gefängnis nicht langweilig wird. Und die Uhren sind für sie.«
»Für wen?«

»Für die, die uns gefangen nehmen.«
Koba schreckt zusammen. »Werden wir denn geschnappt?« Planst du vielleicht unsere Gefangennahme?
»Wenn wir wirklich erwischt werden, dann sind wir keine echten Aktivisten, nur Aktivisten-Attrappen. Deshalb verdienen wir auch Hunde-Attrappen. Wenn sie uns schnappen, dann sind sie keine echten Soldaten. Und die haben auch nichts anderes als falsche Armbanduhren verdient.«
Koba versucht zu lachen, aber es gelingt ihm nicht. Plötzlich läuft es ihm kalt den Rücken hinunter.
»Deshalb wirf deinen Pager weg.« Larungs Stimme klingt mit einem Mal streng.
Koba erstarrt.
»Ihr habt doch noch Pager, oder?«
Der Spielzeughund kracht gegen seinen Fuß.
»Denkt ihr etwa, das wäre kein Beweis? Wenn euch jemand anhält und eure Sachen kontrolliert und den Pager findet, dann weiß er sofort Bescheid. Denkst du vielleicht, die Nummer Alpha 25714 wäre nicht auf ihrer Liste?«
Koba schweigt. Er wundert sich. Larung weiß also, dass sie ihre Funkgeräte noch bei sich haben. Aber erstaunlich, dass er sich auch noch seine Gerätenummer gemerkt hat. Er akzeptiert Larungs Warnung einerseits durchaus, andererseits veranlasst ihn dessen aggressive Haltung dazu, sich zu rechtfertigen: »Sind denn unsere Geheimdienstleute so intelligent?«
Larung holt weitere Kleidungsstücke aus seiner Tasche. »Es braucht dich nicht zu kümmern, ob sie intelligent sind oder dämlich. Nur eines musst du dir merken: wenn

du im Untergrund arbeiten willst, dann musst du vorsichtig sein, darfst keine Dummheit begehen und ihnen keine noch so kleine Gelegenheit zum Eingreifen geben.« Dummheit, sagt er. Es klingt einleuchtend. Koba nickt, trotzdem denkt er nicht daran, seinen Pager wegzuwerfen, den er schon so lange besitzt.

Als Larung im Badezimmer verschwindet und offenbar das heiße Wasser genießt, das den Raum in eine Sauna verwandelt, streckt sich Koba auf dem Bett aus. Er zerbricht sich den Kopf darüber, was wohl Larungs wirkliche Absicht sein mag, solche Dinge mitzunehmen. Er würde am liebsten in die Taschen schauen, traut sich aber nicht. Larung kann jeden Moment herauskommen, und obwohl er immer eine gleichgültige Miene zeigt, beobachtet er doch alles ganz genau.

So bleibt Koba liegen und wartet darauf, dass sein Zimmergenosse fertig duscht. Er würde gern in Ruhe mit ihm reden. Er hat Lust auf eine Zigarette, während er wartet, aber Larung ist offenbar Nichtraucher. Larung kommt erst nach einer halben Stunde aus dem Bad, und Koba ärgert sich, dass er nicht doch seine Taschen durchsucht hat.

»War ich etwa zu lange im Bad?«, fragt Larung gut gelaunt.

»Nein.«

»Du musst etwas warten, bevor du reingehst, Mann. Der Sauerstoff ist alle. Es gibt da drin nicht das kleinste Luftloch.« Er trocknet sich die Haare mit dem Handtuch ab. »Was ist für heute geplant?«

»Heute ruhen wir uns aus, essen etwas. Ich versuche Kontakt zu unserem Mann aufzunehmen.«
»Wer ist das denn eigentlich?«
»Ich könnte es dir sagen. Nur – deine Neugier ist nicht gut für geheime Aufträge.«
Koba verstummt. Diesmal klingt Larung allerdings freundlicher.
»Weißt du, sie haben Budiman geschnappt.«
Koba erschrickt.
»Gestern Abend. Sie haben seine Nachrichten vom Pager und vom Telefon abgefangen.«
Der junge Mann ist verstummt. Ihm hat es die Sprache verschlagen. Er beginnt zu verstehen, dass Larungs Sarkasmus einen Grund hat. Er wird nervös. Er schlägt die Beine übereinander und drückt sich Pickel im Gesicht aus. Blut und Fett wischt er teils ins Kopfkissen, teils in sein kurzgeschnittenes Haar. Im Moment kümmert er sich nicht weiter um seine Hygiene. Wie viele seiner Freunde sind schon geschnappt worden. Und wie viele andere, die er gar nicht kennt! In diesem Moment ist er an einem Punkt angelangt, an dem das Verlangen umzukehren oder weiterzumachen sich die Waage halten. Er möchte zu gern mit seinen Freunden zusammen sein, auch mit denen, die er nicht kennt, die gefangen oder entführt worden sind. Werden sie freigelassen, vor Gericht gestellt, ins Gefängnis geworfen oder werden sie einfach verschwinden? Er denkt an das Gedicht von Wiji Thukul: Es gibt nur ein Wort: Widerstand! Er will bis zuletzt Widerstand leisten. Hier. In seinem Land. Aber die Grenze liegt nur ein paar Kilome-

ter von hier. Vielleicht sollte er seine Flucht aufgeben und umkehren? Das ist nicht möglich. Womöglich nicht.

»Wie bist du zu unserer Bewegung gestoßen, Mas? Du bist doch kein Student wie die anderen Aktivisten.«

Larung knöpft sich das Hemd zu. »Ich hatte damals keine Zeit, an Demos teilzunehmen. Ich musste mich um meine Großmutter kümmern. Die ist inzwischen gestorben.«

»Aber deine Eltern leben noch?«

»Mein Vater ist schon seit vielen Jahren tot. Umgebracht von den Mörderbanden nach dem gescheiterten Putsch von 65.«

»War dein Vater in der Kommunistischen Partei?«

Das Wort klingt merkwürdig aus seinem Mund.

»Nein. Er war beim Militär.«

»Bei der Armee Sukarnos? Bei den nationalistischen Kämpfern?«

Larung zuckt mit den Schultern. »Vielleicht war er gar nicht mein wirklicher Vater.«

Dem jungen Mann wird klar, dass Larung oft Sätze sagt, von denen er nicht mehr versteht als den grammatischen Bau.

»Mein Vater war auch bei der Truppe, Mas, bei der Polizei. Er war ein ehrlicher Mann, aber er kam auch um. Der Kommandant mochte ihn nicht.«

Larung gibt kein Anzeichen von Mitgefühl zu erkennen. Er sagt:

»Mein Vater war nicht ehrlich und kam trotzdem um.«

Wieder verstummt Koba. Bevor er diese Antwort ganz begreifen kann, bemerkt er, dass sich die Bewegungen seines Gegenübers verändern. Es ist, als habe er es mit einem anderen Menschen zu tun. Larungs frische und lebendige Stimme ist auf einmal tief und monoton.

»Hier gibt es keine Helden. Nur Gewinner und Verlierer.« Er scheint bei seinen Worten zu lächeln.

»Richtig – aber das heißt nicht, dass wir die Gewalt- und Gräueltaten der Orde Baru vergessen dürfen, Mas.«

Larung bricht in ein Gelächter aus, es klingt etwas übertrieben, er muss husten. Dann sagt er ruhig: »Natürlich, sicher. Denn wer auch immer gewinnt – die Armee, die Kommunisten, die Fünfte Garde, mit welcher Ideologie auch immer – alle haben dieselben Gräueltaten am jeweiligen Gegner verübt.«

»Ach, was ...«

Koba kann nichts dagegen sagen und Larung ist das nur zu klar.

»Und du, Junge, du glaubst an den Kommunismus?«

»An den Kommunismus und den Sozialismus als Teil der Geschichte der linken Bewegung, ja«, entgegnet Koba ruhig. »Wir bekommen ein völlig falsches Bild, wenn wir den Kommunismus-Sozialismus sehen, wie ihn Stalin wollte. Er war eine schlimme Figur und war auf dem falschen Weg, denn er hat den Kommunismus zum Totalitarismus verbogen. Er war das, nicht Lenin.«

»Lenin ist der Herr, so wie Christus der Herr ist, denn der Herr ist die Liebe. Auch Lenin war die Liebe. Sagt Isadora Duncan, eine amerikanische Tänzerin.«

»Nein ... das stimmt nicht. Wir dürfen nicht den gescheiterten Sozialismus der Sowjetunion als einziges Beispiel

nehmen. Die Revisionisten sind aufgetreten, anti-leninistische Marxisten, und das schon seit dem zweiten internationalen Sozialistenkongress. Ich denke, wir können von den heutigen linken Theoretikern lernen, von Gramsci, dem Marxisten und von Chomsky, der kein Marxist ist. Oder auch vom Sieg der Politik Allendes, der mit amerikanischer Unterstützung vom Militär vereitelt wurde. Von den Zapatisten und ihrem Guerillakrieg ...«
Larung hustet.
»Genau! Aber, mein Lieber, du entschuldigst den Sozialismus, indem du auf seine vielen Gesichter hinweist, während du vom Kapitalismus nur das Zerrbild siehst. Für dich entwickelt sich der Sozialismus beständig weiter, der Kapitalismus dagegen bleibt deiner Meinung nach bei der industriellen Revolution stehen.«
Koba nickt und denkt über eine passende Entgegnung nach. Larung ist noch nicht zu Ende. »Etwas zu entschuldigen ist bereits im Denkansatz eine Ungerechtigkeit.«
Koba weiß nicht, was er dagegen vorbringen könnte.
»Verbrechen und Wohltaten kommen in einem Paket.«
»Übertreibst du jetzt nicht etwas?
Larung lacht auf. Er schlägt Koba auf die Schulter. Dann füllt er ein Glas mit Wasser aus der Thermosflasche, holt eine Pille aus seiner Gürteltasche und schluckt sie.
»Bist du krank, mein Lieber?«
»Ein Mittel gegen Halluzinationen.« Er grinst. »Andere schlucken Ecstasy und essen Pilze vom Kuhmist, um Halluzinationen zu haben, ich nehme diese Pillen, damit ich keine habe.«

»Du hast wirklich einen sehr trockenen Humor!« Aber insgeheim fragt sich Koba doch, wie es dazu kommen konnte, dass Larung bereit war, sie hierher zu bringen, obwohl er keinerlei Sympathie für ihre Überzeugungen zeigt. Der Bursche ist offensichtlich nicht geneigt, irgendwelche Werte zu verteidigen. Koba fällt auch auf, dass Larung bis jetzt keine einzige eigene Idee geäußert hat. Er sieht alles nur negativ. Wer ist er in Wirklichkeit?

»Meiner Meinung nach ist er kein Geheimagent«, bemerkt Koba im Flüsterton. Der Gasbrenner ist gerade abgestellt worden, das Zischen und Brodeln der Flamme hat aufgehört, und ihre Stimmen sind in dem Chinesischen Esszelt wieder deutlich zu vernehmen. Koba bemerkt, dass das Restaurant nicht den Namen rumah makanan cina, »Chinarestaurant« trägt. Der Koch, der Indonesisch und Chinesisch durcheinander spricht, weist die Bedienung an, das Essen an ihren Tisch zu bringen, Barsch und Tintenfische in Muschelsauce und Ketchup und ein Hühnergericht mit schwarzem Pfeffer. Der Fisch ist ganz frisch, schließlich befinden sie sich in einer Küstenstadt.
»Wie kannst du so sicher sein?«, fragt Wayan Togog, nachdem die Bedienung wieder gegangen ist.
»Er ist klug.«
Bilung lacht: »Soll heißen, Geheimagenten sind dämlich.«
»Geheimdienstleute sind vielleicht schlau in technischer Hinsicht. Aber sie haben keine Ahnung von Gesellschafts-

theorie. Ihre Kenntnisse beschränken sich auf das Sein und das Sollen. Larung dagegen besitzt die Fähigkeit zu kritischen Analysen.« Und nach einer kleinen Pause fügt Koba hinzu: »Obwohl er offensichtlich an nichts glaubt.«

»Vielleicht ist er auch nur jemand, der nicht ganz normal ist.«

»Aktivisten dürfen aber keine Spinner sein«, wirft Wayan Togog sofort ein. »Wie kann einer für die Demokratie kämpfen, wenn er dermaßen seltsame Ansichten hat und den Kapitalismus verteidigt!«

Seine beiden Freunde schweigen. Nicht etwa, weil sie ihm zustimmen. Koba findet in den Worten von Wayan Togog viele Allgemeinplätze. Das bringt ihm in seinen Ansprachen bei Kundgebungen viele begeisterte Zuhörer. Anders als bei ihm selbst. Er ist nie neidisch auf ihn. Aber er weiß auch, dass er Wayan Togogs Schlussfolgerungen nicht allzu sehr vertrauen kann.

Bilung äußert sich ebenfalls nicht. Er verzehrt seinen Barsch und das Hühnergericht und schnalzt vor Vergnügen über das dicke weiße Fleisch mit der Zunge. Er genießt gutes Essen. Er ist entsprechend füllig. Beim Essen rinnt ihm immer der Schweiß über die Stirn und macht seine Ponyfrisur nass. Er sagt oft: »Ich denke nicht gern, wenn ich esse, aber ich esse gern, wenn ich nachdenke.« Er ist kein Mensch, der aufs Denken versessen ist, prahlt auch nicht mit philosophischen Sätzen. Gerechtigkeit ist für ihn eine Sache von Gewissen und Arbeit, nicht von Theorie. Er glaubt, dass im Herzen jedes Menschen das

Gefühl für Gerechtigkeit so zuhause ist wie in seinem und dass man dafür keine Bücher braucht. Für ihn ist die Sache ganz einfach: Es gibt Menschen, die habsüchtig sind und verrückt nach Macht.

Bilung stammt aus einer strenggläubigen muslimischen Händlerfamilie in Kediri. Sein eigentlicher Name ist Farid Fanani, sie sind neun Geschwister und er ist der mittlere von ihnen. Er hat drei Jahre lang die Koran-Schule besucht und danach öffentliche Schulen. Er hat sich immer wieder heimlich aus der Koran-Schule weggestohlen, um Wayang-Aufführungen beizuwohnen. Bis jetzt berührt ihn die Szene vom Bruderkrieg ganz besonders, vielleicht aus Nostalgie. Er bewundert den Krieger, der sich mit den Worten »Ich möchte mich verabschieden, um zu sterben« in die Schlacht stürzt. Seine beiden älteren Brüder haben Philosophie studiert und sind Aktivisten geworden – der eine an der Universität Gajah Mada, der andere an der islamischen Hochschule Sunan Kalijaga in Yogyakarta, zwei weitere haben Medizin und Wirtschaft studiert. Einer der beiden Aktivisten, Akhmad Sahal, ist Religionsgelehrter geworden und bezeichnet sich als liberal. Er ist der Meinung, dass jede Religion ebenso wie der Sozialismus sich von der Machtpolitik fernhalten müsste. Religion und Sozialismus sollten Bewegungen außerhalb des Staates sein. Farid Fanani stand früher sehr unter dem Einfluss dieses Bruders. Deswegen war für ihn klar, dass die linke Bewegung nicht nach Macht streben dürfe. Auf der Mittelschule interessierten ihn jedoch vor allem die Naturwissenschaften. Im Unterschied zu seinem Bruder, der Philosophie studierte, schrieb er sich in der naturwissenschaftlichen Fakultät der Universität Airlangga in Surabaya ein. Er engagierte sich in Umweltfragen, bevor er Wayan Togog und Koba traf, die ihn zu kleinen Diskussionskreisen im linken Milieu mitnahmen. Er respektierte seine Freunde, fühlte sich aber eher von Haji Misbach angezogen, einem Moslem, der kommunistischen Ideen huldigte, oder auch Che Guevara, der für ihn das Muster eines wahren Helden verkörperte. Er las lieber Biografien, als sich in die Gedankengänge eines Autors zu vertiefen. Obwohl seine Eltern Israel ebenso hassten wie den Kommunismus, las er mit Begeisterung von den Abenteuern Eli Cohens, des Geheimagenten des Mossad, auch über den Kampf zwischen KGB und CIA. Er liebte Abenteuer, ging gern in die Berge, kleidete sich gern in militärischem Outfit und liebte Späße.

Die Teilnahme an Demonstrationen festigte die Freundschaft zwischen Farid Fanani, Ketut Alit Kertapati und Wapangsar Kogam Sebayang. Sie gründeten gemeinsam die Solidarlit und taten das mit einem Schuss Humor, indem sie sich Namen von Figuren aus dem Wayang zulegten, deren Charaktere ihren Idealen entsprachen. Farid Fanani nannte sich Bilung, nach einem Narren und Antihelden, der im Wayang ein Diener der Kaurawas war, ebenso wie Togog. Diesen letzteren Namen hatte er Ketut Alit vorgeschlagen hatte, und dieser war gern darauf eingegangen, vor allem weil »Togog« in seinen Ohren kräftiger klang, sozusagen einen Anklang von Sumatra hatte, während ihm »Bilung« zu wenig männlich wirkte und zu

sehr nach javanischem Diener schmeckte. In Wirklichkeit wäre die Figur Togog, der sich den Mund zerrissen hatte, als er einen Felsen verschlang, passender für Farid Fanani gewesen, der so gerne aß.
Bei Solidarlit hatte sich allmählich eine Arbeitsteilung ergeben, insofern, als Koba vor allem die große ideologische Linie vorgab und Handlungskonzepte entwickelte. Wayan Togog war der kühne und starke Anführer in der Öffentlichkeit. Bilungs Stärke lag auf technischem Gebiet: Flugblätter drucken und verteilen, einen Geheimsender betreiben, im Internet agieren. Bilung wusste theoretisch, wie man Bomben baut, aus Pottasche, Schwarzpulver und Urea – das er über das Internet besorgen konnte –, aber sie fanden, dass Gewalt derzeit keine brauchbare Kampfstrategie abgab. Sie setzten eher auf Bewusstseinsveränderung und den Aufbau von Netzwerken. Die drei jungen Männer waren der Motor und das Rückgrat der ganzen Bewegung.

Während des Mittagessens sprechen sie nicht viel, denn es sind noch andere Gäste im Esszelt. Der Raum ist nicht sehr groß und die Tische stehen dicht beieinander. Es wäre gefährlich, über geheime Dinge zu reden. Die drei jungen Männer entschließen sich spazieren zu gehen, sie wollen sich etwas in der Stadt umsehen und – wer weiß – Larung treffen, jedenfalls ihn etwas im Auge behalten. Die Stadt ist klein. Innerhalb einer Stunde sind sie am Fischmarkt vorbeigekommen, haben den Hafen gesehen, sind die Hauptstraße entlanggeschlendert und sind wieder ins

Wisma Saleh zurückgekehrt.
Koba fragt am Empfang nach seinem Zimmerschlüssel, aber er ist nicht da. Larung ist also auf dem Zimmer, wartet auf sie, wartet auf ihn.
»Wie war euer Spaziergang?«
»Gut.« Koba versucht herauszufinden, ob Larung etwa böse ist, weil sie nicht sofort wieder heimgekommen sind. »Es macht doch nichts, dass wir noch etwas spazieren gegangen sind, oder?«
»Nein. Es ist nur etwas einsam hier. Ich habe plötzlich Sehnsucht nach meiner Großmutter bekommen.« Es klingt wie ein verdecktes kindliches Schmollen.
»Ist die nicht schon lange tot?«
Larung schweigt einen Moment. Dann summt er fast unhörbar die Melodie vom Schmetterling.
»Hör mal, hast du einen Bruder, der Pahrev heißt?«
»Was ist mit Pahrev?« Koba zuckt zusammen.
»Es ist nichts weiter.«
»Er ist mein älterer Bruder. Was ist mit ihm?«
»Nichts. Es war nur so eine Vermutung, ob dein Vater vielleicht eins seiner Kinder Pahrev genannt hat.«
»Wie bitte?«
»Och, nur so eine Idee.«
»Woher weißt du etwas von Pahrev?«
»Ich weiß nichts. Es war eine blinde Vermutung.« Larung grinst verlegen, wie ein frecher kleiner Junge. Aber Koba erschrickt etwas vor Larungs Gesichtsausdruck, ohne zu wissen, warum. »Du heißt Wapangsar Kogam. Dein Vater steht zweifellos auf der Seite der Orde Baru. Vermut-

lich hat er seine Söhne Pahrev oder Tuparev genannt – Helden der Revolution oder Sieben Helden der Revolution. Pahrev ist besser. Wenn du jedoch noch einen Bruder hast, der Usdek heißt, dann ist dein Vater ein begeisterter Bewunderer der Macht.«

Koba glaubt nicht richtig zu hören. Larungs Vermutung ist genau richtig. Er hat tatsächlich zwei Brüder. Der eine, 1962 geboren, heißt Usdek, der andere, im Dezember 1965 geborene, Pahrev. Der Name Wapangsar Kogam wurde für das nächste Kind bestimmt, das seine Mutter zur Welt bringen würde. Das starb jedoch bei der Geburt, und so bekam er, der 1971 geboren wurde, diesen Namen. Sein Vater ist in der Tat ein Mann, der Ruhm und Macht bewundert. Doch warum hat Larung keine anderen Namen genannt – Tavip zum Beispiel, warum nur Usdek und Pahrev?

Er wundert sich, ist beunruhigt.

13. AUGUST 1998

Besorgt wacht Koba auf, noch bevor der Morgen graut. Er ist schweißgebadet und entdeckt, dass die Klimaanlage auf 26 Grad eingestellt ist. Wahrscheinlich hat das Larung getan. Er denkt an seine Eltern und an seine Geschwister in Medan. Ob die Militärpolizei schon gekommen ist und sie verhört hat? Vielleicht haben sie Pahrev, der keine Ahnung hat, mitgenommen und so lange geschlagen, bis er ihnen einen Hinweis darauf gegeben hat, wo er, Koba, sich versteckt? Koba ist wirklich in Aufregung nach dem Gespräch gestern. Er schluckt, um seine trockene Kehle anzufeuchten. Er hatte Larung bedrängt, ihm zu sagen, wie er darauf gekommen sei, die Namen seiner beiden Brüder zu nennen, so etwas kann man doch nicht einfach erraten. Doch Larung hatte nur den Schluss gezogen: »Wenn das so ist, dann ist dein Vater verdächtig.« Und damit hatte er recht.

Koba will es nicht glauben. Er findet es zu naiv, so etwas für einen bloßen Zufall zu halten. Er ist verunsichert und ärgert sich darüber, dass er es ist. Wer ist dieser Larung? Ob er doch Verbindungen zum Militär hat und ihm ein Zeichen geben wollte, dass seine Familie in Gefahr ist?

Aber er hat keinerlei Beweis für einen derartigen Vorwurf gegenüber Larung. Und sollte der Mann wirklich auf der Seite des Militärs stehen, warum sollte er ihm dann einen Hinweis geben? Larung kommt ihm andererseits vor, als ob er nicht von dieser Welt wäre. Seine Worte scheinen geheime Botschaften zu enthalten. Koba ärgert sich zugleich über sich selbst, darüber, dass er beginnt, abergläubisch zu werden: Hoffentlich ist es kein Zeichen, dass seine Familie bedroht ist. Er ärgert sich, ist aber nicht in der Lage, seine Besorgnis durch ruhige Überlegungen zu besänftigen.

Er betrachtet Larung, der noch, in seine Decke gehüllt, leise schnarcht. Da seine Nervosität ihn nicht ruhen lässt, steht Koba auf, verlässt leise das Zimmer, geht die Treppe hinunter, überquert die Straße und betritt einen Telefonladen, der rund um die Uhr geöffnet hat. Seine Mutter steht normalerweise im Morgengrauen auf, um zu beten. Er wählt ihre Nummer, hört den Rufton, wartet gespannt, dass sie sich meldet. Nichts. Seine Nervosität nimmt zu. Er wählt die Handynummer seines Bruders Usdek, der in einer Holzfirma arbeitet. Nur der Anrufbeantworter meldet sich. Er bereut sofort, dass er angerufen hat, denn die Nummer des Telefonladens wird dort natürlich registriert. Er flucht, verwünscht seine Blödheit, aber es ist zu spät. Er ruft abermals zuhause an, diesmal meldet sich seine Mutter. Er ist gerührt von der Sorge und Liebe, die in ihrer Stimme mitklingen. Sie sprechen jedoch nur kurz miteinander. Er fragt, ob seine Geschwis-

ter in Sicherheit seien. Seine Mutter beruhigt ihn. Er sagt, er sei noch in Surabaya. »Mutter, ich hab dich lieb.«
Koba steht wie betäubt da. Noch ist es stockfinster. Ihm ist klar, dass er einen Fehler begangen hat. War ich etwa zu besorgt? Er hat sich nicht beherrschen können, hat etwas getan, das er auf keinen Fall hätte tun dürfen: ein Handy anrufen, das die Nummer des Anrufers registriert. Die Pickel in seinem Gesicht beginnen zu brennen.

Er kehrt nicht in sein Zimmer zurück. Er klopft an die Tür von Wayan Togog und Bilung. Er möchte ihnen berichten, was passiert ist, aber das Risiko ist zu groß, dass Wayan Togog dadurch noch mehr in seiner Überzeugung bestärkt wird, dass Larung ein Geheimagent ist, zumindest aber ein Informant. Er beschließt, es auf später zu verschieben. Er versucht es auf andere Weise.
»Jeder von uns kann Fehler machen, Freunde. Meine positive Einstellung Larung gegenüber kann sich als Irrtum erweisen, Wayan Togogs negative ebenfalls. Wie wär's, wenn Bilung es jetzt übernimmt, Larung zu beobachten? Dann haben wir einen Ausgleich zwischen mir und Togog und wir können eine Entscheidung treffen, was unsere weitere Flucht betrifft.«
»Ich bin bereit, Kamerad Kommandant. Kula pamit pejah, ich stürze mich in die Schlacht.« Bilung grinst verlegen. Sein Hemd steht offen und so ist sein Bauch zu sehen, der anfängt sich zu wölben. Unterhalb des Nabels bildet sich eine Falte, die wie ein schmunzelndes Gesicht aussieht, das sich über den ganzen Leib ausbreitet. Er ist

immer gut gelaunt und zu Scherzen aufgelegt, auch wenn die anderen nicht immer darüber lachen. Er weiß, Koba kann seinen javanischen Ausruf nicht verstehen – den Gruß der edlen Wayanghelden, bevor sie in den Kampf ziehen.

Es wird ein trüber Tag, der genauso verläuft wie der vorhergehende. Die drei jungen Männer haben ihn zur freien Verfügung. Larung sucht Kontakt zu seinem Partner aufzunehmen. Er macht sich nach dem Frühstück auf den Weg. Bilung folgt ihm heimlich. Er beobachtet, wie der kleine Mann vor der Pension ein Motorradtaxi besteigt. Eine Viertelstunde später bekommt er ihn in der Hafengegend wieder zu Gesicht, eine große Tasche über die Schulter gehängt. Eine weitere Tasche trägt er in der Hand und bietet den Inhalt Leuten bei einem Essensstand an. Er gibt sich also als Händler aus.
Bilung zieht seine Kappe tiefer ins Gesicht, lässt sich in einiger Entfernung auf einer Bank nieder und betrachtet aufmerksam die Szene. Allmählich beginnt er, die Lässigkeit zu bewundern, mit der Larung sich als Händler bewegt. Er schwatzt mit den Leuten, stellt seine verkäuferische Gewandtheit zur Schau, bringt die Umstehenden zum Lachen. Bilung nimmt innerlich Anteil am Geschehen. Er wettet mit sich selbst, ob Larung Erfolg hat beim Anpreisen seiner Waren oder nicht. Als der schmächtige Mann tatsächlich etwas verkauft, lächelt Bilung zufrieden und beglückwünscht ihn stumm. Es kommt ihm vor, als säße er im Theater.

Innerhalb einer Stunde findet Larung zwei Käufer für seine Ware. Bilung murmelt im heimatlichen Idiom ein »hore« – großartig.
Dann kommt jemand, offenbar ein Unteroffizier der Armee, der sich Larung nähert.
Auf die Entfernung kann Bilung die Rangabzeichen auf seiner Uniformjacke nicht erkennen. Aber er trägt die übliche Felduniform mit Käppi. Gespannt reckt Bilung den Hals, rückt etwas zur Seite und verbirgt sich dann wieder, um nicht so schnell erkannt zu werden. Dennoch verfolgt er das Geschehen genau. Der Soldat macht vor Larung halt. Die beiden Männer unterhalten sich miteinander. Bilung bemerkt, dass sich Larung mehrmals umdreht – wahrscheinlich um seine Fluchtmöglichkeiten zu prüfen –, während ihn der Soldat direkt ansieht. Nach etwa einer Minute weist Larung auf etwas hin, sein Gegenüber blickt ebenfalls in diese Richtung und nickt. Larung holt einen Spielzeughund aus seiner Tasche und lässt ihn auf einem Tisch vorführen, was er alles kann. Der Soldat schaut ihm einen Moment lang zu und lächelt (Bilung kann seine Zähne aufblitzen sehen). Dann sprechen sie wieder miteinander. Der Mann zieht seine Börse, entnimmt ihr etwas Geld, reicht es Larung. Dieser steckt das Spielzeug in einen schwarzen Plastikbeutel und händigt es dem Käufer aus.
Als Bilung sieht, dass der Mann mit dem Spielzeughund in der Plastiktasche in seine Richtung kommt, wendet er sich vorsichtig ab. Er bekommt Angst davor, erkannt zu werden. Auch davor, dass Larung ihn entdecken könnte. Er steht auf und verlässt den Platz.

Doch als er etwas später zu der Bank zurückkehrt, auf der er gesessen hatte, findet er Larung nicht mehr vor, weder im Hafengebiet noch bei den Verkaufsbuden.

»Ich habe ihn aus den Augen verloren. Verdammt!«
Zurück im Wisma Saleh berichtet Bilung über seine Beobachtungen (wie üblich streut er dabei immer wieder mal einen Scherz ein). Doch an ihrer Lage hat sich dadurch nichts geändert. Wayan Togog ist weiter überzeugt davon, dass Larung ideologisch auf der gegnerischen Seite steht, er hat mit einem Soldaten geredet, der plötzlich auf der Insel aufgetaucht ist, niemand weiß, woher. Koba hat jedoch seine Zweifel und widerspricht: Der Soldat kann doch ganz zufällig hier sein, vielleicht hat er Freunde besucht.
»Warum hat er dann ausgerechnet Larung angesprochen? Warum niemanden anders gefragt?«, beharrt Wayan Togog.
»Wahrscheinlich war es rein zufällig.«
»Glaubst du in einer Welt wie der unseren gibt es überhaupt noch Zufälle? Überall werden Komplotte geschmiedet, Freunde! Die CIA war in die separatistische Revolution der Offiziere auf Sumatra verwickelt. Die CIA war an der Besetzung von Ost-Timor beteiligt. Und ich bin der festen Überzeugung, dass die Ereignisse vom September 65 auf Machenschaften der CIA und des Militärs zurückgehen, die damals einen Vorwand suchten, um den Kommunismus in Indonesien auszurotten.«
Koba schweigt. Ihm geht das zu weit. »Die Verschwörungstheorien sind manchmal ...« Ihm fehlen die Worte.

»Nehmen wir mal an«, meldet sich Bilung zu Wort, »Larung ist ein Agent des Geheimdienstes oder einer seiner Informanten. Angenommen, es handelt sich hier um eine Verschwörung. Dann sollten wir uns aber die Gegenfrage stellen: Warum hat Larung uns dann bis jetzt frei herumlaufen zu lassen?«
»Das ist ganz einfach! Sie wollen den Mann fangen, der uns abholen soll«, wirft Wayan Togog ein.
»Wer wird das sein?«
»Jedenfalls einer, der wichtiger ist als wir«, meint Koba so ruhig wie bisher.
»Wer ist denn wichtiger als wir?«, fragt Wayan Togog mit erhobener Stimme.
»Jemand, der in ihren Augen ein größeres Ansehen besitzt, so dass es sich eher lohnt, ihn zu schnappen.«
Wayan Togog runzelt die Stirn.
»Verdammt noch mal! Dann wären wir nur der Köder?«
Bilung schüttelt zornig den Kopf.
»Aber wer soll das sein?«
»Keine Ahnung.«
Sie verstummen.
»Aber was, wenn nun Larung nicht vom Geheimdienst ist?«, lässt sich Koba nach einer Weile hören.
»Dann hat sich das Problem in Luft aufgelöst«, ruft Bilung und verzieht das Gesicht zu einem Grinsen, mit dem er Präsident Suharto imitiert, den sie verabscheuen.
»Wir müssen mit dem schlimmsten Szenario rechnen«, widerspricht Wayan Togog, ohne auf den Scherz einzugehen. »Wir müssen sogar bereit sein, Larung zu töten,

wenn er tatsächlich vorhat, uns – und den anderen – dem Militär auszuliefern. Denn uns dem Militär auszuliefern, das wäre unser Tod!«

Von jetzt an ist die Atmosphäre aufs äußerste gespannt.

Das Zimmer füllt sich mit Zigarettenqualm.

Alle spüren die Spannung. Bilung gefriert das Lächeln auf den Lippen.

Töten. Die ganze Zeit über ist ihnen nie der Gedanke gekommen, dass sie dem Tod nahe sein könnten.

Getötet werden oder töten. In den vergangenen fünf Jahren haben sie nichts anderes getan als Tausende von Hausangestellten und Arbeitern in Surabaya und Umgebung anzusprechen, um zu versuchen, sie davon zu überzeugen, dass sie ein Anrecht auf angemessenen Lohn, kürzere Arbeitszeiten, Urlaub haben. Sie haben auch versucht, ihnen klarzumachen, dass Regierung, Sicherheitskräfte und Arbeitgeber eine Front bilden, so dass sie, um etwas zu erreichen, sich zusammenschließen und organisieren und dass sie lesen und schreiben lernen müssen. Die drei Männer hätten nie gedacht, dass auf Aktivitäten wie diesen die Todesstrafe stehen könnte. Das wäre ihnen überhaupt nicht in den Sinn gekommen, bis Generalmajor Sutiyoso, der Bezirkskommandant von Jakarta, vor zwei Wochen den Befehl ausgab, sie standrechtlich zu erschießen, und General R. Hartono verfügte, dass der Befehl landesweit gelte. Dieser Befehl ist der Grund dafür, dass sie nun hier in diesem lausigen Hotelzimmer sitzen. Selbst auf dem Weg hierher haben sie nicht für möglich gehalten, dass sie sich in Todesgefahr befinden könnten.

Erst Wayan Togogs Worte haben ihnen das klargemacht. Wie nahe ihnen dieses Schicksal ist. Getötet werden. Töten. Ist es noch weit weg? Oder schon ganz nahe?
Togog hat es jedoch ausgesprochen, denn er kann Larungs Worte nicht vergessen: Ihr seid nur etwas wert, wenn ihr tot seid.

Plötzlich ein schriller Laut. Der Alarm des Funkmeldegeräts lässt sie aufschrecken. Es ist wie ein Schock. Wie eine Warnung vor der eigenen Sorglosigkeit. Ein Zeichen von Gefahr. Drei Tage lang hat das Ding keinen Ton von sich gegeben. Wer kann jetzt eine Nachricht schicken? Jemand, der weiß, dass sie hier sind. Wessen Gerät aber ist es, das sich nun meldet? Bilung erschrickt, weil offenbar einer von ihnen noch einen Pager bei sich hat. Er selbst hat seinen in Jakarta zurückgelassen, nachdem er die Seriennummer entfernt und die eingegangenen Nachrichten gelöscht hat. Koba und Wayan Togog springen auf. Eine Sekunde später fällt Koba ein, dass er sein Gerät nicht hier, sondern in seinem Zimmer im Schrank liegengelassen hat. Es ist also nicht seins. Wayan Togog zieht das seine aus der Hosentasche.
Er drückt auf einen der Knöpfe. Der Pager schrillt weiter. Seine beiden Freunde rufen wie aus einem Mund: Mach den Ton aus!
Ihre Nerven liegen blank.
Wayan Togog liest:
»Der Pager frisst Pflanzen. Absender: B.C.«
Sie schweigen, sind ratlos.

Da schrillt der Pager abermals.
»Mach den Ton aus! Dummkopf!«
»Das ist ein altes Gerät, da kann man den Ton nicht ausschalten.« Wayan Togog ist offensichtlich ratlos.
Die gleiche Nachricht kommt drei Mal: Der Pager frisst Pflanzen, B.C.
Ihre Aufregung steigt. Ist es ein Irrläufer? Eine geheime Botschaft? Oder ein Einschüchterungsversuch?
Dann meint Koba in ruhigem Ton: »Ich denke, es ist Larung. Solche Wortspiele sind typisch für ihn.«
»Aber was soll das heißen: der Zaun frisst Pflanzen? Und meinst du, er, der uns im Moment bewacht, ist dabei, uns ins Unglück zu stoßen?«
»Es heißt ›der Pager frisst Pflanzen‹. Pager, gleich Funkgerät, nicht ›pagar‹ gleich Zaun.« Koba sieht Wayan Togog an. »Vielleicht war es ein Fehler, dass wir die Pager auf die Flucht mitgenommen haben.«
Wayan Togog schiebt seinen Unterkiefer wie gewöhnlich, wenn er aufgeregt nachdenkt, hin und her. »Das war kein Fehler. Selbst wenn wir auf der Flucht sind, wir müssen doch die Entwicklung verfolgen.«
»Das Problem ist nur, dass der, der uns etwas auf unseren Pager schickt, uns nicht bloß Informationen, sondern auch Desinformationen übermitteln kann«, meint Bilung. Er selbst ist nicht damit einverstanden, dass seine beiden Freunde die Dinger auf die Flucht mitgenommen haben.

Plötzlich schrecken sie aufs Neue auf, denn von weitem ist ein lautes Piepen zu hören. Aus einem anderen Zimmer. Es wird immer lauter, stürzt sie in Aufregung. Koba erkennt den Ton seines Funkmeldegeräts. Er springt auf und läuft aus dem Zimmer. Ein Schlüssel dreht sich knirschend im Schloss. Kurz danach verstummt der Alarm. Koba kehrt zurück, atemlos.

»Der Pager frisst Freunde. Sjam.«

Koba ist sicher, dass er den zynischen Humor wiedererkannt hat. Doch ist es wirklich nur ein Scherz?

»Es ist wohl komisch, allerdings auch ziemlich sadistisch.« Bilung lacht, diesmal bitter. »Ob er mit B.C. das Sonderbüro meint und mit Sjam Sjam Kamaruzama?«

»Ich denke ja.«

»Will er damit sagen, dass wir gegenüber Doppelagenten wie Sjam sehr vorsichtig sein sollen? Vielleicht will er auch andeuten, dass er selbst ein Doppelagent ist. Einerseits Aktivist, andererseits ein Zögling der Armee ...«

»Das geht zu weit!« Wayan Togog ballt die Faust. »Ich werde ihn direkt fragen!«

Koba nimmt nochmals das Funkmeldegerät in die Hand, das jetzt vibriert, nachdem er es umgestellt hat. Die Nachricht erscheint drei Mal. »Der Pager frisst Freunde, Sjam. Ich denke, wenn er zugibt, dass er diese Nachricht geschickt hat, dann ist der Sinn klar: Wir sollen unsere Pager wegwerfen. Sie haben uns schon ganz verrückt gemacht.«

»Das Problem ist bloß«, meint Bilung, »wenn er es nicht zugibt, was dann?«

Das Gerät von Wayan Togog meldet sich abermals.

»Operation Jalesvave Jaya Mahe. K.O.T.I.«

Dann das Gerät von Koba.
»Auf dem Meer siegen wir. K.O.T.I.«
Alle drei holen gleichzeitig tief Luft. Sie verstehen nicht, was all das bedeuten soll. Unruhe erfasst sie wieder. Das Gefühl, dass Warten nichts bringt. Sie sind wütend, wissen jedoch nicht auf wen. Jemand treibt sein Spiel mit ihnen. Dann wieder Stille. Koba und Bilung sitzen auf ihren Stühlen, Wayan Togog steht, läuft ab und zu nervös um sie herum. Die beiden Funkmeldegeräte liegen auf dem Tisch. Alle drei haben ihre Blicke darauf geheftet. Ihnen ist klargeworden, dass die Funkgeräte sie in Unruhe versetzen. »Wahrscheinlich ist es das Beste, sie einfach wegzuwerfen. Zumindest sollten wir sie abstellen. Aber was ist, wenn wir eine wichtige Botschaft verpassen? Und vielleicht gelingt es uns ja auch, diesen merkwürdigen Botschaften, die laufend eingehen, etwas zu entnehmen. Doch wozu? Um eine Antwort auf die Frage zu bekommen, wer Larung wirklich ist? Aber vielleicht können wir den Meldungen doch etwas entnehmen. Etwas Verborgenes. Das Geheimnis erschließt sich womöglich, wenn es uns gelingt, die Botschaften so zu ordnen, dass sie sich zu einem Puzzle zusammenfügen.«
Das Zimmer ist mittlerweile völlig verraucht.

Kobas Gerät vibriert auf dem Tisch. Eine Meldung ist eingegangen, wartet darauf, geöffnet zu werden.
Er zögert. Er scheut sich, eine Botschaft anzunehmen, die er nicht versteht. Aber er kann seine Neugier auch nicht bändigen. Er greift nach dem Funkgerät.

»Über große Steine springt man, an kleinen Kieseln scheitert man. Sjam.«
Ein Rätsel. Sie sind im Labyrinth der Rätsel gefangen. Sie möchten aus dem Spiel aussteigen, können es aber nicht. Es geht weiter.
»Der Elefant jenseits des Meeres ist nicht klar zu erkennen, ebenso wenig wie das Staubkorn auf dem Augenlid. Sjam.«
Nichts ist klar.
Keiner sagt etwas. Fragen gehen ihnen durch den Kopf, immer wieder dieselben. Ist es Larung? Oder ist er es nicht? Wenn es Larung ist, worauf will er hinaus? Wenn er es nicht ist, wer ist es dann? Und was will er von ihnen? Was passiert im Moment mit Larung? Koba denkt an seine Familie. Der Fehler von heute Morgen bedrückt ihn. Dass er das Handy seines Bruders angewählt hat, verschweigt er seinen Freunden. Seine Hände sind feucht.
Eine halbe Stunde lang sind die beiden Funkmeldegeräte still. Dann meldet sich das Gerät alpha 42690. Wayan Togog ergreift es hastig, eine neue Botschaft.
»Der Teufel kommt mit kleinen Schritten. B. C.«
Kobas Gerät vibriert ebenfalls.
»Der Teufel kommt mit kleinen Schritten. Sjam.«
Beide Geräte läuten oder vibrieren.
Der Teufel kommt mit kleinen Schritten.
Der Teufel kommt mit kleinen Schritten.
Der Teufel kommt mit kleinen Schritten.
Sie hören Schritte näherkommen.
Regentropfen schlagen an die Fensterscheiben.

* * *

»Das Wetter ist im Moment schwer vorherzusagen, Bang.« Anson macht das Boot startklar. »Der Westmonsun hat noch nicht eingesetzt. Aber manchmal gibt es Stürme.« Saman blickt zum Himmel. Eine Wolkenwand ist zu sehen, sie ist noch weit weg.

»Glaubst du, dass es sicher ist, wenn wir jetzt losfahren?«

»Wir versuchen's einfach, Bang.«

»Du weißt es besser als ich.«

»Aber wir dürfen nicht zu spät am Nachmittag zurückkommen.«

»Das sehen wir noch.«

Das Boot dient normalerweise dazu, Passagiere nach Kijang, der Stadt gegenüber Mapur, zu bringen und befördert dabei gewöhnlich auch Fisch. Es ist ein unscheinbares Boot, mit nur einem Motor, einer Yamaha von 120 PS. Es hat nichts Besonderes an sich, außer dass Anson diesmal keine Passagiere mitnimmt. »Wir fahren nicht nach Kijang«, sagt er entschuldigend zu den Leuten, die an der Mole warten. Er stellt den Motor an und das Boot entfernt sich rasch von der Insel, der Dieselmotor hinterlässt einen schwarzen öligen Streifen auf dem Wasser.

Es ist gegen zehn Uhr morgens. Zur Mittagszeit soll Saman im Pelni-Hafen von Kijang den Mann treffen, Larung. Sie werden dann an einem der Essensstände zusammen etwas essen. Es ist eine kleine Ortschaft. Es kann nicht schwer sein, sich dort zu treffen. Das Boot braucht schätzungsweise zwei Stunden bis dorthin. Wenn alles

glatt verläuft, könnte er die jungen Leute noch am selben Tag nach Mapur bringen. Wenn es länger dauern sollte, bis sie sich treffen, wird er in Kijang übernachten müssen. Saman hat beides einkalkuliert.
Das Boot fährt direkt der Sonne entgegen, die manchmal hinter einer Wolkenkette verschwindet. Er hofft, dass an diesem Tag kein Sturm aufkommt. Er wäre froh, wenn alles schnell vorüberginge und er Yasmin anrufen könnte, um ihr zu berichten und Küsse auszutauschen. Sie soll aufatmen können.
Sie legen in dem kleinen Hafen an, am Wasserbehälter zur Versorgung der Schiffe. Saman schaut auf die Uhr, es ist genau 12:15 Uhr. Anson macht das Boot fest. Saman soll ruhig an Land gehen, er wird hier hocken bleiben und warten. Er kennt den Chef der Wasserversorgung. Der Pelni-Hafen liegt neben der kleinen Anlegestelle, circa dreihundert Meter weg. Saman schlendert dorthin, während er die Umgebung wachsam beobachtet. Kaum ist er losgegangen, da fällt ihm ein Mann in gefleckter Uniform auf, der gerade einem fliegenden Händler etwas abkauft. Er ist schon lange daran gewöhnt, Armeeangehörige mit Schwierigkeiten gleichzusetzen. Während er sich bemüht, harmlos auszusehen, verfolgt er den Mann unauffällig mit seinen Blicken, bis er durch das Hafentor verschwindet. Eine halbe Stunde später steht der Händler neben ihm: »Wie wär's mit einer Uhr? Ein Andenken für Yasmin?« Der Mann mustert ihn eindringlich.
Saman erkennt sein Gesicht wieder, betrachtet ihn aber trotzdem einige Augenblicke genau. Die kleine Gestalt

von etwa einsfünfzig überzeugt ihn schließlich. Im Gegensatz zu dem Gesicht auf dem Foto, das er gesehen hat, zeigt dieses hier allerdings ein freundliches Lächeln.
»Yasmin hat schon eine Uhr. Hast du nicht was anderes?«
»Vielleicht Spielzeughunde?« Dann flüstert er, »Lass uns woanders was trinken. Mich kennen hier schon eine Menge Leute.«
Ganz kurz erklärt Larung, dass ihre Pension etwas südlich vom Fischmarkt liegt. Er schlägt Saman vor, mit dem Boot dorthin zu kommen und sich dort in einer Stunde mit ihm zu treffen. »Ich werde inzwischen die Lage peilen.« Saman begibt sich zu Anson zurück. Sie verlegen das Boot zum Fischereihafen. Eine Stunde später erscheint Larung an der Anlegestelle. »Die Zeit vergeht hier wirklich langsam.« Die beiden suchen sich einen Kiosk und setzen sich hin. Von hier aus können sie das Wisma Saleh beobachten. Saman bietet Larung eine Zigarette an. Der aber lehnt ab: »Danke!« Sie unterhalten sich angeregt, während sie sich gegenseitig mustern.
Samans anfängliches Misstrauen legt sich allmählich, während Larung von seiner Reise mit den drei Aktivisten hierher erzählt. Die Art und Weise, in der er berichtet, überzeugt Saman. Obgleich er ihn gerade erst kennengelernt hat, hält er Larung für überlegt und erfahren. Er gibt die erforderlichen Auskünfte über die drei jungen Männer von Solidarlit ganz nüchtern, über ihre Herkunft, ihren Charakter – Larung besitzt eine gute Beobachtungsgabe. Er lässt nebenbei erkennen, dass er einigermaßen über Saman Bescheid weiß, auch über seine

Liebe zu Yasmin, was Saman mit Erleichterung aufnimmt.
Während sie ihren Kaffee schlürfen, behalten sie das Wisma Saleh, das kaum zweihundert Meter entfernt liegt, im Auge. Da plötzlich – sie schrecken zusammen.
Ein Motorrad ohne Nummernschild hält vor dem Hotel. Zwei kräftige Männer, die hintereinander gesessen haben, steigen ab und stellen die Maschine direkt vor der Eingangstür ab. Saman und Larung sind erfahren genug, um so ein Verhalten zu deuten. Die beiden Männer gehören zu denen, die das Gesetz repräsentieren. Sie geraten in Aufregung. Einer der beiden hat ein Walky Talky in der Hand, hält es vor den Mund und spricht anscheinend hinein.
»Verdammt! Wir sind entdeckt!«, flüstert Larung.
Saman will es noch nicht glauben.
Der Mann schiebt das Gerät wieder in die Halterung an seiner Hüfte, überquert die Straße und betritt den Telefonladen. Der andere geht in die Pension. Saman ist einen Moment lang wie gelähmt.
»Die Jungen sind drinnen«, ruft Larung besorgt und steht auf.
Ihm ist klar, dass sich der Mann in der Pension sofort an den Rezeptionisten wenden wird. Zum Glück hat er alle auf seinen Namen angemeldet, Larung Lanang, der nicht als Aktivist bekannt ist. Allerdings wird der Mann in Zivil innerhalb weniger Minuten Näheres über die vier Gäste aus Jakarta herausbekommen, zumal nicht viele Leute dort übernachten. Sobald die beiden sich vergewissert

haben, werden sie zweifellos Verstärkung anfordern, bevor sie weitere Schritte unternehmen. Es kommt höchst selten vor, dass sie sich zu zweit an drei oder vier Gesuchte heranwagen, um sie gefangen zu nehmen. »Wir haben noch etwas Zeit«, sagt Larung.

Gleich beim Einchecken hat er festgestellt, dass die Pension keinen Hinterausgang besitzt. Der Weg hinein oder hinaus führt in jedem Fall am Rezeptionisten vorbei. Sie verständigen sich darauf, dass Larung das Risiko auf sich nimmt, in die Pension zu gehen und die Jungen herauszuholen, wenn es nicht anders geht über die Notleiter. Währenddessen will Saman versuchen, den anderen Mann im Telefonladen abzulenken. Soweit sie beobachtet haben, ist nur einer der beiden Männer mit einem Funkgerät ausgestattet.

Sie bezahlen die Rechnung und trennen sich. Saman kann fast nicht glauben, dass er nun alles noch einmal erlebt. Ob er will oder nicht, er muss an seine Erlebnisse vor einigen Jahren denken. An das Dorf, das niedergebrannt wurde, an seine Gefangennahme und Misshandlung. An seine Flucht. Die Flucht in die Staaten, zu der ihm vor allem Yasmin und Cok verhalfen, die Flucht, bei der alles glatt gegangen war. Jetzt, bei der Flucht der Jungen wird es vielleicht nicht so glatt gehen. Er hat keine Ahnung, wie die Sicherheitskräfte Wind von ihrem Aufenthaltsort bekommen haben. Er denkt an Budiman Sudjatmiko und die anderen, die bereits festgenommen worden sind, vielleicht war es ein Telefonanruf oder eine Meldung von den Funkgeräten. Ihm fällt sein Alptraum

wieder ein. Er ist besorgt. Aber er hat keine Wahl. Er geht in den Telefonladen.
Der Mann erkundigt sich gerade nach den Nummern der Anschlüsse im Laden. Er notiert sie sich und vergleicht sie mit seinen Aufzeichnungen. Saman wirft einen Blick auf sein Schuhwerk, er trägt Militärstiefel. Er betrachtet sein Walky Talky.
»Entschuldigung«, sagt Saman in übertrieben lautem Tonfall. Er richtet seine Frage absichtlich an beide, an den Angestellten des Ladens und an den Mann, damit sie ihn zur Kenntnis nehmen. »Darf ich telefonieren?«
»Ortsgespräch oder Ferngespräch?«
»Hm ... Sind Sie von der Polizei?«
Der Angeredete antwortet unwillig. »Warum fragen Sie?«
»Sie sind sicher von der Polizei? Ihre Stiefel und das ...« Saman weist auf das Walky Talky in seinem Gürtel. »Ich denke, Sie sind von der Polizei?«
»Ja und, was gibt es?«
»Ich bin bestohlen worden. Offenbar ein Taschendieb. Meine Brieftasche ist verschwunden. Jetzt habe ich überhaupt kein Geld mehr. An wen kann ich mich wenden? Vielleicht können Sie mir helfen?«
Saman versucht, das Gespräch in die Länge zu ziehen, damit Larung Zeit hat, die Jungen sicher aus der Pension zu bringen. Der Polizist ist aus dem Konzept gebracht, er reagiert zunehmend ungehalten. Er blickt mehrmals durch das Fenster, in Richtung auf das Wisma Saleh. Saman kann nur momentweise sehen, was hinter ihm geschieht. Ob es Larung und den drei Jungen gelungen ist wegzu-

kommen? Kurz darauf sieht er den anderen Polizisten aus der Pension herauskommen. Er überquert die Straße und kommt auf den Telefonladen zu. Das Herz schlägt ihm bis zum Hals.

Nieselregen. Das Fenster am Treppenabsatz ist mit kleinen hellen Tropfen besprenkelt. Larung hastet vorbei. Seine kurzen Beine erlauben keine langen Schritte. Doch sie hallen im Korridor des zweiten Stockwerks wider. Es ist aber niemand sonst da. Alles ist still. Er klopft an die Tür von Zimmer 221.
Niemand antwortet.
Er klopft noch einmal. »Togog, ich bin's, Larung,« ruft er mit leiser Stimme.
Es dauert etwas, bis sich die Tür einen Spaltbreit öffnet. Dahinter erscheint Bilung. Ohne zu lächeln. Dabei lächelt er sonst immer.
»Zwei Polizisten in Zivil sind unten. Wir müssen so schnell wie möglich von hier verschwinden.« Larung geht hinein. Die beiden anderen sitzen drinnen, einer auf dem Stuhl, der andere auf dem Bettrand. Sie wirken unsicher. »Packt eure Sachen zusammen. Wir müssen hier verschwinden.«
Wayan Togog bleibt sitzen. »Ich komme nur mit, wenn du sagst, ob du uns die Botschaften auf die Pager geschickt hast.«
Larung sieht ihn eine Sekunde an, dann geht er zum Fenster und blickt nach unten. »Du kannst ja hierbleiben, wenn du willst.«
»Hast du uns die Botschaften geschickt und warum?«

»Wer sagt denn, dass ich sie euch geschickt habe?«
»Du gibst es also nicht zu?«
»Wenn du nur ein Geständnis haben willst, dann kriegst du keins. Wenn du aber eine Antwort hören willst, dann sage ich nein.« Er blickt Wayan Togog scharf an. Dann dreht er sich zu den anderen um. »Einer von ihnen ist schon in der Lobby. Der andere hält Wache im Telefonladen da drüben. Es wird keine halbe Stunde dauern, dann sind weitere Kameraden da, um uns zu schnappen.« Er betonte vor allem das »uns«.
Wayan Togog stört sich an dem Ausdruck »Kameraden« – den das Militär gern benutzt. Merkt ihr nicht, Larung spricht ihre Sprache?
Doch Koba ist aufgeschreckt, als er das Wort »Telefonladen« hört. Sein Gesicht wird bleich. Ist er vielleicht an allem schuld? Haben sie etwa Usdek verhört und aus den Daten seines Handys die Hinweise bekommen? Er bereut, angerufen zu haben, verwünscht sich selbst. »Vielleicht ist es mein Fehler, Freunde. Ich habe gestern Abend meinen Bruder auf dem Handy angerufen. Larung hat recht, wir müssen hier so schnell wie möglich weg.«
Offensichtlich kann sich Wayan Togog mit dem Gang der Dinge nicht abfinden. Er ist fest davon überzeugt, dass mit Larung etwas nicht stimmt. Kobas Geständnis klärt das Rätsel nicht auf, wer die Botschaften auf die Funkgeräte gesendet hat. Doch die Zeit drängt und die beiden Freunde folgen Larung. Wayan Togog ist zornig, räumt jedoch alle seine Sachen zusammen, steckt auch seinen Pager in die Hosentasche.

Larung erklärt ihnen, dass der Mann, den sie gleich treffen werden, Saman heißt. Sie überlegen kurz, was zu tun ist. Eine Notleiter gibt es in dem Hotel nicht. Das hat Larung bereits festgestellt. In dieser Stadt scheint der sonst übliche Sicherheitsstandard nicht überall eingehalten zu werden. Aus dem Fenster zu springen, wäre zu riskant, würde auch zu viel Aufmerksamkeit erregen. Es bleibt also nur der Weg am Empfang vorbei. Das bedeutet, dass sie dem Mann dort begegnen und versuchen müssen, kein Misstrauen bei ihm zu wecken. Koba und Bilung machen den Anfang, da sie ein unauffälliges Aussehen haben. Bilung geht schweigend, denn seinen typischen breiten ostjavanischen Akzent kann er unmöglich verbergen. Koba verbreitet sich hingegen ausführlich darüber, dass er eine Untersuchung über Schweinezucht auf der Insel Kijang vorbereite, um der auf der Insel Bulan Konkurrenz machen zu können. Sie passieren die Lobby, ohne nach rechts oder links zu schauen, da sie befürchten, durch Augenkontakt Misstrauen zu erregen. Sie nehmen lediglich wahr, dass zwei Leute vor dem Empfang sitzen. Koba setzt seinen Batak-Akzent bewusst ein, um die Leute zu täuschen, die darauf aus sind, drei Flüchtlinge aus Surabaya zu suchen. Den beiden Freunden gelingt es jedenfalls, unerkannt das Hotel zu verlassen und sich auf den Weg zum Fischereihafen zu machen. Vor dem Hotel stoßen sie auf die vor der Treppe geparkte Yamaha RX King.

Entsprechend ihrem Plan folgen zehn Minuten später Larung und Wayan Togog. Die beiden sprechen kein

Wort miteinander. Larung sieht sich einen Moment in der Lobby um, doch der Mann von vorhin ist inzwischen fort. Entweder auf der Toilette oder um nach seinem Kameraden zu sehen. Larung ist sehr vorsichtig und wachsam. Seine Augen suchen die Umgebung ab. Als sie aus dem Haus treten, sehen sie den kräftigen Mann an der Tür des Telefonladens stehen. Er hält die Tür auf und redet offenbar mit seinem Kameraden im Inneren, schaut aber immer wieder zum Eingang des Hotels.
Plötzlich ist der Ruf eines Funkgerätes zu hören. Der Ton kommt aus Wayan Togogs Hosentasche. Zum Teufel.
Im selben Moment hört Larung den Mann von der anderen Straßenseite her rufen: »Da sind sie!«

Blitzschnell geht er im Kopf durch, was passiert sein könnte: Koba hat seinen Bruder angerufen und die Nummer des Telefonladens wurde in dessen Handy gespeichert. Als die Polizei eine Durchsuchung bei Kobas Familie durchführte, kam sie ihm auf die Spur. Zwei Mann vom Fahndungsdienst sollten die Angabe überprüfen und waren zu dem Schluss gekommen, dass sich die Gesuchten in der Nähe des Telefonladens aufhielten. So geriet das Wisma Saleh, das nächstgelegene Hotel, ins Fadenkreuz. Nun hat der eine vom Fahndungsdienst eine Funkmeldung aufgegeben – die Nummer haben sie ja in ihrer Liste – ein Versuch ohne große Erfolgsaussichten, den Gesuchten ausfindig zu machen. Das Blödsinnige, das, was Larung so wütend macht, ist, dass Wayan Togog sein Gerät immer noch in der Hosentasche hat, selbst in diesem Moment noch.

Diesen möglichen Ablauf hat er sich in zwei Sekunden vergegenwärtigt, in der dritten Sekunde schwingt er sich auf die RX King und tritt auf das Startpedal. Er hat bereits vom Kiosk aus bemerkt, dass das Motorrad keinen Zündschlüssel braucht. Er hat auch wahrgenommen, dass der Fahrer beim Weggehen nichts herausgezogen hat. Möglicherweise haben sie das Motorrad gerade erst bei einem Hehler beschlagnahmt.
Der Motor springt sofort an. Die erste Runde des Glücksspiels ist gewonnen.
»Steig auf!«, ruft er Wayan Togog zu, der bereits Anlauf genommen hat. Er tritt aufs Gaspedal und das Motorrad verschwindet röhrend.
Die beiden vom Fahndungsdienst sind unbewaffnet, können also nicht auf die Flüchtigen schießen.

Saman hat alles vom Fenster des Telefonladens aus beobachtet. Er kann nur hoffen, dass Larung nicht gefasst wird. Er sieht, wie der Polizist, der das Funkgerät bei sich hat, das Hauptquartier anruft. Der andere geht ins Hotel, um nachzusehen, ob noch einer von ihnen dort ist. Auch Saman hat ja nicht gesehen, dass zwei von ihnen bereits vorher das Hotel verlassen haben. Aber ihm ist klar, dass er keine Zeit zu verlieren hat. Er läuft sonst Gefahr, als zufällig anwesender Zeuge festgehalten zu werden. So unauffällig wie möglich verschwindet er, während die beiden Polizisten noch an der Hoteltür beratschlagen.
Er begibt sich zum verabredeten Treffpunkt, der Fischwaage. Dort stehen zwei junge Leute, die anders aussehen

als die anderen in der Umgebung. Das ist an ihren Rucksäcken zu erkennen und an ihrem Gehabe. Offensichtlich sind sie nicht von hier. Er sieht sie sich genau an und tritt zu ihnen.

»Ich bin ein Freund von Larung«, sagt er ganz harmlos. Sein Name ist der Polizei unbekannt, aber die Aktivisten verstehen sofort.

Saman berichtet, dass Larung mit einem von ihnen – erst später erfährt er, dass es Wayan Togog ist – um ein Haar geschnappt worden wäre. Er schlägt den beiden vor, in der Nähe des Bootes zu bleiben. Er muss eine Entscheidung treffen. Sie dürfen nicht zu lange warten. Die beiden müssen zuerst in Sicherheit gebracht werden, zumindest müssen sie die Nacht auf Mapur verbringen, denn der Ort hier wird selbstverständlich in Kürze durchsucht werden. Koba und Bilung ist es nicht recht, dass sie ihren Freund zurücklassen sollen, aber sie erklären sich einverstanden. Wenn sie stur blieben, würde Saman in noch größere Schwierigkeiten kommen, als die durch den Leichtsinn von Koba und Wayan Togog heraufbeschworenen.

Leichter Regen fällt. Die Tropfen vermischen sich mit den sanften Wellen der Dünung. Aber ein starker Wind hat sich aufgemacht, schüttelt die Zweige der Palmen. Auf einmal sehen sie zwei Gestalten, die sich rasch nähern. Eine große und eine kleine. Togog und Larung, rufen die Wartenden halblaut. Ohne zu zögern, springen alle fünf in das Boot, das Anson bereitgehalten hat.

Das Boot legt ab. Eine schwarze Wolkenwand steigt hinter ihnen auf und zieht rasch näher, verfolgt sie geradezu. Die Wellen werden heftiger, beginnen in das kleine Boot zu schlagen, bald sind alle Insassen durchnässt. Kein Fischer ist bei solchem Wetter mit seinem Boot unterwegs. Außer Anson, der mit dem Meer vertraut ist, fühlen sich alle klein und verlassen. Kurze Zeit später beginnt es zu gießen, man kann kaum noch die Hand vor Augen sehen. Die kleinen Inseln ringsum verschwimmen zu grauen Schatten, düster und unheimlich. Geschickt manövriert Anson das Boot an Klippen und Untiefen vorbei. Nach einer halben Stunde erreichen sie hinter der Insel Hantu das Südchinesische Meer. Sofort bekommen sie die gewaltige Stärke der offenen See zu spüren. Das Boot trifft bald auf mächtige Wellen, die von vorn anbranden und den Kiel anheben. Die nassen Kleider und der heftige Wind lassen die Bootsinsassen frösteln.

In Angst und Hoffnung schweigen alle. Ihre Haare sind nass von Regen und Gischt. Koba und Wayan Togog plagt beide das schlechte Gewissen. Aber die anderen vermeiden, darüber zu sprechen. Noch sind sie nicht außer Gefahr. Wer sie sähe, würde sie wahrscheinlich für Schmuggler halten und würde die Polizei rufen, um sie festzunehmen. Das schlechte Wetter gemahnt sie an ihre trüben Aussichten. Noch kann alles Mögliche geschehen. Ihnen bleibt einzig, zu schweigen und damit das, was geschehen wird, aufzuschieben.

Aber sie haben das Gefühl, das bald etwas geschehen wird.

Hinter ihnen, auf der anderen Seite der Insel Hantu erkennen sie durch den Regenschleier die Scheinwerfer eines Schiffes. Es ist deutlich erkennbar, dass es viel schneller vorankommt als sie und dass es auf sie zu hält. Etwas später sehen sie, es ist ein thailändischer Fischfänger mit aufwärts gebogenem Dachrand. Der Scheinwerfer signalisiert jedoch, dass die, die auf dem Schiff sind, Autorität besitzen, Kommandos zu geben. Auf dem Mast weht eine blau-gelbe Flagge mit vertikalen Streifen. Vermutlich benutzt die Wasserpolizei ein gerade erst wegen illegalem Fischfang aufgebrachtes thailändisches Fischereischiff. Anson weiß, dass die Wasserpolizei über kein eigenes Patrouillenboot verfügt. »Sie haben uns geschnappt«, ruft er. Er weiß, dass nichts mehr zu machen ist. Er bittet Saman um Erlaubnis, ihr Boot zu stoppen. Sie haben keine andere Wahl.

Das Schiff überholt ihr Boot und legt sich quer vor den Bug. Die Besatzung zeigt sich, teils in Polizeiuniform, teils nur mit gezogener Pistole. »Widerstand ist zwecklos«, rufen sie. In dieser Situation nach einem Durchsuchungsbefehl zu fragen, wäre sinnlos, denkt Saman. Er ist schockiert darüber, dass es so kommen musste. Er befürchtet das Schlimmste, aber er schwört sich, seine Geliebte mit keinem Wort zu erwähnen, auch wenn er noch so sehr gefoltert werden sollte. Bevor die Polizeieskorte ihr Boot entert, flüstert er noch Larung zu: »Zieh Yasmin nicht mit hinein! Sag einfach, dass wir beide uns schon lange kennen.« Er hört noch dessen »Ja«, dann werden sie schon mit Handschellen aneinander gekettet. Auch Anson. Saman versucht vergeblich zu erklären, dass er bloß der Bootsbesitzer ist.

Die sechs Männer sind also jetzt Gefangene. Sie müssen sich jeweils zu dritt hinsetzen. Sie werden mit den Händen aneinander gekettet. Saman, Koba und Anson in einer Gruppe, mit dem Rücken gegeneinander, Larung, Bilung und Wayan Togog in einer zweiten. Plötzlich versetzt ein Polizist Larung einen Tritt ins Gesicht. Saman sieht, wie aus seinem Mundwinkel Blut fließt. Der Mann schnauzt Larung an, er habe das Motorrad der Polizisten geklaut. Dann schlägt er ihn mit dem Gewehrkolben, so dass das Blut auch aus dem anderen Mundwinkel rinnt. Larung schweigt. Er gibt keinen Klagelaut von sich. Er erträgt es standhaft. Auch Saman bleibt stumm. Er weiß, dass Gefangene so behandelt werden. Vielleicht wird er auf dem Schiff nicht geschlagen werden, weil er den Polizisten nicht widerspricht – es sei denn, der Mann würde ihn als denjenigen erkennen, der im Telefonladen versucht hat, Zeit zu schinden. Wie auch immer, niemand wird ihnen eine faire Behandlung garantieren, wenn sie wenig später verhört werden.

Er spürt noch die Elektroschocks von damals hinter seinen Ohren und am Geschlecht, das Tischbein auf seinem Fuß, die Zange an den Fingerspitzen – all die mechanisch verursachten Qualen, die stärker schmerzen als Peitschenhiebe oder spontane Faustschläge. Was ihn jedoch trauriger macht, ist Yasmins Gesicht. Er sieht es vor sich. Sie ist völlig aufgelöst. Ob Yasmin etwa eine Vorahnung davon gehabt hat, dass er gefangengenommen würde? Wie lange wird es dauern, bis sie davon erfährt? Oder handelt es sich hier um eine Entführung, über die die Polizei keine Meldung macht, die für unbestimmte Zeit geheim gehalten wird, vielleicht sogar für immer? Alles geht einmal zu Ende und ist für immer vorbei. Damit versucht er, sich Mut zu machen. Ohne Erfolg. Im Gegenteil, der Satz bedeutet, dass es mit ihm zu Ende geht und das ohne Gnade. Er kann den Gedanken nicht ertragen, dass Yasmin zu Tode betrübt sein wird. Und er hat Angst davor, dass die drei Aktivisten unter der Folter den Namen seiner Liebsten verraten.

Um Mut zu fassen, betrachtet er die anderen, die mit ihm gefangen sind. Ich bin doch nicht allein! Jeder von ihnen denkt an Menschen, die er liebt. An den Vater, an die Mutter oder die Geliebte. Das hilft ihm auch nicht. Traurigkeit bleibt auf einen selbst beschränkt, ist nicht mitteilbar. Traurigkeit kann man nicht mit anderen teilen, die Traurigkeit anderer erleichtert einem die eigene nicht. Plötzlich ist da die Erinnerung an die letzte Nacht mit Yasmin. Sie lagen im Bett. Er an sie gelehnt, die Wange an ihrer Brust, das Ohr an ihrem Herzen.

»Morgen fahre ich nach Hause«, sagte Yasmin.

Er schwieg, vernahm ihren Herzschlag.

»Woran denkst du?«

Er antwortete nicht sofort. »Hoffnung.«

»Worauf hoffst du?« Yasmin hörte auf, seine Haare zu streicheln.

Er zögerte mit der Antwort. »Ich weiß nicht. Es ist nicht klar.« Er hatte nicht den Mut, es auszusprechen. Dann

zitierte er »Nun aber bleiben drei Dinge: Glaube, Hoffnung und Liebe. Aber die Liebe ist die größte unter ihnen.« Er lächelte, lachte auf. Schwieg. »Ich liebe dich.«
»Du liebst mich?«
Er nickte und wies auf ihre Brüste: »Ich bin scharf auf dich, aber ich liebe dich auch.«
Yasmin nahm seinen Kopf fest in den Arm, ließ ihn wieder los, damit er Luft holen konnte. Dann schliefen sie miteinander. Er war zufrieden wie ein gestilltes Baby. Er träumte von seiner Mutter.

Eine Stiefelspitze schiebt sich unter sein Kinn. Ein Polizist in Zivil blickt ihm prüfend ins Gesicht. »Das warst doch du vorhin im Telefonladen!«
Saman sagt nichts. Man kann nicht gut reden, wenn einem der Unterkiefer mit der Stiefelspitze hochgehalten wird. Dann klebt die Zunge am Gaumen. Er bereitet sich auf einen Tritt vor. Vielleicht gegen die Brust. Doch der Mann nimmt seinen Fuß plötzlich wieder weg, als wäre ihm etwas anderes eingefallen. Der Regen lässt es immer dunkler werden. Das Meer ist dunkelviolett. Scheinwerfer tauchen auf. Zwei helle Punkte sind zu erkennen, die rasch näher kommen. Zwei Motorboote nähern sich. Die Polizisten wirken beunruhigt, offenbar wissen sie nicht, wer da kommt. Wenig später legen die beiden Motorboote an der Schiffswand an, eins rechts, eins links. Noch bevor sie anlegen, winken die Männer von der Besatzung zu ihnen hinüber. Dann zeigen sie den militärischen Gruß, obwohl sie keine Uniformen tragen, auch keine Mützen oder

Käppis. Sie tragen schwarze Sonnenbrillen, obwohl keine Sonne scheint. Bei zweien von ihnen kann Saman rote Baretts ausmachen, die sie in der Brusttasche tragen.

Einer der Polizisten lässt die Lotsenleiter herab und die Männer klettern an Bord.

»Hallo! Wir kommen vom Hauptquartier«, sagt der erste. Er zeigt keinen Ausweis oder sonstige Papiere. Aber sein Blick von oben herab lässt sein Gegenüber wissen, dass er der Vorgesetzte ist. Der Polizeisergeant, der die Rolle des Befehlshabers auf dem Schiff übernommen hatte, spricht mit ihm, mit gedämpfter Stimme. Saman kann nicht verstehen, worüber sie reden. Aber es wird deutlich, dass ein Rangunterschied zwischen beiden besteht. Der Neuangekommene, obgleich noch ein junger Mann, kaum älter als die festgenommenen Aktivisten, so um die sechsundzwanzig oder siebenundzwanzig Jahre, gut aussehend, schmuck, ist bestimmt ein Offizier aus Jakarta, von einer Sondereinheit der Armee. Der Polizeisergeant, etwa 40 Jahre alt, wirkt dagegen abgerissen. Doch bevor Saman noch verfolgen kann, worum es in dem Gespräch geht, verschließen ihm die übrigen Neuankömmlinge mit einer schwarzen Binde die Augen.

Von da ab herrscht Finsternis.

Er weiß, dass auch den anderen die Augen verbunden werden. Er fühlt, dass man ihnen die Handschellen abnimmt. Sie müssen aufstehen. Drei oder vier Männer durchsuchen sie, nehmen ihre Brieftaschen an sich und prüfen offenbar ihre Ausweise. Jemand ruft o.k. und sie werden zu den beiden Motorbooten gebracht. Saman schließt daraus, dass die Neuankömmlinge genauere Informationen haben als die Polizisten, von denen sie gefangen genommen worden sind. Die drei Jungen von Solidarlit kommen in das eine Boot, er selbst, Larung und Anson in das andere. Sie gehören offenbar in eine andere Kategorie. Die drei bilden die Speerspitze der Rebellion, die zu den Unruhen führte. Saman und die beiden anderen sind Teil der Strukturen im Hintergrund, die die Aktionen unterstützen, aber unsichtbar bleiben. Die Jungen standen auf ihrer Liste und waren ihr Ziel. Er und Larung sind das, was der Fisch, den sie fingen, im Bauch hatte. Ob sie nun als Eier oder als Kot betrachtet werden, das weiß er nicht.

Wieder werden sie gefesselt. Diesmal jeder für sich, die Hände auf dem Rücken.

Saman sitzt mitten auf den Schiffsplanken, die anderen sind vermutlich in seiner Nähe. Das Boot setzt sich in Bewegung, in welche Richtung es geht, kann er nicht sagen. Fahrtwind und heftige Böen lassen ihn in seiner nassen Kleidung vor Kälte zittern. Der Kiel des Bootes schlägt auf die Wellenkämme, so dass sie Mühe haben, ihr Gleichgewicht zu bewahren. Keiner sagt ein Wort, bis plötzlich eine Stimme zu hören ist:

»Warum blutest du aus dem Mund? Hast du dich mit einem Polizisten angelegt?«

Er hat keine Ahnung, wer da spricht. Ein Anflug von Arroganz ist spürbar, obgleich der Mann höflich bleibt. Vielleicht ist es der Offizier von vorhin. Er weiß es nicht. Aber der Mann spricht zu Larung, das ist gewiss.

Der Gefragte bleibt stumm. Der Fragende wird nun drängender. An der Richtung, in die der Mann spricht, kann Saman erkennen, dass Larung rechts von ihm sitzt. Aber er bleibt stumm. Der Mann beschimpft ihn jetzt. Er ist ungeduldig. Vielleicht hatte er mit seiner Frage ein Gespräch beginnen wollen. Aber nachdem er dreimal gefragt hat, ohne eine Antwort zu bekommen, fühlt er sich beleidigt. Jetzt wird er böse. »Wenn du gefragt wirst, dann antworte gefälligst. Sonst haue ich dir eine runter!«

Einige Umstehende mischen sich ein. »Du bist höflich gefragt worden. Antworte, wenn dich der Kommandant fragt!«

Saman versteht nicht, warum Larung nicht antwortet. Was ist so schwer daran, »Ja« oder »Nein« zu sagen? Zumal es anfangs eine ganz höfliche Frage war. Eine Minute danach hört er Faustschläge und Larungs unterdrücktes Stöhnen. Durch die harten Schläge wird sein Freund zu Boden geschleudert. Das Boot schlingert einen Moment. Dann hört er, wie sich Larung langsam aufzurichten versucht. Es scheint ihm schwerzufallen.

»Ich kenne Ihre Stimme«, sagt Larung nach einer Weile unvermutet, mit schmerzverzogener Stimme. »Ich habe auch schon Ihr Gesicht gesehen. Warum haben Sie meine Augen verbunden?«, fragt er, tonlos und kühl wie gewöhnlich. Nur dass ihm das Sprechen schwerfällt, weil er vor Kälte zittert und verletzt ist.

»So ist das Prozedere.«

Larung hüstelt. Das tut er, um seine Verachtung auszudrücken. »Das Prozedere einer Entführung?«

Saman ist irritiert. Für ihn ergibt es keinen Sinn zu debattieren. Doch Larung ist nicht er. Saman beginnt langsam zu begreifen. Für Larung bedeutet es offensichtlich eine Genugtuung, wenn er andere reizen kann. Wahrscheinlich werden sie ihn gleich wieder verprügeln. Doch das ist nicht der Fall. Einige Minuten vergehen, ohne dass jemand etwas sagt.

Bis einer schreit: »Blödmann! Was machst du da! Schwachsinn!«

Larung antwortet: »Ich pisse.«

Sie fluchen, schlagen ihn aber nicht. Larung sagt, da seine Augen verbunden seien, könne er nicht sehen, ob sie noch da seien. Deshalb pisse er jetzt.

»Du kannst von mir aus urinieren, furzen oder scheißen, aber wir nehmen dir die Augenbinde nicht ab.«

Larung hüstelt wieder. »Ich habe euren Kommandanten wiedererkannt.«

Offenbar nimmt das niemand ernst.

»Ein Riss im Ohr ...« Er bricht ab. Saman fühlt, dass jemand vor ihm eine kleine Bewegung macht. »... 20 Stiche waren nötig, um die beiden Hälften wieder zusammenzunähen.«

»Ich kenne dich nicht«, kommt es vom Kommandanten.

Larung antwortet wieder, und Saman findet das nicht gut. Warum beginnt er jetzt eine unnötige Diskussion, während er die Antwort verweigerte, als er gefragt wurde?

»Natürlich kennt ihr mich nicht. Ich bin ja nur ein Mataki, die niedrigste Kaste in einem Wolfsrudel.«

Der Angesprochene ist offenbar irritiert. Entweder weil er den Ausdruck nicht kennt und nicht weiß, ob es so etwas gibt oder nicht, oder weil er die Bedeutung des Gesagten nicht begreift.
»Rumreden ist sinnlos. Rede lieber nachher beim offiziellen Verhör.«
»Natürlich, ihr braucht nicht stolz drauf zu sein, dass ihr uns gefangen genommen habt.«
»Wir haben nur unsere Pflicht getan. Das hat nichts mit Stolz zu tun.«
Der Mann fühlt sich provoziert.
»Ihr habt ja nur die Beute von der Polizei übernommen.«
Saman ist entsetzt über Larungs Hartnäckigkeit.
»Wir haben nur unseren Befehl ausgeführt.«
Larung hüstelt wieder. Saman befürchtet, dass die Leute langsam merken, dass das Hüsteln Verachtung ausdrückt.
»Wir sind Gefangene der Polizei von Riau. Der Kommandant der Polizeieinheit ist bloß ein Sergeant. Warum liefern sie uns nicht an Jakarta aus?«
»Was weißt du denn schon!«
»Sie waren männlicher. Sie haben uns nicht die Augen verbunden.«
»Das ist ein Befehl. Unsere Pflicht.«
»Für sie war es auch Pflicht.«
»Unsere Aufgabe ist es, euch nach Jakarta zu bringen.«
»Und ihre Leistung wird nicht gewürdigt.«
»Ein wahrer Soldat erfüllt seine Aufgabe nicht, um einen Orden zu kriegen.«

»So wie die Polizisten in Dili. Ihr Onkel hat dafür, dass Joaquim Freitas, ein Anführer der Falintil, der zwanzig Jahre in der Unabhängigkeitsbewegung gekämpft hat, am Stadtrand von Dili gefangen wurde, Anerkennung erhalten und ist befördert worden. Die Polizisten jedoch, die ihn tatsächlich gefangengenommen haben ... oh ja, sie sind befördert worden. Aber die Operation selbst ist Ihrem Onkel zugeschrieben worden, eine Leistung, die für immer in seiner militärischen Laufbahn verzeichnet ist. Das sind die wahren Soldaten.«

Der Mann schweigt.

Larung schweigt nicht. »Aber Sie werden nicht dieselbe Anerkennung erhalten. Denn wir sind unbedeutend, zu unbedeutend, zu unbedeutend für jemanden von Ihrem Rang. Die Jungen hier sind keine Guerillakämpfer. Sie sind unbewaffnet. Sie sind aufrichtig und leichtsinnig. Denn was sie tun, ist keine Geheimsache. Sie kümmern sich um die Bildung der armen Leute. Sie sind keine gleichwertigen Gegner für Sie –«

Plötzlich schreit der Mann: »Was weißt du denn schon über mich, über Brigadegeneral Prabas Sasmoyo oder über die Operation Seroja Biru!«

Saman hört, dass seine Stimme kippt. Es ist klar, Larung hat es mit voller Absicht auf die schwache Seite seines Gegenübers abgesehen. Dass der Mann in seinem Zornausbruch sich auf das bezieht, was Larung zuvor über seinen Onkel gesagt hat, beweist, dass Larung damit Erfolg hat. Larung spricht ganz ruhig weiter, wenn auch wegen der Kälte mit leicht bebender Stimme: »Wenn ich mich nicht irre, sind Sie Leutnant Bram Marsudi, der Neffe von Brigadegeneral Prabas Sasmoyo, dem Befehlshaber der Spezialeinheit, dessen Namen Sie selbst genannt haben.«

Der Mann hat tatsächlich selbst den Namen seines Onkels genannt. Er ist Larung auf den Leim gegangen. Doch Saman weiß, dass sich seine Wut gegen jeden von ihnen richten könnte. Er hält den Atem an. Larung nicht.

»Sie sind stolz auf Ihren Onkel, der eine der Nichten von Republik Nr. 1 geheiratet hat.«

Der Mann schweigt weiter.

»Sie kleiden sich wie er, tragen die Armbanduhr wie er, am rechten Arm nach innen gedreht. Eine Breitling.«

Es kommt keine Antwort.

»Ich habe gehört, dass Sie, ich meine er, ein impulsiver Mensch sei. Sie, ich meine er, hat einmal in einem Gefecht in Ost-Timor geglaubt, umzingelt zu sein, und hat in alle Richtungen geschossen. Sie wurden gefangengenommen und man hat Ihnen Ihre Ohren aufgeschlitzt ...«

Larung hält mitten im Wort inne, gleichzeitig ist ein gedämpfter Schuss zu hören. Saman hört, wie ein Körper neben ihm zu Boden fällt. Er wendet den Kopf in die Richtung, als wolle er Gewissheit haben. Aber er hört noch einen zweiten gedämpften Schuss. Im Bruchteil der Sekunde, die ihm bleibt, will er noch Abschied von Yasmin nehmen. Danach kommt für ihn die Stille. Die Stille, die keinen Aufschub mehr kennt.

Glossar

Aidit: Dipa Nusantara Aidit, Vorsitzender der Kommunistischen Partei Indonesiens, am 23. November 1965 vom Militär erschossen

Ande-Ande Lumut: Im javanischen Märchen ein junger Mann, der nicht weiß, für welche von vier Schwestern er sich bei der Brautwahl entscheiden soll

BC, wohl Biro Chusus: Sonderbüro (innerhalb der Kommunistischen Partei Indonesiens), dessen Chef Kamaruzaman Sjam war

Bianco Antonio Blanco (1912–1999): Maler spanisch-amerikanischer Abstammung, der auf Bali lebte

Budiman Soedjatmiko: Vorkämpfer der Demokratie in Indonesien

Cimahi: Vorort von Jakarta, Garnisonsort

Coen Husain Ponto: Aktivist und Gewerkschaftler (s. a. Dita Indah Sari)

Copa Cobana: An der Küste vor Jakarta gelegener Einkaufs- und Vergnügungskomplex

Dendeng: Fein geschnittenes, scharf gewürztes, luftgetrocknetes Rindfleisch

Dita Indah Sari: Aus Sumatra stammende Gewerkschaftlerin und Menschenrechtlerin, die im Juli 1996 zusammen mit Coen Husain Ponto bei einer Arbeiterdemonstration in Surabaya verhaftet und zu einer Gefängnisstrafe verurteilt wurde. Heute ist sie in leitender Funktion im Arbeitsministerium tätig.

Falintil: Die Kampftruppe der Befreiungsfront von Ost-Timor während der indonesischen Besatzung

Genjer: Eine Gemüsepflanze, wächst im Moor und in Nassreisfeldern; das Lied »Genjer-Genjer« galt als Revolutionsgesang

Gerwani: Frauenorganisation mit über einer halben Million Mitglieder, stand der Kommunistischen Partei Indonesiens nahe, wurde nach dem Putschversuch von September 1965 aufgelöst, ihre Mitglieder wurden verfolgt

Gunung Agung: 3142 m hoher Vulkan auf Bali, der 1963/64 einen verheerenden Ausbruch hatte, bei dem über tausend Menschen umkamen

Haji Misbach (1876–1926): Kämpfer für die Unabhängigkeit

Jamu: Traditionelles Naturheilmittel, auf Java sehr populär

Janur: Aus jungen Blättern der Kokospalme geflochtene Dekorationen für Tempelfeste

Jarek: Abkürzung von Jalan Revolusi Kita = Weg unserer Revolution

Kamaruzaman Sjam: Einer der Parteiführer der Kommunistischen Partei Indonesiens

Kantong Semar Nepenthes: eine fleischfressende tropische Pflanze

Ketupat: Ein Gericht, faustgroße Reisklumpen, in Taschen aus geflochtenen Palmblättern gekocht

Lopez: Don Lopez de Cardenas, ein Conquistador, der Amerika auf der Suche nach einem Fluss durchstreifte und dabei den Grand Canyon entdeckte

Lubang buaya: Krokodilloch, der Ort außerhalb Jakartas, wo die anlässlich des Putschversuchs entführten Generäle am Morgen des 30. September 1965 ermordet wurden

Malaka: Tan Malaka (1897–1949), Kämpfer für die Unabhängigkeit, Schriftsteller, zeitweise Vorsitzender der Kommunistischen Partei Indonesiens

Megawati Sukarnoputri: Tochter Sukarnos, die spätere indonesische Präsidentin, war Vorsitzende der PDI, wurde 1996 vom Regime Suharto durch Soerjadi ersetzt, was zu folgenschweren Unruhen in Jakarta führte

Nyepi: Der balinesische Tag der Stille, des Fastens und der Meditation, der höchste hinduistische Feiertag auf Bali

Orde Baru: Neue Ordnung, Bezeichnung für das Militärregime Suhartos von 1967–1998

Pahing: der erste Tag der fünftägigen javanischen Woche

Pahrev: Pahlawan Revolisi = Held der Revolution

PDI: Partai Demokrasi Indonesia = Demokratische Partei Indonesiens

Pendopo: Eine Art rechteckiger Pavillon, mit einem von Säulen getragenen Dach, nach allen Seiten offen

Pulau Seribu: Die sogenannten tausend Inseln vor der Küste von Jakarta, beliebtes Wochenendausflugsziel der Jakartaner

Puputan: Ein ritueller Opfergang der Balinesen, bei dem sich König und Volk angesichts der Bedrohung durch einen übermächtigen Feind oder Eroberer selbst töten

Rawon: Eine scharfe Rindfleischsuppe. Schwarze Keluak Nüsse geben der Suppe einen starken nussigen Geschmack und eine tiefschwarze Färbung

Republik Nr. 1: Akronym für Präsident Suharto

Rorojonggrang: Der Legende nach eine wunderschöne Prinzessin, die den Morgen schneller kommen ließ, weil sie ihren Bewerber nicht heiraten wollte. Nach ihr ist der berühmte Tempel in Prambanan benannt.

Serat Centhini: Eine Sammlung javanischer Legenden und Lehren aus dem 17. Jahrhundert

Seroja Biru: Operation Lotus, Deckname für die indonesische Besetzung Ost-Timors im Dezember 1975

Tauge: Sojasprossen

Tavip: In seiner Ansprache zum Jahrestag der Unabhängigkeitserklärung 1964 prägte Sukarno im Hinblick auf die politischen Spannungen im Land die Formel Tavip: Tahun vivere pericoloso = Jahr des gefährlichen Lebens

Tempo: Am 21. Juni 1994 wurden die Nachrichtenmagazine Tempo, Editor und das Tabloid Detik verboten

Tupahrev: Tujuh Pahlawan Revolusi = Sieben Helden der Revolution

Usdek: Abkürzung für die Politischen Leitsätze Präsident Sukarnos von 1960: Verfassung, indonesischer Sozialismus, gelenkte Demokratie, gelenkte Wirtschaft, indonesische Identität

Waringin: Ein Ficus Benjamini, ein riesiger Baum, meist zentral in der Ortsmitte, dem insbesondere auf Java und Bali magische Kräfte zugeschrieben werden. Gilt als heilig

Wiji Thukul: Dichter, der in seinen Versen die Leiden und Nöte der Armen und Benachteiligten beschreibt und sie zum Widerstand gegen die Unterdrücker auffordert, 1998 vom Militär entführt und umgebracht

BACKLIST

Monika Arnez (Hg.)
DUFT DER ASCHE
Literarische Stimmen indonesischer Frauen
Übersetzt von Monika Arnez und Edwin Wieringa
124 Seiten, Broschur
ISBN: 978-3-89502-269-2
12,90 Euro

Leila Chudori
DIE LETZTE NACHT
Erzählungen
Übersetzt von Beate Carle
208 Seiten, Klappenbroschur
ISBN: 978-3-92790-581-8
7,00 Euro

Mochtar Lubis
STRASSE OHNE ENDE
Übersetzt von Diethelm Hofstra
192 Seiten,
Hardcover mit Schutzumschlag
ISBN: 978-3-89502-038-4
7,00 Euro

Mochtar Lubis
TIGER! TIGER!
Übersetzt von Diethelm Hofstra
229 Seiten,
Hardcover mit Schutzumschlag
ISBN: 978-3-927905-55-9
7,00 Euro

Armijn Pane
IN FESSELN
Übersetzt von Renate und Hansheinrich Lödel
160 Seiten,
Hardcover mit Schutzumschlag
ISBN: 978-3-92790-564-1
7,00 Euro

Pramoedya Ananta Toer
DIE BRAUT DES BENDORO
Übersetzt von Diethelm Hofstra
260 Seiten, Broschur
ISBN: 978-3-89502-125-1
14,90 Euro

Pramoedya Ananta Toer
DIE FAMILIE DER PARTISANEN
Übersetzt von Diethelm Hofstra
210 Seiten,
Hardcover mit Schutzumschlag
ISBN: 978-3-89502-056-8
7,00 Euro

Ahmad Tohari
DIE TÄNZERIN VON DUKUH PARUK
Übersetzt von Giok Hiang Gornik
172 Seiten,
Hardcover mit Schutzumschlag
ISBN: 978-3-89502-029-2
7,00 Euro

Ahmad Tohari
KOMET IN DER DÄMMERUNG
Übersetzt von Giok Hiang Gornik
214 Seiten,
Hardcover mit Schutzumschlag
ISBN: 978-3-89502-057-5
7,00 Euro

Oka Rusmini
Erdentanz
Roman aus Bali
Übersetzt von Birgit Lattenkamp
ca. 200 Seiten, Taschenbuch
11,90 Euro (D)
ISBN: 978-3-89502-396-5

Fränkische Nachrichten, 16.07.2007: »*Erdentanz* ist kein Roman, der den Wunsch nach exotischen Sujets bedient. Er beschreibt die reale Gesellschaft in Bali, die gesellschaftlichen Zwänge, denen die Kastengesellschaft Frauen – und Männer – unterwirft.«

Linda Christanty
Schreib ja nicht, dass wir Terroristen sind!
Essays zu Politik, Gender und Islam von Banda Aceh bis Berlin
Übersetzt von Gunnar Stange
192 Seiten, Klappenbroschur
16,90 Euro (D)
ISBN: 978-3-89502-392-7

Dieses Buch bietet einen kritischen und mutigen Journalismus mit einer provozierenden Erzählweise, die im Donnergetöse der Medienwelt hoffentlich nicht verhallen wird.

HORLEMANN